北中国门

BEI ZHONGGUO MEN

王　族◎著

时代出版传媒股份有限公司
安　徽　文　艺　出　版　社

图书在版编目（CIP）数据

北中国门/王族著. --合肥：安徽文艺出版社, 2021.3（2023.4 重印）
ISBN 978-7-5396-7082-9

Ⅰ. ①北… Ⅱ. ①王… Ⅲ. ①纪实文学－作品集－中国－当代 Ⅳ. ①I25

中国版本图书馆 CIP 数据核字(2020)第 232023 号

出 版 人：姚　巍
责任编辑：汪爱武　王　涛　　　装帧设计：徐　睿

出版发行：安徽文艺出版社　www.awpub.com
地　　址：合肥市翡翠路 1118 号　邮政编码：230071
营 销 部：(0551)63533889
印　　制：阳谷毕升印务有限公司　(0635)6173567

开本：880×1230　1/32　印张：8.625　字数：200 千字
版次：2021 年 3 月第 1 版
印次：2023 年 4 月第 2 次印刷
定价：38.00 元

目 录

第一章　白哈巴的凝望

1. 通向边界的路　001

2. 边防连和村庄　003

3. 一号界碑　010

4. 远望爱情　013

5. 四封电报　019

6. 哈熊沟历险　027

7. 界碑旁的墓碑　035

第二章　扎玛纳斯的冰与火

1. 下站　038

2. 血与雪共舞　050

3. 飞机今天降落　056

4. 暴涨的哈巴河　063

5. 游牧齐巴齐里克　069

6. 欢乐的猪　078

7. 保塔美的第一位女性　084

C I N T E N T S

第三章 阿黑吐拜克的诉说

1. 界河冰面上的脚印 092

2. 越境者 099

3. 长途巡逻 108

4. 清油苦旅 121

5. 无言的爱 127

6. 负重的山峰 133

第四章 克孜乌雍克的梦

1. 感情的穿透力 138

2. 无言的大漠 142

3. 牧工一家 145

4. 老兵和新兵 152

5. 命运的容器 159

第五章 北湾的蚊子

1. 蚊虫王国 167

2. 蚊网中的兵 175

3. 坏事和好事 182

4. 额尔齐斯河上的摆渡人 187

5. 两个“小兵” 192

6. 150 封家信 199
7. 雪之刃 205

第六章　吉木乃国门
1. 国门下的仪仗队 208
2. 会晤者的风度 212
3. 同一种真诚 214
4. 夜归别尔克吾 223
5. 爱的守护 230

第七章　达尔汗冰山
1. 水水水 235
2. 会唱歌的狗 241
3. 风雪阿克赛 246
4. 走向冰山 257
5. 界河边的一天 263

后记 270

第一章　白哈巴的凝望

1. 通向边界的路

边界在哪里?

从驻扎在哈巴河县的边防团出发,车子行驶半小时,往左拐入一条土路,起伏不平的路面便颠得车子晃来晃去,恍若大风中的船只。边防团的驾驶员已习惯在这样的路上开车,所以他加大油门把车子开得飞快。坐在车中的人从反光镜中看见,后面的灰尘像是咬紧了车子,紧跟着不放。

这条路通向阿尔泰山上的白哈巴边防连,他们驻扎之地即中国和哈萨克坦斯国的边界。

长时间以来,阿尔泰和阿勒泰被不少人混淆为一个概念,其实二者是有区别的。阿尔泰指的是一座山,亦可理解为构成亚洲的重要板块;而阿勒泰则是新疆行政划分区域,右依昌吉州,左附塔城,是一个有草原、森林、湖泊、河流和沙漠的地方,同时与蒙古国、俄罗斯和哈萨克斯坦的边界有相邻。

车子往前行驶不久，就开始爬山了。山是小山，车子不费吹灰之力便开了上去。到了山顶，我们便看见山下有一个大平滩，一条路像细线似的从大平滩延伸过去，绕上了对面的大山。

边防连的人把这个大平滩叫胡吉里平滩，在夏天走过，一个多小时即可。但到了冬天，大雪掩埋了路，边防连的军人上下山只能坐马拉爬犁，遇到雪厚的地方便无法通过，人只好下来挖雪，边挖边往前行驶；顺畅时过大平滩要四五个小时，不顺畅时则要一两天。

冬天过大平滩，人们谈“雪”色变。

因此，凡是在夏天去白哈巴的人，坐在车中，想想人们在冬天的艰难跋涉，便会发出感慨：阿勒泰的冬天杀人哩！这句常挂在人们嘴上的话，具体到某个人的亲身体验上，那份痛苦是难以与人言的。

当然，人们很少在冬天上山，所以过大平滩，也多在夏天，车子可轻松通过。人坐在车中，不到两个小时，就已经离山下的世界远了。山坡上的松树一身墨绿，草地上满是无名的野草、绽放的花朵；远处的山脊，仍然一片褐黄，像是谁站在坡底，把一盆绿汁奋力向上泼去，尽管他用了很大的力气，却仍然没有泼到山顶。

看着苍凉干枯的山脊，你会意识到离边界不远了。

车子轻松翻过大山。

下山的路仍像一根细线，却钻进了松林中。远处是绿色树林，它把几座山覆盖得严严实实；再往远处看，似乎把天空也映衬得绿了。在这片密林里，驻扎着白哈巴和扎玛纳斯边防连。这是边防团驻守在阿尔泰森林地带的两个连，与其他几个驻守在雪山、大沙漠和大风口的边防连一样，边防连人的生活因受自然环境制约，有着诸多困难。

车子在树林中快速穿行，过了铁列克提，又开始爬山。树木仍然茂密，天气却变得更凉，再往前走，人觉得被树荫遮掩的山坡有些阴森和寒凉。

长期生活在这片树林中的边防军人，过着怎样的生活？

车子在不经意间驶出树林，一出树林，车上的人才发现在林子里走的是下坡路，居然不知不觉已经到了山下。阳光唰地照过来，车内骤然变得明亮。拐过一个弯，就看见前面的山谷中有一个村庄，那就是被誉为“西北第一村”的白哈巴村。村前的山坡上有一座白色楼房，那便是白哈巴边防连。连队后面有一座哨楼，哨楼下面就是铁丝网，铁丝网的这边是中国，那边是哈萨克斯坦共和国。

我们就这样走到了边关。

2. 边防连和村庄

边防连也是白哈巴村的一部分，从远处看，哈萨克族村民居住区、蒙古族图瓦人（蒙古族的一个分支）居住区和边防连是一个整体。村子坐落在一条山谷之中，房子都是用木头做成的，有独特的尖顶，白桦树、绿杨树点缀在房屋四周，一条小河从村中流过，夕照下的景色令人心旷神怡。

在村子里遇到的都是和善憨厚的笑脸,即使正忙碌着的人们,也都会跟陌生人打招呼。村民多为哈萨克族人,他们肤色白里透红,身材魁梧。据说,生活在白哈巴村的图瓦人是成吉思汗的一支部落的后裔。当年,成吉思汗率军征战时,命令他们在这里驻守。时间长了,一代天骄一去不返,他们就在这里生儿育女,繁衍生息。20 世纪 60 年代,他们曾搬到哈巴河,后因生活不习惯,又全部搬了回来,与哈萨克族居民同住一村。

时间长了,村民们与边防连的交往越来越密切,也发生了不少事情。

1997 年 10 月,白哈巴下了一场大雪。很快,村子就被白雪裹住,房子在雪中变得像孤岛。寒风夹杂着雪花吹过来,打在战士们的脸上,像刀割一样疼。吃过晚饭,战士们早早进入房子。房子里的暖气烧得很热,把寒冬隔在了外面。雪仍在下着,只有哨兵彭海涛背着枪在营房门口伫立。11 点多,他突然看见一个黑影跌跌撞撞地向边防连走来。他下意识地抓紧枪,双眼紧盯着那个黑影。黑影一直向边防连移动,慢慢地,他看清那团黑影是一个人。等到那个人走到近处,他大喝一声:"谁? 干什么的?"

那人立即叫了起来:"是我,有急事找解放军。"彭海涛听出来了,她是村里的妇女米哈尔。米哈尔走到彭海涛跟前,上气不接下气地说:"王医生在吗? 快、快,我老爸喝毒药了,快不行了,快让王医生去救救他。"

第一章
白哈巴的凝望

彭海涛把她带进了连队。

米哈尔前一段时间因为和丈夫吵架，赌气回了娘家，回来后心情不好，天天喝酒解闷。白哈巴村的人嗜酒如命，男女老少，每人每天喝上一两斤不成问题。米哈尔昨天喝了两斤酒，醉得不省人事，乱叫乱骂。她父亲已经劝了好多次，她都听不进去。老人家想不开，一气之下服了磷化物。

军医王坤已经上床休息，听到消息立即翻身起床，提起急救箱出了门。一出门，大风裹挟着雪花劈头盖脸地砸过来，王坤下意识地用手拉了拉衣领。米哈尔赶紧对他说："王医生，你一定要去，我老爸确实不行了。"王坤听了，笑了笑说："没问题，走。"两个人一头钻进了风雪中。

他们的身影很快就被风雪淹没。

到了米哈尔家，米哈尔的父亲已经奄奄一息了。米哈尔的母亲正蹲在他身边，摇着一把羽毛扇子在念咒语：

黑虫子，你快回家吧
你们家的帐篷被火烧了
你阿爸阿妈在等着你回去
你赶快回家去吧
你阿爸阿妈要带你去更大的草原
黑虫子，你快回家去吧

村里人相信咒语能使病人脱离痛苦，所以，经常为病人念咒语。王坤让米哈尔端来一盆热水，给她父亲洗了脸，然后，他开始给老人催吐。几分钟后老人哇哇地吐了起来，吐完，他脸上的神情变得好了一些。王坤又开始给他洗胃，输液。老人明白了是怎么回事，他望望女儿，又望望王坤，流下两行泪水。

半小时后，老人安详地睡着了。

王坤一直坐在他身边耐心守候，老人这一觉睡到凌晨4点多才醒来，他的面色已有好转，神志也完全清醒了。他拉住王坤的手连声说："佳克斯（谢谢）、佳克斯！"

王坤向米哈尔嘱咐了一些注意事项，握了握老人的手，走出了房门。出门没走几步，他发现，地上的雪已经落得很厚了，一脚踩下去雪快埋到大腿了。他抬头向连队的方向望了望，四周一片漆黑，除了可以确定的方向外，路早已没有了踪迹。

米哈尔追出门，挽留王坤在她家住一夜，他婉言谢绝了。他把药箱背好，向前走去。

米哈尔望着他的身影在风雪交加的夜色里消失，禁不住流下泪水。

另一件与医疗有关的事，与执勤点恰巴图的一匹军马有关。1999年7月16日，一匹军马突然得病，战士们发现它的嘶叫声不对劲，赶到它跟前，看见它的肚子上起了一个大包，他们赶紧给连里发电报，报告了这一特殊情况。

第一章
白哈巴的凝望

连长赵勇派驾驶员廖志强和战士屈小虎去白哈巴村找老兽医玛德斯,请他去恰巴图医治军马。廖志强和屈小虎找到玛德斯,向他说明来意,他高兴地答应了。

第二天一早,廖志强开车拉着玛德斯出发了,可走了没多远,天就变了。起先,自西边天空飘过一朵乌云,谁也没在意,然而没过多久,那朵乌云像变魔术似的,突然变成了一大块,很快便遮盖了天空。玛德斯抬头看看天,对廖志强说:“得开快一点了,这天看来要下雨。”廖志强听他这么一说,加大油门,快速向前冲去。

雨很快就下了起来。

玛德斯看着如注的雨水,眉头皱了起来。廖志强从反光镜里看到他的神情,以为他嫌车慢,便又加大油门。廖志强却不知道,玛德斯并不为雨发愁,而是为那匹马担心,他怕这场雨一直下下去,没办法给马动手术。

路开始打滑,廖志强只好把车速减下来。不一会儿,天空又开始电闪雷鸣。这一带经常有雷电击中大树,所以,廖志强只好减慢速度往前开。然而,没走多远,前面出现了一个斜坡,车子爬上去,立刻就倾斜了。廖志强紧紧抓住方向盘,踩稳油门,慢慢地往前开着。他知道,如果车子斜着滑向坡下,就没办法收拾了。

十几分钟后,车子终于爬过斜坡,廖志强和玛德斯等这才松了一口气。

到了执勤点,放牧员王勇已经把马关进马圈。雨还在下着。廖志强本来想把车子倒到院子的右侧,但玛德斯着急地对他说:“快停,我下去。”车刚停下,他就提起手术包跳下车,大步流星地向马圈走去。廖志强看见他在雨中行走的身姿是那么矫健,怎么也不敢相信,他已经是60多岁的老人了。

玛德斯进了马圈,看见马已经垂下了脑袋。他走上前去,伸出双手在它身上慢慢地抚摸着。他的神情很专注,双手抚摸得很慢。过了一会儿,奇迹发生了,那匹马慢慢抬起已经垂下半天的脑袋,朝天嘶叫了一声。它的声音洪亮,像是身体恢复了力量。玛德斯仍继续抚摸着它,它又叫了一声,然后便乖顺地卧倒。玛德斯拿出手术刀,对准那个已经化脓的大包划了一刀,脓马上流了出来。马开始颤抖起来。玛德斯用双手抚摸着马头,开始用低沉的嗓音哼起一首歌曲。马像是听懂了他的歌,慢慢停止了颤抖。过了一会儿,它把头靠在玛德斯身上,像孩子依偎着母亲。

战士们在一旁看得目瞪口呆。

吃完晚饭,玛德斯发起了高烧。大家一问才知道,他已经病两天了。大家望着他,什么话也说不出来。

离开白哈巴连队的第四天晚上,玛德斯便到连队报告,有几个人喝醉了酒,打了他妻子布依,他们现在正往界河边走去。

团政治处副主任刚好在白哈巴边防连蹲点,他立即组织人员赶往出事地点。在路上,战士们才弄清事情的缘由:晚上9点多的时候,玛德斯的妻子布依看见几个人摇摇晃晃地向界河边走去,她立即赶到他们跟前，闻见他们满口的酒气。她意识到，这几个人喝醉了酒，已经无法控制自己，如果他们临近边界，肯定会出事。想到这里，她伸手拦住他们的去路说："前面是界河，你们不能过去。"那几个人见突然冒出一个女人，而且说话的口气十分强硬，顿时火冒三丈，其中一个小伙子抬手一拳，打在了她的脸上。她感到脑中嗡地响了一下，鼻子里流出东西，她伸手一摸，是血。玛德斯听到外面的吵闹声，出来一看，是自己的妻子挨了打。他上前准备与那几个人辩理，布依却拦住了他，用哈萨克语对他说："我先在这拦着他们，你赶快去边防连报告情况。"

政治处副主任听完这些，一股正气油然而生。白哈巴一带来往的人员比较复杂，经常有旅游和打猎的人到处乱走。这些人对边界的观念很淡薄，不知道同样是土地，但界内与界外有天壤之别。

几个人赶到界河边时，见布依仍与那几个小伙子争执不下。布依让玛德斯去连队报告情况后，一直耐着性子给那几个小伙子讲边防知识。她想，这样一则可以让他们明白几分道理，二则可以先稳住他们，防止他们在战士们赶到之前接近界河。没想到刚说几句，一个醉汉又给了她一拳。她立刻觉得眼冒金星，嘴唇火烧似的痛了起来。

政治处副主任喝令那几个小伙子站好，严厉指出他们的错误。那几个小伙子看见全副武装的军人出现了，顿时酒醒了。他们看见布依脸上的血，才知道自己犯下了错误。

政治处副主任给他们讲解了一番边防政策，然后把他们送到了地方派出所。返回时，他看见玛德斯扶着老伴布依站在门口，一股热流顿时涌上他的心头。他向他们招手示意:请回去吧,没什么事了!两位老人这才转身回屋。

3. 一号界碑

白哈巴村西侧有一条河叫阿克哈巴河,它自北向西缓缓流淌。这条流经中国和哈萨克斯坦的河流,远远看去,如同一股洁净的奶水。它缓缓流入丛林,就像慈祥的母亲在哺育着阿尔泰的崇山峻岭。

1998 年 8 月,中哈联合勘界小组开进了阿克哈巴河河源,对中哈边界争议地区开始实地勘察。这个地方除了那仁夏牧场外,别的地方都是无人区,平时基本上无人进入。为了使勘界工作得以顺利进行,中哈勘界小组决定从白哈巴村请一名向导。村民别里思汗听到这个消息后,主动找到外办人员,声称自己对阿克哈巴河河源一带很熟悉,愿意带大家进去。外办人员见他看上去年龄很大,就问他今年多大岁数了。他嘿嘿一笑说:“我今年才 40 岁。我嘛,经常在山里头待着,所以看上去年龄比较大,实际上小着哩。”外办人员便爽快地答应了。到了哈巴河河源,别里思汗果然对这一带很熟悉,他引导大家翻山越岭,准确无误。大家对这位哈萨克族大叔赞叹不已。

勘界组在河边上安营扎寨,开始作业。这一带潮湿,许多人都感到不适。晚上,从别里思汗的帐篷里传出咳嗽声,一声紧似一声,偶尔还听到痛苦的呻吟声。大家以为别里思汗感冒了,给他送去了药。

第一章
白哈巴的凝望

勘界工作开始后,别里思汗与哈方的一名勘界员闲聊,聊着聊着,结果发现两人的祖先是同一部落的。两人谈得很投机,都自认为是雄鹰。后来,随着勘界工作的深入发展,两人又充当起了翻译和信息传递员的角色。

到了夜晚,大家仍听见别里思汗不停地咳嗽。

后半夜,天下起了大雨,浓密的雨点打在树叶上,发出一片混响,而且持续了很长时间。大家听见帐篷外传来几声马的嘶鸣声,接着又有一些嘈杂的响动。他们出门一看,只见别里思汗双手紧紧地牵着一匹马。那匹马被雨淋得很烦躁,想挣开他,但别里思汗紧紧攥住缰绳不放。雨水噼噼啪啪地落下,别里思汗的头发已经完全湿了,一缕缕粘在额头上,更衬托出他的沧桑与老迈。他的背有些佝偻,攥着缰绳的手显得很吃力。那匹马一直在挣扎,他攥着缰绳,跟着它在原地打转。

大家上前帮他把马拉住,牵回那个简易马棚内。别里思汗看马被关住了,才松了口气。他转身往回走的时候,又咳嗽了起来。

那天晚上,他咳嗽了一整夜。第二天,大家才发现,他把自己的被褥盖在了那个马棚上。那匹马没有再淋到雨,在马棚内安卧了一个晚上。

中哈勘界组很快就将这块争议地区划定好了。从阿克哈巴河河源开始,中哈边界线正式向北延伸,两国军人在这里立下了中哈 1 号界碑。

别里思汗和哈方的那位勘界员认为 1 号界碑立得很有意义,他们商定,一块儿去1号界碑旁合影留念。

平时,要去1号界碑,必须过阿克哈巴河。有一棵树横倒在河面上,大家顺着树拉了一根绳子,人要过去时,拉着绳子从树上便可走到对岸。

别里思汗走到河中间,突然咳嗽起来。他用手抓住绳子,停了下来。不一会儿,他咳得更凶了,脸色骤变,浑身颤抖不已。他一手捂着胸口,准备挣扎着走到对岸去。然而,他刚一迈脚,身子就晃了起来。紧接着,只见他从树上咚地掉进了河中。落水的一瞬,他没有松开那根绳子,同时,又用右手抓住了一根树枝。但河水很急,他被冲得左右摇晃,像一只快要被急浪打沉的小舟。

哈方勘界员被眼前发生的这一幕惊呆了。他大声叫喊,附近的人都赶了过来。翻译陈疆华沿着那棵树走过去,准备拉别里思汗上来。然而,就在他刚走到别里思汗跟前时,别里思汗被一个浪头冲得松开了那只抓住树枝的手,另一只手仍抓着那根绳子,那根绳子被拉出一道圆弧,在水中上下浮动。别里思汗随着波浪上下起浮,一个大浪打来,他被冲走了。

大家眼看着他的脑袋在水中时隐时现,并被冲向下游,都急切地喊着他的名字。陈疆华跑回岸上,和大家一起拨开树丛,向下游追去。

那位哈方勘界员边跑边对大家说:“咱们得快一点,他有病,而且已经60多岁了。”

大家听了这话,都愣住了。谁都知道,他40岁。

哈方勘界员又说："为了能够给你们带路，他隐瞒了自己的年龄。这一带只有他熟悉，如果他不来，村子里就没有人能够再来了；而他不隐瞒年龄，你们肯定不会让他来的。"

大家都明白了，谁也不再说什么，只顾加紧脚步往前赶。

跑出树林，前面的河床一目了然，但河水中早已没有了别里思汗的影子。

哈方勘界员悲痛地大声叫了起来："别里思汗，别里思汗……"哗哗流淌的河水很快将他的喊叫声淹没了。

大家一直向下寻找，到下游20公里的地方，才找到别里思汗的遗体。

中哈勘界人员都很难过，各自在自己的国土上为别里思汗立了一个墓碑。

两个墓碑就这样隔着阿克哈巴河遥遥相望。

4. 远望爱情

白哈巴的冬天是雪的世界，从第一场雪开始，天地就被纷纷扬扬的雪花占据了。大地一片白茫茫，似乎所有的事物都已被掩埋。风在落雪的日子变成了刀子，只要人一踏进雪地，它就往肉里剜。而狂风大作的时候，正在飘落的雪花又会迅疾变成一排排飞刀。

白哈巴变成了雪海，边防连成了雪海中的孤岛。“雪海孤岛”使边防官兵的生活失去了常规。只要一进入冬天，电话线无不被刮断，信和报纸也送不上来，每天的饭桌上只有新疆的四大菜：土豆、萝卜、莲花白和皮芽子(洋葱)。战士们白天听大风，晚上人看人，其寂寞程度是外面的人难以想象的。

最忍受不住寂寞的，是那些正处于热恋中的年轻军官。大雪封山，纵然热恋中的情人有千言万语，也一句无法传递到对方的耳中。只要到了这里，无论你把爱情设想得多么浪漫，也改变不了长期与女友或妻子相隔千里的事实。

在“雪海孤岛”远望爱情，望不穿茫茫大雪。

机要参谋王克宁的妻子杨秀秀一来队，就被一场大雪阻隔在了白哈巴。杨秀秀在甘肃西峰区一所小学当老师。放寒假后，她长途跋涉来到哈巴河。到了团部，她才知道丈夫在白哈巴，那地方在冬天根本上不去。以前谈恋爱时，王克宁怕她接受不了这严酷的现实，没有把白哈巴的实情告诉她。那几天，杨秀秀想，现在既然已经到了哈巴河，无论如何要上去看一看。她在团里等了十几天，眼看着春节快要到了，那种想与丈夫团聚的迫切心情使她坐卧不安。

团长和政委知道这件事后，出面多方联系，最后打听到新疆军区陆航团在春节前将派一架直升机给白哈巴送年货，于是就给她联系了一个座位，让她上了白哈巴。飞机降落到白哈巴，杨秀秀在走下飞机的那一瞬，不禁目瞪口呆。她根本没有想到，这个地方全被雪覆盖了，人在齐腰深的雪中行走，说多吃力有多吃力。

王克宁兴冲冲地迎出门来，两个人的目光在对接的一瞬，都愣住了。王克宁怎么也不会想到，妻子会突然出现在自己眼前；而杨秀秀则为丈夫伤心，她不敢相信，丈夫真的在这个地方生活着。

王克宁拉住杨秀秀的手说："快进屋，天冷。"

杨秀秀这才感觉到天确实很冷。她跟着王克宁往房子里走，迎面刮来的寒风使她不由得颤抖了一下。王克宁紧紧抓住她的手，他怕她的心也为这个地方颤抖。

杨秀秀到了连队，一算，假期只剩下二十多天了。

第二天，白哈巴又下了一场大雪。第三天，第四天，这场雪一直下着，根本没有要停下来的意思。这是一场几十年来罕见的大雪，四周的山峰被积雪盖了一层又一层，那些道路，早被埋到雪原深处去了。

3 月 1 日，杨秀秀所在的学校开学了，学校见她未归，便给团里发电报，让她尽快回去上班。杨秀秀无法下山，只好让连队发报到哈巴河，请王克宁的老乡给她单位打电话，帮她请假。半个月过去了，学校又发来电报，杨秀秀只好又请王克宁的老乡打电话回去，让学校再次续假。到了 4 月份，学校怎么也不相信杨秀秀居然还会被大雪围困，于是再次发来电报，正告说，如果她在规定的时间内不到单位上班，就要处分她。杨秀秀忧心如焚，然而这时候谁也无法踏雪下山。

学校又发来了第四封电报，声称，这是给她的最后一次机会。因为杨秀秀已经超假近两个月，如果不回，不会再有商量的余地了。

内地人谁也想不到，直到4月29日，这里的雪才化掉。杨秀秀心急火燎地搭上第一辆下山的车，准备下山，全连官兵列队欢送她。当她认定自己已真真切切地钻进了车里，她终于控制不住自己，突然放声大哭起来。

车开走之后，王克宁在雪地里傻傻地站了很长时间，两行泪水在脸上流淌。

杨秀秀回去之后，再没有消息。

边防连和团里都为他们的事着急，6月中旬，特批王克宁回去探亲。

杨秀秀的工作怎样了，他们的感情处理得如何，人们暂时不得而知。

当然，面对恶劣的环境，人，最终还是要去克服它。

李本轩的妻子俞智慧是那年夏天来白哈巴的。她也是一名教师，在四川达县的一个小镇的中学任教。她到了白哈巴之后，才知道李本轩带人到哈熊沟后面的山上打马草去了。等了两天，她决定徒步到哈熊沟后面的山上去找丈夫。

连里的人都劝她再等等。哈熊沟那一带地形复杂，草深林密，而且有哈熊出没，她一个女性只身进去，有很大的危险。

川妹子俞智慧的性格里有几分辣味，她笑了笑说："我的主意已定，你们就不用担心了。我在老家经常走山路，没事的。"

第二天一大早，她就上路了。连队的战士给她找来一根木棍，让她拄着，说这既可以防身，也可以帮助行走。她出了连队，顺着那条从白哈巴村中间流过去的小河走向一片白桦林。走进林子，阴湿的气息和幽暗的光线使她不由得皱紧了眉头。阿尔泰山脉与她家乡的大巴山截然不同，这里因为遥远，一切都显得神秘而又沉重。

出了白桦林，就开始爬坡。山坡上的草很深，她每往上爬一步，就得用棍子把草拨开。这样，速度就减慢了。一阵风刮过，草丛里发出窸窸窣窣的声音，她不由得紧张起来，怕这些声音是什么动物弄出来的。她停下来，朝四处观看，茂密的野草大多与她同高，已经把她淹没了，她仰头望了半天，也没有望到什么。她想，自己与丈夫长年两地分居，彼此都在想念着对方，现在想要见上一面，不得不翻山越岭，跑到大山里去，这到底是为了什么？

正这么想着，俞智慧脚下一滑，跌倒了。由于路滑，她跌倒之后，向山坡下滚去。翻滚中，有好几次她想爬起来，无奈山坡太陡，都没有成功。滚到坡底，她的头开始发晕，四肢软弱无力。她就那么平躺着，久久不愿起来。她睁开眼，看见蓝天上飘过几朵白云，山坡在阳光里显得郁郁葱葱。她的心头不由得掠过一丝柔情：此时，要是李本轩在身边，多好啊！

躺了一会儿，她便起身又往坡上爬。辣妹子俞智慧的辣劲儿上来了，她不相信就这么个小山坡，能把自己难住。她用棍子把野草拨开，迅速向山上爬去。

不一会儿，她爬到了山顶。

下了山坡，就进入了哈熊沟，她憋足劲一口气穿了过去。走出那片树林，就看见前面是一个大草场，丈夫李本轩正带着六个战士在打草。她一看表，自己在路上已经走了四个多小时。

李本轩见她突然出现在自己面前，吃惊不小。她见李本轩长期在山上待着，已变得黑不溜秋，就笑着对他说："咱们两人现在往一块儿一站，简直就是黑白无常嘛！"李本轩被她逗得笑了起来。

中午，俞智慧使出浑身解数，为战士们做了一顿饭，大家吃得津津有味。

吃完饭，李本轩面露难色，犹豫了半天，对俞智慧说："你看，我们这儿就一间木头房子，我和战士们住在一起，你还是早点下去吧，不然……"

俞智慧明白他的意思，笑道："行，我走。"

战士们都有些过意不去，觉得她那么远从四川来到新疆，又翻山越岭来会丈夫，却连个睡觉的地方都没有，真是令他们难为情。几个战士一商量，决定晚上搬到马草垛子上去睡，把房子让出来给排长和俞智慧。

"要不得，要不得。"俞智慧连连摆手，"你们打马草辛苦得很，晚上一定要休息好。"

下午3点钟，俞智慧一个人下了山。李本轩把她送出哈熊沟，觉得很愧疚，一句话也说不出来。俞智慧笑笑对他说："没得啥子嘛！走了一趟，我觉得挺好玩的。你赶快回去吧，争取尽快把马草打完，早点回连队去。”说完，她转身走了。

俞智慧表面上看似轻松，其实内心装满了委屈。她回到家后给李本轩写了一封信：“那次我本来是想要孩子的，没想到你却在那个地方……”

俞智慧后来辞掉了镇中学教师的工作，随军到边防团的幼儿园当阿姨，终于与李本轩团聚了。

5. 四封电报

肖尚兵在白哈巴已经当了四年兵。

从上站的那一天开始，他就再也没有离开过白哈巴。连长、指导员换了好几届，他却一直留在连队，成天守着电台，除了去过一趟恰巴图，其他什么地方都没去过。四年的时间，如同那些悄无声息的雪花一样，在遥远的白哈巴一点一点地消失了。在这四年间，他家里给他发过四封电报，一封比一封急，而他不是因为连队工作忙，就是因为被大雪阻隔，一次也没有回去。

1997 年 5 月，家里给肖尚兵发来第一封电报：

母亲病，返家乡

接到电报时，连队正在打马草，好多人都去了大山深处；留在连里的人,也都各自坚守着自己的岗位。肖尚兵有些着急,他不知道母亲得了什么病,也不知道医治得如何。但同时他又十分清楚,眼下连队的这种情况,自己是无论如何都走不开半步的。他思前想后,唯一的办法就是给家里写信,把自己的情况给亲人讲讲,自己因为在边防连,一时半会儿确实回不去。

一封信要是在别的地方,从写到发出,没有什么不方便的。然而在白哈巴这样的地方就困难重重,因为它与外界隔着重重关山。一封信往往在写完之后,要等上十天半月才有下山的车。等把信捎到山下,交给团里的熟人寄出,半个月时间就过去了。

肖尚兵的信发出一个月后,仍无回音。

战士们打完马草回来听说了他的事,都来安慰他。他对战友们说:“没事,我妈的病已经好了。”

实际上,他心里仍不分昼夜地为母亲担心,时间已经过去了一个月,他自己觉得她的病应该好了。但他同时又明白,这只是自己的感觉而已,母亲的病到底怎么样,他心中没数。面对战友,他只能这样说。他觉得在白哈巴这地方,每个人都多多少少会遇到一些麻烦事。不管是谁,只要遇上了,不去忍受,不去默默地克服,又有什么办法呢?

家里收到他的信时,一看落款日期,那封信在路上走了四十多天;再一看邮戳,实际邮程只有十一天。他们这才知道,这封信来得有多么艰难。

但肖尚兵的母亲仍在病中。为了不打扰他,家人只好给他写了一封完全违背事实的信，告诉他，母亲已经康复，让他在边防连好好当兵。

至今，肖尚兵仍不知道这件事的真实内幕。

第二封和第三封电报是在 1998 年冬天发来的。第二封电报发来的那天，一场大雪正下得酣畅淋漓，白哈巴像个昏睡的老人一样蜷缩在鹅毛大雪中。中午，团里打来电话，通知有肖尚兵的特急电报。肖尚兵一听就紧张起来，他跑到电话跟前，拿起话筒对那边说："电报上啥子内容？请讲。"

对方一个字一个字地念给他听：

哥哥翻车，重伤

肖尚兵赶紧找到团里的老乡朱长堤，请他给家里打电话。朱长堤很快就把事情弄清楚了：肖尚兵的哥哥外出打工一年，年底归乡，眼看着就要到家门口了，乘坐的公共汽车却翻了，他的一条胳膊被压断，进了医院。

肖尚兵看看窗外的大雪，知道这次又回不去了。冬天的白哈巴，哪怕你有天大的事，大雪都会毫不客气地把你阻隔在这"雪海孤岛"上。

就在肖尚兵犹豫和难过的时候，家里又发来了第三封电报：

哥伤，侄女晕。速返家乡

肖尚兵又赶紧让朱长堤给家里打电话。原来,哥哥受伤住院后,嫂子领着侄女去医院看他。在半路上所乘的汽车被撞,小侄女的只手的几个手指头被压断,当场昏了过去。送到医院以后,昏迷了三天。

肖尚兵让朱长堤把家里的电话打通,然后和军用电话的话筒对在一起,与家人说话。电话里的声音很微弱,肖尚兵大声对着话筒喊叫:“哥哥和侄女现在怎么样了?”

“你回来。”

“我现在回不去,大雪封山。”

“你马上回来。”

“大雪封山,谁也下不去。”

“你必须回来。”

“我……我……我……”

“你个啥子?上次母亲病了你没有回来,这次家里又出了这么大的事,你不能再不回来!”

“我……我……”肖尚兵不知道在这个“我”字后面该说什么,他正犹豫着,电话断了。

肖尚兵手握着话筒,久久不愿放下,泪水从眼眶中奔涌而出。

肖尚兵唯一的办法只有给家里写信。为了赶时间,他打电话找到朱长堤,请他代笔。肖尚兵在电话这头说一句,朱长堤在那边写一句,有好几次,他都说不下去了,忍不住想哭。

家里人收到信后,什么话也说不出来。

而肖尚兵觉得,家里人的沉默就是对自己的原谅,也是对白哈巴的理解。

两个多月以后,哥哥和侄女才康复出院。

第四封电报没有前三封那么急,却同样使肖尚兵焦头烂额。这封电报是他父亲发来的:

对象已定,返家

接到电报,肖尚兵的心里很不是滋味。自己出来当兵三四年了,早已到了找对象的年龄,但因为一直在边防连,这事就一直耽搁着。现在家里人急了,给他张罗着介绍了一个。

这时候正值夏季,没有封山大雪。那条通往山下的道路从连队门前开始,一直延伸至对面山的山顶。肖尚兵看着那条路,觉得那上面闪动着希望的光芒。他多么想踏上这条道路,走下山去,回到魂牵梦绕了许久的故乡。

然而这时候电台站只有他一个人。台长和另外两名报务员都到团里参加培训去了,他无论如何都离不开。

肖尚兵只好又给家里写信。他拿起笔的时候,感到手中的笔十分沉重,怎么也落不到纸上去。随着兵龄的增长和家里一次次出事,他已害怕给家里写信。别人写信,都是给亲人通报平安,而自己每次都怀着愧疚的心情，请求家人原谅。那一个个字，落笔如铅：

> ……我已经懂事了，自己的事情让我自己来处理吧，请你们不要操心。如果专门为了这件事的话，我想与之相比更重要的，还是连队的事情。所以，我就暂时不回去了。祝你们一切平安。

他没有回去，经别人介绍的对象只好算了。他挺难受，不知道这算不算被人家吹了。如果她不算自己的对象，那么现在人家与自己拜拜，也就无所谓了；如果算作对象的话，那么直到告吹，彼此竟连一面都没有见上，两个人都不知道对方长什么样子。你说这叫什么事啊！

肖尚兵的母亲很生气，打算到部队来看他，她想弄明白白哈巴到底是一个什么地方，居然让儿子三次走不开。

肖尚兵想，母亲已经50多岁了，上下车不方便，从四川到新疆，要走两千多公里的路，够折腾的，还是别让她来。他托副指导员邱庆武在哈巴河县给母亲打电话，劝她不要到新疆来，并表示，自己一定尽早回去。邱庆武对肖尚兵的母亲好一番劝解，她才没有踏上西行的列车。

肖尚兵听到母亲没有出门的消息后，说不上是高兴还是不高兴。他愣愣地坐了一夜，心情非常复杂。

连里想让肖尚兵下山一趟，哪怕只是到小得不能再小的哈巴河县城去转转也行，却一直没有机会。因为连里人太少，电台上除了他，再没有人值班。

肖尚兵见下山不成,也就静下心来把白哈巴当作家了,认认真真地守着电台。这四年,他除了守电台外,还兼管发电和兼任电台领导职务等,只要有空闲时间,拉土种菜,喂猪养羊,不管什么活,只要碰上就干。农家子弟的朴素本色,在他身上得到了淋漓尽致的体现。

1997 年 6 月,喀纳斯湖边的松林着火,连队的干部战士都赶去救火。大火烧了三天,连队的干部战士救了三天。肖尚兵守在电台跟前,不能离开半步。那三天,电台一直开着,他没合一小时眼。指导员陈广社见他实在困得不行,每天早上提前一小时起床,帮他监听一会儿,让他休息休息。

大火在第四天被扑灭。

陈广社让肖尚兵去休息。他打着哈欠对陈广社说:"火灭了就好,火灭了就好。火扑不灭,我这里着急得像着火一样。"说完,他从口袋里掏出 10 块钱,递给陈广社说,"指导员,这 10 块钱是我捐给受灾牧民的。"

陈广社一阵激动,说:"你小子,想得倒挺周到的。"

"我没有到一线去扑火,这只是我的一点心意。"

后来,肖尚兵争取到了一次外出的机会:他和另外七名战士一起被派往恰巴图执勤。这次,他看到了中哈 3 号界碑。那是他当兵四年来第一次看到界碑。那一刻,他突然想起自己当兵这几年间发生的一些事,想起母亲、哥哥、侄女和那个未曾见过面的姑娘。他站在界碑跟前,对着家乡的方向敬了一个军礼。

不久,他们断水了。一断水,他们的生存马上受到威胁。肖尚兵动员大家一定要挺住,坚持执勤完毕后再返回。

团里知道了这件事,命令他们立即返回。

在返回白哈巴的路上,肖尚兵想,团里是出于对他们安全的考虑,才让他们返回的,不然大家一定能挺过去。

肖尚兵是在团部接受的新训,上山之后,听说团部的院子在新团长来了以后,已大变样了。但他直到现在还不知道团部是什么样子。他想,如果真有一天下山到了团里,可能连团部的大门都找不到。

副参谋长得知肖尚兵四年没离开过白哈巴一步,亲自出面协调,让肖尚兵坐自己的车下山去给连里买东西。说是买东西,其实是想让他去看看山下的世界是什么样子。

肖尚兵高兴得一晚上没合眼,他暗自盘算,到了哈巴河,一定先给家里打个电话,好几年没有听到家人的声音了,他特别想跟他们说话,然后就到县城的街上转转,好好看看。

然而,就在第二天早上临出发前,因情况有变,他不得不留下继续坚守电台。

副参谋长离开白哈巴时,没有看到肖尚兵。在车子开出连队大门的那一刻,肖尚兵难过得忍不住哭了起来。

6. 哈熊沟历险

一大早，排长苏志印带着战士陈海军、孙海宁和李新刚从恰巴图骑马出发了。四周大雾弥漫，空气清新，散发着一股湿漉漉的气息。阿尔泰山经过一夜沉睡，又焕发了活力。

三个战士的马背上绑着睡袋、茶壶和吃的东西，马队走起来发出叮叮当当的声响。这个地方大家习惯性叫图门巴，实际上它的真实名字叫恰巴图，真正的图门巴离这儿还有好几公里的山路。

这次巡逻，图门巴是最后一个点位，但这一带崎岖难走，而且要翻山，估计得走一天。

走了没多远，路就变得难走起来，杂草和横倒的树枝纵横交错，使得留出来的空隙，只能通过一匹马。大家只好下马，牵着马小心翼翼地穿过丛林。刚出林子，路下面就出现了悬崖。等苏志印他们小心翼翼地走过这一段险路，又进入了一片树林，几个人这才松了一口气。他们知道，哈熊沟快到了。这片树林尽管密一些，但路挺好走。

苏志印让大家休息一会儿再走，陈海军和李新刚捡来树枝，燃起一堆火，烧了一壶茶。几个人就着茶水吃下一些东西，浑身又有了力量。

十几分钟后，苏志印下令继续前行。前面就是哈熊沟，这个地方很少有人行走。在哈熊沟前面，有一块争议地区。

哈熊沟因哈熊而得名。沟里哈熊不但多，而且大得出奇。它们经常伤人,就连那些哈萨克族猎人,也谈“熊”色变。白哈巴村有一个俄罗斯族小伙子来这里打猎,一枪把一只哈熊打倒,以为打死了,可刚走到它跟前,它突然一跃而起,一掌打在他脸上。他被打得飞出五六米远,一只眼睛被打瞎了。

一次,战士们在树林里巡逻,正走着,突然看见一个白花花的东西从马肚子底下钻了过去。马受惊,战士们忙着拉马,没看清是什么,后来才知道可能是金钱豹或豺狗。那匹受惊的马回到连里,不吃不喝,过了几天,撒尿时撒出来的全是血。

哈熊沟,处处都充满着危险。

几个人慢慢进入了哈熊沟。

突然,苏志印发现草地上有一条细碎的小路,上面有哈熊踩出的足迹。他估计这是哈熊出没时留下的。他仔细观察四周,发现有些草被压倒了。他估计哈熊在这儿产过小熊。想到这里,他不由得警觉起来,这种情况下,哈熊一旦与人遇上,会变得更加凶猛。他赶紧让三名战士把子弹推上膛,尽管离边境线 2 公里不能开枪,但人身受到威胁时,还是要以安全为重。

几个人往前走了五六十米时,草丛中突然抬起一个黑乎乎的脑袋。那个脑袋磕在一旁的一棵小树上,小树立刻发出一声闷响。

是哈熊!

大家都紧张起来,勒住马,喘起了粗气。

苏志印把手指放在嘴唇上,嘘了一声,示意大家不要说话,继续在马背上观察。哈熊还没有发现这边有人。

过了几分钟，哈熊把脑袋一仰，又蹲了下去。但马受惊了，乱叫起来。大家立即下马，拉住马，防止它乱跑。马怕哈熊，尽管被拉住了，仍吱儿吱儿地喘着粗气。

苏志印让李新刚和孙海宁把马牵到后面的松林里去，以免惊动哈熊。他和陈海军蹲下，紧紧握住枪。陈海军有些紧张，用枪口对着哈熊可能出没的方向，两眼一眨不眨地盯着那片草丛。苏志印悄悄对他说："不要怕。它不过来，就不要开枪。"其实他心里也很紧张。

马被牵到树林里后，又发出一声嘶叫。

哈熊这次听到了马的叫声，一下子爬了起来。苏志印和陈海军不由得大吃一惊，这头哈熊有牛那么大，它浑身黝黑，像恐怖片里的恶神。哈熊转悠了一会儿，没有发现苏志印和陈海军，又蹲了下去，发出几声嘶哑而又粗壮的叫声。

哈熊拦在了他们巡逻的道路上。

苏志印和陈海军慢慢往后退，退到一棵松树下，苏志印示意陈海军趴在地上观察，自己爬上了树。苏志印看见哈熊仍蹲在那儿，一动不动，像是在睡觉。他想，今天必须把它赶走，不然，就没办法过去。如果从别的地方走，可能有沼泽地，骑马走沼泽地，危险更大。他又想，按牧民的说法，哈熊的眼睛实际作用不大，看东西不太行；但它的嗅觉和听觉比较灵敏，一般情况下，人离它五六十米的时候，如果顺风，它就可以闻到。想到这里，他有些欣喜，就目前的情况看，自己和陈海军所处的这个地方是哈熊嗅觉的盲区。

苏志印从树上下来，对陈海军说：“点一根火柴，试一下风向。”陈海军点燃一根火柴，果然火苗被吹向他们身后的方向，这说明，风是从哈熊那边刮过来的。

测出风向，两个人的心平静下来。他们决定，把哈熊从这片草丛中赶走。

两个人摸索着走到一块石头后面，蹲了下来。陈海军从 1993 年开始为连队放马，经常来哈熊沟，对这一带的地形比较熟悉。他知道哈熊喜欢爬坡，如果现在能把它赶起，它肯定会爬到前面的那座山上去。但怎样才能让它不发现是人在赶它呢？两个人商量来商量去，决定对着它打口哨，只有口哨才会使它分辨不出是人还是其他动物发出的声音，而它只要一听到响声，就肯定会离去的。

两个人一齐打了几声口哨。

哈熊站起来，向四周看看，然后走到他们刚才走过的那条路上，站在那儿不动了。

两个人更紧张了。苏志印对陈海军说：“不要怕，它可能还没有发现我们。哈熊在一般情况下，只要人不惹它，它不会惹人。现在我们继续打口哨，把它哄走。如果它真的扑过来了，就开枪。”

两个人又不停地打口哨。

哈熊好像已经习惯了口哨声，抬起头向四周看看，转身向刚才蹲过的地方走去。它走走停停，沿路不经意地朝四周张望着，像是准备离去。

两个人觉得口哨声像是一根驱赶着哈熊的鞭子,正在赶着它走向预定方位;两人把口哨吹得更响,逼着哈熊又快速往前走了几步。

两个人的口哨声骤然加大,里面有了一些喜悦的音调。

哈熊一直爬到山顶,很快就消失了。

孙海宁和李新刚从后面的树林里赶了过来。他们发现,苏志印和陈海军的身上出了很多汗,衣服全部湿透了。

恰巴图除了哈熊,还有狼。

每年的7月份,牧民都要把羊赶到山上来放牧,这时候,狼便经常出没于牧区,有时候还是群狼。狼在遥远的阿尔泰,似乎更加凶猛和残忍,只要它们一出现,牧民的羊必定要被咬死几只。

在执勤点,战士们除了维护边境地区放牧秩序外,还担负着保护羊群的责任。

1996年夏天,苏志印带队在这里执勤。上点的第一天,一位牧民就找上门来:"解放军排长,你们来了嘛,太好了嘛,我请你们吃羊肉。"这家牧民是连队的老朋友了,官兵们欣然接受了主人的邀请。吃完手抓羊肉,牧民说:"你们来,我好好地招待。现在我有一个尕(小的意思)尕的要求提一下,你们能不能在这里放几枪?狼闻到火药味,就不来了。今年已经有30多只羊被狼咬死了。"

"可以。"苏志印说。

牧民带着战士们走到河沿上,指着一堆羊尸说:"你们看,这都是毛驴子养下的狼干的。”

河滩上堆积着一些被狼咬死的羊。羊被狼咬死之后,牧民们很生气,就把它们扔在这里。现在,有好多已经腐烂,散发出一股臭味。牧民们对狼恨之入骨,却没有办法与它们搏斗,只能像这位牧民一样痛骂狼是“毛驴子养下的”。

看完羊尸回来,苏志印朝天开了两枪。

牧民们听到枪声后,都跑了过来。他们见边防连的人上来了,而且还带着枪,一个个都高兴不已:“谢谢,你们解放军就是好!过上半个月,你们再来,不然火药味一散,毛驴养下的狼就又来了。你们来嘛,我们宰一只羊招待,一只羊不算啥。要是毛驴子养下的狼一来,不知道要咬死多少只羊呢!”

苏志印和战士们看到牧民们的眼睛里有一种期待,也有一种惶恐。他们感到一种很沉的东西压在了肩上,他们向牧民们点了点头。他们知道,现在到了用自己手中的枪向狼射击的时候了。这一带一到晚上,狼声四起,牧民们纷纷关紧门不敢出来;有时候在狼的叫声里,狗居然都被吓得呜呜直哭。

连队在这里也放牧了一群羊,由牧工艾依甫管理。

没过几天,艾依甫就找到苏志印,神情紧张地说:“苏排长,狼来了,狼来了!”

这几天,苏志印一直在草甸子里搞训练,并没有看到狼,于是问艾依甫:“狼在什么地方?”

艾依甫说:“昨天晚上有一群狼钻进一个牧民的羊圈里,咬死了好几只羊。现在嘛,狼多羊少,这是个什么事情嘛! 羊少,狼就更厉害了。”

苏志印安慰他不要害怕,有什么情况随时报告。

第二天一大早,苏志印还没有起床,艾依甫就来敲门。苏志印打开门,只见他扛着一只羊,满脸痛苦地站在门外。他一见苏志印,就把羊扔在地上,什么话也不说了。

苏志印经过一番细致询问,才知道这只羊是怎么死的:凌晨5点多的时候,艾依甫听见狗突然叫了起来,而且越叫越厉害。他赶紧起床,跑到羊圈里,见一只狼正在抓羊。他一着急大吼一声:“干什么!”那只狼一听到他的吼声,扑到一只羊的身上,用嘴扯掉它的肠子,然后夺门而逃。那只羊的肠子被扯断了,很快便倒地而亡。艾依甫一生气,就扛着羊来找苏志印。

苏志印决定打狼。

晚上,苏志印扛着睡袋,背着枪,爬上了房顶。艾依甫在羊圈旁支一个小帐篷,抱着那支“来福牌”猎枪躲在里面。两个人商量好了,只要狼出现,就伺机将它击毙。

夜慢慢深了,寒气漫开,地上有了一层白霜。尽管时值7月,恰巴图由于海拔高,空气潮湿,气温骤然下降,远处的山顶上已有了白雪。

凌晨2点,羊圈里的羊突然绕着栏杆跑开了。当时月光正亮,苏志印观察了一会儿,发现羊跑了一阵之后,突然全部集中到了北面的角落。

艾依甫轻声说:“苏排长,狼来了,现在在南面的山坡上。你看羊群害怕,都跑到北面去了。”

苏志印说:“明白了。不要再说话,耐心等待。”

南面的山坡上一片漆黑,因为有茂密的树林,所以看不到狼的踪影。

苏志印和艾依甫静静地等待着。

直到天亮,狼也没有出现。

第二天晚上,苏志印和艾依甫又严阵以待。凌晨4点多,羊圈里的羊又开始跑动,跑了一会儿,集中到了南面的角落。

这时候,艾依甫在帐篷旁低声对苏志印说:“苏排长,你看,山坡上的那个黑黑的东西就是狼。它饿得很,马上就下来了。”

苏志印示意他耐心坚守。

那个黑影慢慢在移动,越来越近。

艾依甫急了,对苏志印说:“快开枪打它。如果它冲进羊群就完了,它至少会咬死一只羊!”

“不要急。”苏志印说。

黑影越来越近,艾依甫沉不住气了,举起猎枪对准黑影砰地开了一枪。由于慌乱,他没有打中那团黑影。黑影闪了几下,跑上山坡,很快就消失了。

苏志印好一阵懊悔。他收起枪,钻进睡袋睡觉。艾依甫一枪把狼吓跑了，估计今晚再不会有什么情况。

过了几天，恰巴图下了一场大雪。因为这场雪来得太突然了，战士们和牧民们只好赶着羊提前撤下了山。

7. 界碑旁的墓碑

刚看到界碑，却又看到耸立在界碑旁的一个墓碑。

走近墓碑，碑上的字迹已变得模模糊糊。界碑和墓碑在这里组合在一起，构成了一道特殊的风景。站在这两种碑前，想努力分清它们不同的意义，但分来分去，它们在人们心里反而缠绕得更紧了。

这个墓里合葬着马晓江的前妻宋晖和他们的儿子。母子俩在阿尔泰的洪水里遇难后，马晓江含泪将他们埋在一起。

马晓江提起他的前妻，泪水马上就流了出来。

马晓江在白哈巴边防连任指导员时，妻子宋晖千里迢迢前来探望他。说是探望，实际上是想让他带自己去看病。她从 4 月份就感到身子不适，但马晓江一直忙于连队的事务，几次团里批了假，都因连队干部少、工作忙而没有脱身。这次，马晓江想好了，准备打完马草，马上带妻子到阿勒泰陆军 16 医院去检查身体。

宋晖等了一个星期，马晓江才带着她和 3 岁的儿子下了山。到了阿勒泰，因为是星期六，无法入院。他们打算找地方先住下来，等星期一再说。在街上转了一圈，宋晖觉得克兰河河边的一家旅馆不错，光线好，而且离医院近，等星期一去看病时，就不用再跑路。于是，一家三口住进了那家小旅馆。

下午，天下起了雨。开始是小雨，后来变成了暴雨。由于阿勒泰市处于阿尔泰河的下游，雨过之后便发洪水。马晓江一家住的那个小旅馆被河水淹没了。马晓江跑出去找堵水的工具，刚出大门，突然被一股大浪冲倒。他挣扎着想靠近妻儿住着的那间房子，但好几次都没有成功。那天的洪水大得出奇，淹上河岸的洪水已与人同高，马晓江不但没有游回去，反而被冲入河道，向下游漂去。在河中，他数次抓住木头和树枝，企图爬上岸，但都没有成功。没过多久，他被冲到一个桥洞前，眼看着就要撞到水泥桥墩上了，他在心里苦叫一声："完了。"也许老天在那一刻睁开了眼，把他卷入一个旋涡，三转两转卷着他从桥洞里穿了过去。后来，他被冲向一个浅水滩，终于挣扎着爬上了岸。等他没命地跑回那家旅馆所处的位置时，不禁大吃一惊：那家旅馆已被冲垮了。他急忙问周围的人："见没见到一个妇女抱着孩子出来？"众人回答："没看见。"他怀着一丝侥幸，在人群里寻找母子二人，然而哪里还有他们的影子啊！他又沿河岸往下游跑去，大声呼叫着妻子的名字，跑了 2 公里多，仍一无所获。

马晓江立刻向阿勒泰军分区报告了自己不幸的遭遇，分区马上出动人员寻找，终于在下游 50 公里处找到了宋晖和儿子的尸体。被洪水打上河滩的母子俩，已一丝不挂，血肉模糊。宋晖双手向前伸着，也许她在停止呼吸的最后一刻，还想努力爬出洪水。由于母子二人都是脸朝下趴着,有人问马晓江:"要不要把他们的身子翻过来,你再看他们最后一眼?"马晓江流着泪说:"算了,我,我……"

不知道他在这个"我"字后面还想说些什么,但他刚说出个"我"字,就感到身心都被悲痛淹没了。

痛失妻儿的马晓江孤零零地回到了白哈巴。他将宋晖母子二人合葬在连队后面的小山上。他希望在内心能长久地保存昔日妻子和儿子留下的欢乐,希望今后能时时与他们倾诉心语……

现在马晓江轻易不说这件事。事情已经过去好几年了,他只想把那份伤痛深深地埋藏在内心。他现在对人特别友善,有一种经历了磨难之后的成熟与稳重。一次在克孜乌雍克,连队军医对他说:"股长,我对象现在要与我告吹,我想请假回去,你能不能给批个假?"

马晓江一听,脸上马上呈现出着急的神情,但他对军医说:"你要想走,我可以放你,但为了让你走得顺利一些,你最好向连、营请示,然后再向上反映。只要到我这里,我马上做一个电话记录,去向团领导反映,给你努力争取一下。唉,你这事说到底是个大事。"

宋晖母子遭遇不幸之后,马晓江怀着极其愧疚的心情回到陕西老家,去向妻子的家人赎罪。

三秦人民纯朴,他们不但没有责怪他,反而又说服宋晖的妹妹嫁给了他。现在,两人已有一子,日子过得和谐美满。

每年,马晓江都要到白哈巴来给妻儿上坟,看到这个字迹模糊的墓碑,他每次都难过得泪流满面。

第二章 扎玛纳斯的冰与火

1. 下站

扎玛纳斯(意为山的脊梁)边防连坐落在阿克哈巴河旁的小山坳里。一幢两层小白楼,在周围牧民的帐房和木屋的映衬下,格外引人注目。

阿克哈巴河流到这里,像是终于放开了性子,一泻千里地向下游流去。连队四周的山坡上,树木有些稀少,而那些叫不上名的杂草倒是长得十分旺盛,把整个山坡装点得绿油油的。

这片绿色在扎玛纳斯是很短暂的。因为受阿尔泰气候的影响,这里没有“春天”和“秋天”的概念。5 月份雪化了,算是夏天来了;10 月份下雪了,冬天又到了。短暂的夏天挨着漫长的冬天,这是扎玛纳斯独一无二的特点。铁热克提乡离连队不远,坐落在卡因得布拉克山脚下,那条通往白哈巴和扎玛纳斯的公路就从这里开始爬山,七绕八折,一直延伸到卡因得布拉克山山顶上。

这条路是两个边防连上下站的唯一通道。

第二章
扎玛纳斯的冰与火

冬天，大雪一场又一场地落下来，这条路很快就被埋没了，于是边防连的官兵就用自己的双脚在雪地里重新蹚出一条路，一直走向哈巴河县城。他们蹚出的，是一条雪路。

1997 年 12 月 27 日，在扎玛纳斯执行任务的团政治处张副主任接到通知：下山参加团党委全委会。那天，一场大雪正在下着，营门外的积雪已经是厚厚的一层，看一眼，就知道能淹没到人的膝盖以上。要命的是，天仍阴着，大雪依然纷纷扬扬。

张副主任痴痴地盯着山沟，雪平稳地一层一层飘落。塄坎钝了，路断了，沟底晶莹地升高——这无情的断他下山之路的大雪啊！

28 日凌晨 1 点钟，张副主任带着杨国文、吉晋中和侯本健三人出发了。昨天的大雪下了一整天，而且现在天依然阴着，所以他们一改往日 5 点钟出发的习惯，提前四个小时出发。因为团里有一些人在等着上站，所以除了两架爬犁外，他们又多带了两匹马。

四周一片漆黑，黑暗和寒冷使扎玛纳斯成了一个阴森森的世界，一出门，一股寒意立刻袭上身来。几个人在被冻得发抖的同时，心也颤抖起来。这时候，雪又下了起来。几个人忧郁地抬头望了望天，又忧郁地低下了头。大雪此时已经充当了天空的发言人，不分青红皂白地把寒冷倾泻下来。

雪太大了，除了踏雪而行，别无选择。

四个人默默地上路。寂静的夜里响着马蹄踩雪的咯吱咯吱声。四周一片银白，几个人的身影如蚂蚁般大小。

5 点钟,他们走到了也里门。

几户牧民的房子静悄悄地被裹在雪中。大雪已经淹没了门窗,而牧民可能正在酣睡,对屋外的大雪一无所知。

张副主任让大家在一堆木头上坐下来休息。经过两个多小时的艰难跋涉,大家都已气喘吁吁。这四个人从这条路上下站不止一次了,但从来没有走得像今天这么艰难。由于雪太厚,马每一次把蹄子踩进去和拔出来,都颇费力气;走了还不到 10 公里,几个人的腰已经开始酸痛。想想才走了不到四分之一的路程,他们的心情变得沉重起来。

休息了一会儿,张副主任站起身,说:“去把那匹马牵来,继续前行。”出发时,团里得知连队的一匹马在这里,便让他们把它带下山。很快,杨国文摸黑在一家牧民的房子后面找到了那匹马,把它牵了过来。这匹马很奇怪,大家都已上马,坐上爬犁子,它却死活不走。张副主任突然想起,这匹马有个毛病,只有人骑在它背上,它才走,否则,它一步也不动。得知这个情况,侯本健从爬犁子上跳下,把马缰绳交给杨国文,又把自己坐骑的鞍子移到这匹马的背上,然后骑了上去,马终于走了。

张副主任赶着爬犁子走在最前面。雪不时地从地上飞溅起来,落到他身上,没走多远,浑身就变白了。这段路还算好走,马拉着爬犁子轻松地往前跑去。由于路平,坐在爬犁子上有一种飘逸感。张副主任不由得在心里感叹,这还不错,像坐在“三菱”车里。

然而好景不长,很快就开始爬山了。上山时人是不能骑马也不能坐爬犁子的。于是，他们都下到雪地里，开始徒步往上爬。吉晋中爬在最前面，他边爬边用手把雪刨开，以便后面的人爬得容易一些。爬到山顶，大家都松了一口气。然而，没等他们彻底放松，险情便出现了。吉晋中想伸个懒腰，突然脚下一滑，向山下滑去。他的手里抓着马缰绳，马被他一拉，在慌乱之中也向下滑去。

几个人大吃一惊，连忙跑过来。然而，当他们赶到人和马滑下去的地方，向下一看时，要喊叫的嘴立刻被惊得张了个半圆——吉晋中和那匹马像皮球似的从山坡上滚了下去，一直滚到了山脚。山脚正升腾起一股雪雾，吉晋中被那团雪雾淹没了。

他们赶快下山，向那个地方跑去。

那匹马从地上站了起来，一边咴咴咴地打着响鼻，一边左右晃动着身子，把沾在身上的雪抖掉。

而吉晋中却没有了影子。雪地很平展，他掉下来之后，会落到哪里去呢？

大家正焦急之中，就听见前面的雪地里隐隐约约传来喊叫声：“我在这里，救命……救命……”大家赶过去，只见吉晋中掉进了一个雪窝子里。雪窝子很深，而且由于他摔得太重，趴在雪窝子里一动不能动。他没有发现大家已经赶了过来，仍不停地用微弱的声音在喊叫。

张副主任想跳下去救他，然而当他走到雪窝子跟前，仔细往里一看，不由得犹豫了。尽管雪窝子里一片漆黑，但依然可以看出它很深，就是跳进去十个人，也无济于事。

怎么办？大家一时难在了那儿。

这时候,那匹黑马突然嘶鸣一声,紧接着,一个令人叹为观止的奇迹出现了——

黑马慢慢走到雪窝子跟前,朝里面张望了一下,然后突然把头一甩,把那根缰绳甩了进去。它完成这些动作时,身姿优美得如同一个舞蹈演员。

吉晋中在下面抓住了马缰绳。

黑马双眼紧闭着,把前蹄跪下,像是在运内力。过了一会儿,只听它嘶鸣一声,撑起前蹄,顶天立地地在雪地里站了起来。接着它慢慢地后退,拴着缰绳的脑袋如同一个沉稳的塔吊。

吉晋中被慢慢拉了上来。

张副主任、杨国文和侯本健三个人被眼前发生的这一幕惊呆了。他们站在原地一动不动,观看着这个人间的奇迹在眼前上演。过了好一会儿,他们才醒过神来,一个个跑过去,拉起吉晋中,继而又拥过去亲切地抚摸黑马。此时,似乎有一种很神秘又亲切的东西在雪地上弥漫。

天慢慢亮了。

大家整装待发,一抬头才发现,虽然折腾了一夜,才走到木材检查站。几个人不由得心寒起来,走了五个多小时,才走了十多公里路!

一个夜晚就这样过去了。

从木材检查站开始,路更难走了。由于雪厚,骑马无法行走,他们只好下来，牵着马走。没走多远，雪更厚了，他们只好在前面扒雪，让马从扒开的雪道中通过。

这样，走了四个多小时，他们才到胡吉里平滩。看到胡吉里平滩，大家都莫名其妙地忧伤起来。这时的胡吉里平滩，由于所处地势较低，山上的雪被大风一阵阵刮来，把平滩变成了一片深厚的雪原。那些电线杆已经有三分之一被埋在了雪中。这么厚的雪，就算是横着心迈进去，天知道得走多长时间。

张副主任没有说什么，牵着马第一个默默地迈了进去。老兵在什么时候都是一面旗帜，其他人像是听到召唤一样紧跟在他身后。

进了胡吉里平滩，就等于进了风口。不一会儿，风就刮了起来，雪花在风中飞舞着。

四个人迎着风艰难地往前走着。突然，侯本健说："我觉得这雪比较瓷实，可能能骑马和坐爬犁子，咱们试试吧？"大家都觉得他说得在理，便分别骑上马、坐上爬犁子。马果然迈开步子跑了起来。这一发现使大家高兴不已，他们不由得挥动马鞭抽打着马匹，让它们奔驰起来。

不知不觉，走过了大平滩的一半路程。

这时候，风突然转了个方向，朝着他们前行的角度吹了起来。顺风而行，自然省力气也省时间。这一突发性的转变，使他们忍不住高声欢呼起来。如果不出什么意外，再有两个小时，就可以走出大平滩。

侯本健骑马走在最前面。他骑的就是那匹把吉晋中从雪窝子里救出的黑马。他觉得它非常有灵性，专找雪薄的地方走；人骑在上面，很舒服。走了一段,侯本健想,不如跑起来吧,跑热了反而好一些。于是,他双腿一夹,黑马便撒开四蹄跑了起来。

后面的人想把侯本健喊住,但因为风大,他们的喊声全被淹没了。转眼间,侯本健就跑远了。

侯本健只觉得黑马载着自己像是在飞,雪地迅速向后移去。

“7公里,8公里,9公里……”侯本健边跑边估计着路程。前面已经隐隐约约地出现了一座小山的轮廓。他知道,那是出了大平滩之后的第一座小山。

过了一会儿,风向又变了。风像突然把所有的雪都掀了起来,整个天地间顿时被一片白茫茫的雪浪充斥着。

侯本健已经无法把马收住。他想,反正快出大平滩了,索性放开缰绳让它跑吧。但他又想,大平滩已经变成白茫茫的雪地,浊无天日,会不会迷失方向或碰在什么东西上?就在他刚这么想着的片刻,黑马突然发出一声惊骇的嘶鸣,紧接着,他就觉得自己从马背上飞了出去,一个很硬的东西击在了他脑袋上,然后,他就什么也不知道了……

侯本健醒过来的时候,看见张副主任把自己抱在怀里,其他人都焦急不安地围在四周。

大家见他醒过来了,便把他轻轻地放在爬犁子上,让马拉着他慢慢往前走。原来,在他纵马奔驰时,突然撞在了一根电线杆上。幸亏他伤得不重,在这天寒地冻的地方,不能停留,只能尽快往前赶,争取早一点到团部再做安排。

下午4点,他们走到了牧业六队。

从也里门出发时,他们给在牧业六队执勤的两名战士打过一个电话,让他们下午2点在这儿等候,把多余的一匹马交给他们,以供上站的同志使用。结果由于一路耽搁,到了这儿,已超出约定时间两个多小时。那两个战士见天色已晚,先回去了。

张副主任想了想,让杨国文把那匹多余的马拴在他的马后面,去追他们。如果他们走掉,那匹马就没地方安顿了。马不吃草是不行的。

杨国文骑马到牧业六队,向牧民询问那两个战士的情况,牧民却什么也不知道,他只好返回。一位牧民得知他有一匹多余的马没地方寄存时,答应可以替他喂几天。杨国文非常感激,连声说着谢谢。在牧区,冬天的马料比人吃的东西还珍贵,这位牧民慷慨相助,可见他对边防连情深义重。

杨国文返回后,张副主任让大家干吃方便面。吉晋中和杨国文饥渴难耐,便抓起地上的雪吃了起来。按以往的惯例,每次到了牧业六队,都要停下歇息,吃点东西,但这次他们已经顾不了那么多了,吉晋中和侯本健都受伤了,他们必须尽快赶下山去。

7点多的时候,他们又上路了。

出了牧业六队,基本上就出山了,但这时风更大了。大风呜呜地吹着,掀起一层一层的雪花,把人整个视野都遮住了。杨国文他们并没有对这场风表示出任何情绪。经过长时间的跋涉,他们已经从感情上接受了风雪,他们深深知道,在这样的天气里蹚雪,不遇上些艰难险情是不可能的。在阿尔泰,只要你一踏进雪原,留给你的只有默默的忍受和不屈的拼搏。就是在这样的情况下,只要你回头,你就会发现身后的那条你刚刚用手和身子扑腾出来的路,顷刻间便被大雪淹没了,茫茫雪野里,剩下孤独的你,生的欲望将促使你拼命地往前走。这种时候,你已别无选择。

天很快又黑了。从昨天晚上走到今天,现在又进入黑夜,每个人都觉得仿佛在路上走了一辈子。

张副主任突然发现不对劲,因为雪地忽高忽低,全然没有路的感觉。他想,就是雪再厚,因为路面是平坦的,所以雪地也不会忽高忽低,崎岖不平。想到这里,他赶紧勒住马缰绳从爬犁子上下来,跑到马前面,刨开雪仔细察看。他看到,雪下面是石子,而且还有沙坑。他惊叫一声:完了,迷路了。他无比沮丧地一屁股坐在地上,突然间没有了力气。迷路是他最担心的事,但还是发生了。

其他几个人都从马上下来,四周找路。

大家找了两个多小时,仍没有找到一丝路的痕迹。

风仍在呼啸,四周一片荒凉萧瑟。

杨国文说:“张副主任,我骑马去找路。”

张副主任立即制止了他。在这种情况下,最怕人走散,一旦走散,到时候人找人将更乱。到现在,除了自己,就只有杨国文的体力好一些,因而无论如何大家不能分开。

第二章
扎玛纳斯的冰与火

几个人坐在雪地里，一时没了主意。在这种情况下，谁也不说一句话，似乎默默挨着一分一秒，挨着寒冷，就是一种抗争，一种从内心深处表现出来的不屈和英勇。

突然，从前面传来几声狗叫。

几个人同时从地上一跃而起，站在雪地里侧耳倾听。不一会儿，又传来几声狗叫。

“有希望了。”张副主任特别激动，“有狗就说明有牧民。咱们只要找到牧民，就不愁找不到路。”

他们赶紧收拾行装，又往前走。走了半个多小时，仍看不到灯光，也看不到帐篷之类的东西。

张副主任怕再走错路，赶紧招呼大家停住。

这时候，又传来几声狗的吠声。

“现在咱们离牧民肯定不远了，但不知道他们在哪个方向，朝他们喊叫怎么样?”

“喊!”另外三个人异口同声。

“喂，这里有没有人?”

“你们在什么地方?”

“佳克斯！我们是解放军。”

“你们听到了没有，救救我们。”

……

喊了半个小时，仍没有动静。

吉晋中突然想起自己带了一个手电筒,就从挎包里把它掏出来,但打开一看,没电了。

张副主任想起从扎玛纳斯出发的时候,带了一个话务单机,那里面有两节电池。他把那两节电池掏出来,刚要往手电筒里装,转念一想,如果这两节电池电量大,就会把灯泡烧掉。于是,他把吉晋中的一节旧电池拿过来,和自己的一节新的配对,装了进去。

手电亮了。

大家打着手电,继续找路。

翻过一个小山包,杨国文发现前面的雪地上有一条发黑的直线,一直通向山外。他走过去用手扒开雪一看,不由得高兴地叫了起来:“路,路!这里有路!”原来,路面坚硬,落上雪之后便变黑了。

终于踏上了下山的路!

几个人都松了口气,找到了路,后面再遇上多么大的困难,都不会害怕了。

他们重新系好爬犁子的绳索,排成“一”字队形,向前走去。

天亮的时候,几个人终于走到了津巴四队。这个地方是下山的最后一站,再往前走,穿过一个小山沟,就算是下站了。剩下的路,非常好走,一上公路,就可以直抵哈巴河县城。

而这时马却走不动了,人更加困乏。杨国文骑的2号马正走着,突然一头栽倒在地,起不来了。大家只好让它卧着休息了一会儿,再牵着它往前走。为了防止马匹累倒,所有的人都下马步行。

前面出现了一户人家。

张四相副主任带领大家走到房子跟前,举手敲门。走到现在,每个人都急需补充营养。他决定向这户人家要些东西吃。

门开了,出来一个40岁左右的农民,他头戴白帽,一看就知道是回族。大家一阵欣喜,回族人待人热情,找到他家,是找对了。

“老乡,我们在雪地里走了一天两夜,人困马乏,你能不能给我们弄点吃的东西?”

“我的妻子到口内去了,家里只有一个12岁的小丫头,不太会做饭。”

“没关系,能做到什么程度就什么程度,让我们吃一点就行。”

小丫头很快做了一锅揪面片,因为没有油,她只在里面放了一把盐和一些土豆丝。这样的饭吃起来有些涩。

张四相问小丫头:“有没有醋?”

“有。”

一勺子醋刚放进锅里,大家便迫不及待地各自盛上一碗,狼吞虎咽地吃了起来。

这顿饭大家都吃得很香。

吃完饭,继续上路。由于人得到了营养补充,马得到了休息,余下的路走得比较顺利。一个小时后,他们终于走出了那个小山沟。

哈巴河县城正沐浴在清晨的阳光里,团部的大楼依稀可见。雪已经没有了,那条黑色的柏油路,在阳光下泛着温馨而亲切的光芒。

几个人纵马向前驰去。

2. 血与雪共舞

20 世纪 80 年代,铁热克提有个通信维护站,贾连升和张周新在这里负责维护线路。

那天,贾连升和张周新骑马去山里检查线路。

天正下着大雪。

出门的时候,天变得更阴了,漫天的雪花竞相飞舞着,迫不及待地落在大地上。地上的雪就这样一层层加厚。两个人进了大平滩,行走变得困难起来。由于四周都是山,一刮风,山上的雪都被刮了过来,所以这里的雪堆得特别厚。

贾连升和张周新很快找到了故障点。排除到中间时,天开始刮大风,雪也下得更密了。两个人没有说一句话,咬着牙默默地坚持着。他们想尽快排除完故障,好返回维护站。

排除完故障返回时,路已经被大雪淹没了。贾连升和张周新骑着马艰难地在雪地上行走。像这样的天气,他们已经见多了,除了忍受,没有别的办法。

贾连升突然感到难受,脑袋像是被什么重重地击了一下似的,变得晕晕乎乎的。早上出来的时候,他就已经感冒了,但他没有告诉张周新,他不放心张周新在这样的天气里一个人外出作业,所以,就咬着牙出来了。

往前走了没几步,贾连升就没有力气了。他用手抓住马鞍,想稳住身子,没想到两眼一黑,从马上摔了下来。

张周新大吃一惊,立即从马上跳下,把他扶了起来。他看见贾连升的脸色已经发白,呼吸也变得粗重起来。

"你怎么啦?"张周新紧张地问他。

"我感冒了。"贾连升有气无力地回答。

"怎么感冒成这样了?!"

"我也不知道。"

"我扶你回去吧。"张周新说着,把贾连升扶了起来。但是,贾连升还是没有力气,尽管张周新用力搀他,他仍走不了一步。张周新把牙一咬,蹲下身,把贾连升背了起来。但由于雪太厚,没走几步,他便不得不停下。在这样的雪地里,走起来都十分困难,再背人,确实举步维艰。

"你回去吧,我走不动,你先回连队去叫人来救我。我在这里等你。"贾连升喘着粗气对张周新说。

"不行,这么冷的天,我不能把你留在这里!"

"那怎么办?"

"会有办法的。"张周新想了想,把两匹马的缰绳解下,合在一起,一头拴在马鞍上,一头绑在贾连升的腰上。然后,他让贾连升抓住马尾巴,他在前面牵着马,往前走。

这个办法果然不错。贾连升趴在雪地上,像一叶小舟一样被拉着走。走了几步，张周新勒住马，把自己的罩衣脱下，把贾连升的头包起来。然后，拉着马快速往前走。

张周新牵着马一边往前走，一边不停地回头观察贾连升。刚开始，贾连升神志还比较清醒，他对张周新说："没事，你只管往前走。"张周新想，眼下抢时间是最重要的，于是，他就牵马向前走去。

两个多小时后，他们走到了木材检查站。

留守的工人见他们这个样子，赶忙把他们叫进了房子里。进了屋，张周新发现贾连升被冻伤了。工人们懂得冻伤该怎么治，他们打来一盆凉水，让贾连升脱下手套，把手放进去。贾连升的手套上已经结了一层厚厚的冰，脱了半天，好不容易才脱下来。等他把手放进水里时，右手的小拇指已经变青。休息了一会儿，张周新托付那位工人暂时照看贾连升，他骑马返回维护站，打电话将这一情况告诉了扎玛纳斯边防连。

下午，连里组织人员将贾连升送到团卫生队。团卫生队一看必须动手术，又立即把他送到了阿勒泰陆军 16 医院。经检查，贾连升右手的小拇指已经坏死了，不得不截掉，不然，他整个右手的神经都会受到影响。

贾连升复员时，被评为三级伤残，回到老家按伤残军人安排了工作。

副连长赛尔江也在大雪中经历了一次生死磨难。

第二章
扎玛纳斯的冰与火

1997 年 3 月的一天，战士江志林接到团里的电话通知，要他赶到团里参加预提干部文化考试。团里通知得比较急，必须明天赶到团里，因为后天就要开考。

3 月份本来禁止人员下站，但因他的情况特殊，就不得不破例了。然而这却不是一般的破例，它意味着江志林和赛尔江要走向不可预知的苦难与艰险。

早上 6 点，江志林和赛尔江从扎玛纳斯出发了。

走到大风口，因为雪厚，马无法行走，两个人牵着马，沿河沿往前挪动。走到一块石头跟前时，江志林一个趔趄摔倒了。他爬起的时候，发现背上的书包掉进河里了。那里面有战友们的 20 多封信，大多是寄回家向亲人们报平安的。他一着急，跳进水里去追书包。书包被河水冲着向下游漂去，他追了几十米，才把它捞了起来。

等他上岸，回到马跟前，却找不见赛尔江了。他向四周一看，见有一串马蹄印绕到一堆石头后面去了。于是，他牵上马，向那堆石头后面走去。绕过那堆石头，他看见赛尔江趴在地上打滚，四周的雪已被他压平了一片。

他赶紧跑到赛尔江身边，只见他正用手抱着脑袋，满脸是血。他掏出毛巾，把赛尔江脸上的血擦去，扶他坐了起来。

原来，刚才在江志林下河去捡书包时，赛尔江想把马牵到这堆石头跟前，把缰绳缚在石头上，然后和他一起去追书包。但赛尔江刚把自己的马牵到石头跟前，马的蹄子就夹在石头中拔不出来了。他用力往前牵,但马无可奈何地嘶鸣了几声,仍站在原地不动。发现原因后,他只好蹲下身去掏马蹄旁的石头。是两块小石头卡住了马蹄子,他没有费什么力气,就把那两块石头搬了出来。没想到那匹马已经被弄得很烦躁了,突然扬起蹄子踢在他的后脑勺上,他一下就被踢昏了。

休息了一会儿,江志林扶着赛尔江上了马,两人又往前走去。走了不多远,赛尔江又开始头晕了,坐在马背上左右摇晃。江志林怕他从马上掉下来,赶紧把马拉住,对他说:“副连长,不行的话,咱们回去吧。你伤成这样,怎么走呀?”

赛尔江用手摸着脑袋,说:“不行,我们必须走下去,提干是你一辈子的大事,怎么能半途而废呢!”

江志林只好放慢速度,以防赛尔江从马上掉下来。

走到一片平坦的河滩上,赛尔江说:“咱们停一停,我把脸上的血洗掉。”江志林从马上下来,扶着他走到河边,让他蹲在河边洗脸。赛尔江正洗着,突然觉得脑袋一下子变得沉重起来,他刚想喊江志林,却眼前一黑,便什么也不知道了。

赛尔江一头栽进了河中。

江志林赶紧跳进河里,一把抱住赛尔江,把他弄回岸上。赛尔江被冰凉的河水一刺激,很快清醒了。江志林让他靠在自己怀里,先暖一暖身体。

赛尔江此时的意识特别清醒,他发现自己全身都湿了,再看江志林的鞋子,那上面已经结满了冰,不由得一阵心酸:这次出来,可真够倒霉的,走了还不到五分之一,就出现两次险情,想想路还长,不知道前面还有什么在等着他们呢。

江志林也在想,就眼下的情形,是不宜再往前走了,得找一户牧民家吃些东西,把衣服烤干才行。他朝四处张望,看见不远处就有一户人家,便对赛尔江说:"副连长,咱们去那户牧民家里把衣服烤干,吃些东西再走,你看怎么样?"

"可以。"

两个人于是站起身,牵着马向那户牧民家走去。牧民见了他们,赶快烧火给他们取暖,并为他们做了一锅热汤饭。两个人边烤衣服边吃饭,吃完之后,衣服也烤干了。牧民找来一块布,把赛尔江头上的伤口包了起来。赛尔江非常感动,从口袋里掏出 20 块钱,作为对他们的感谢。牧民死活不收,赛尔江硬把钱塞在他的手中。赛尔江觉得在如此艰难的时刻,能得到帮助,无论如何都要给予回报。

中午 12 点,两个人又上路了。雪仍然很厚,风也很大,但他们只能默默地往前走。

第二天上午,他们走到了哈巴河县城。团里领导听说赛尔江受伤了,赶过来看他。他笑着说:"我觉得没事了,好好睡一觉就好了。"

当天晚上,赛尔江和江志林将那些打湿的信换上信封,重新写上地址,帮战友们发了出去。

3. 飞机今天降落

扎玛纳斯在冬天也变成了“雪海孤岛”。

每到春节前，大家看着将连队围困起来的无边积雪，都没有过年的心情。这时候，该回家探亲的人心急火燎地想下山，留在山上的人，则什么希望也不抱，除了日复一日履行自己的职责外，只能默默地坐在房子里挨着时间。

但随着春节临近，大家拥有一份共同的向往——等待飞机。每年这个时候，新疆军区都要派直升机给大雪封山的连队送年货，扎玛纳斯边防连也在其中。有了等待飞机的心情，大家便都变得活跃起来——该回家的终于有了盼头，而留守的同志也觉得等待飞机和飞机降临的那一刻是无比美好、无比欢乐的。

到了元月份，大家便自觉地在连队后面的雪地上修飞机场，直升机降落时需要一个四方形的停机坪。他们每年都把那个地方的雪刨开，把地形修整平坦，以供飞机降落。

但是，在扎玛纳斯这样寒冷的地方挖雪，是很艰难的。首先天太冷，人在外面干不了一会儿，就会被冻得直打哆嗦；其次雪太厚，而且由于这个地方有几条小河，挖到下面，就是冰，有时候，一天也挖不了几平方米。

修飞机场的第一天，连队搞了一个特别隆重的仪式，先是连长做动员,继而全连官兵表决心。也许是憋得难受,战士们的口号喊得震耳欲聋,屋外的积雪也被震得簌簌发抖。

大家至今仍对1992年等待飞机的情景念念不忘。

第一天,大家在修停机坪时兴致很高,挖得很卖力,不一会儿,就把一个长30米、宽20米的停机坪大致挖出来了。看着那个已经初具规模的停机坪,大家都有些激动,好像飞机正顺着这个一点点成形的停机坪向扎玛纳斯飞来。接着,他们向下挖,一锨一锨下去,里面的雪纷纷被铲起,扔在四周。慢慢地,四道边沿露了出来。这四道边沿笔直地连接起来,形成一个方方正正的停机坪。

第二天,挖出了冰。没办法,战士们拿来十字镐,一点一点地刨。许多人冻肿的手被震裂了,血直往外流;有的人耳朵被冻得失去了知觉,但他们全然不顾,仍坚持不懈地挖着。想着飞机马上要来,他们的心有些按捺不住,浑身似乎有使不完的劲。有个战士边干边开玩笑说:"只要飞机能来,今天晚上我干一个通宵都行。"

但挖冰的速度无论如何也快不了,有时候一镐下去,地上只出现一个白点;有时候使足了劲,一镐下去,却一点冰也挖不下来。这时候,挖冰如同挖石头,令他们苦不堪言。挖了一天,在下午收工时回头一看,只下去了一二十厘米。第二天,他们又无比悲哀地发现昨天好不容易挖出的地方,经过一夜封冻,居然又冰封如初。那些冰如同恶魔冷酷的面孔,肆无忌惮地占据了停机坪。战士们站在外面,难过得说不出话来。

“干!”连长吼了一声。这一声如同喝令三山五岳开道,战士们蜂拥而上,挥起十字镐又没命地挖起来。

这一天,他们挖下去了十多厘米。

晚上,连长查哨,走到院子旁,突然听见停机坪里有响动。他走过去,见一个黑黑的影子在里面移动,他大叫一声:“谁,干什么的?”

那个影子站起来,朝他走来:“连长,是我。”

连长一听,是二班班长卢全勇。

“你在这里干什么?”

“今天晚上可能还要冻,我来看看,我想,咱们可不可以给它保温,防止它再结冰。”

连长一阵激动,说这办法好啊。但他转念一想,这么大一个停机坪,该用什么东西给它保温呢?

卢全勇马上对连长说:“连长,我们可以动员大家把大衣和不穿的衣服全拿出来。”

连长想了想,觉得这个办法可行。于是,他和卢全勇返回连队,紧急动员大家:为了明天少干活,现在请大家把大衣和不穿的衣服全拿出来,盖在冰上。

很快,全连的大衣收齐了,还有60多件其他的衣服。他们把所有的衣服一件挨一件地盖在了冰面上。

第二天掀开一看,停机坪里上然没有结冰。

他们继续往下挖,冰在一点一点地减少;冰层消失之后,他们又往里面填土,再夯瓷实。这是飞机降落的起码要求。

一个星期后,停机坪终于修成了。

但飞机来临的日子却不得而知。于是,漫长的等待开始了。

每天早上起来,官兵们都要把停机坪打扫一遍,以备飞机突然飞来时顺利降落。如果下雪了,他们就赶紧把落在上面的雪扫掉。阿尔泰山的冬天,气候变化无常,往往刚才还在下雪,转眼间便艳阳高照,所以,停机坪上时刻都得保持干净。

后来,大家都学会了观察天气,如果飞机不来,山上绝对要下雪,因为飞机是否出发得视天气情况好坏而定;如果是大晴天,飞机仍没有来,那就说明山上很快就要起雾或者下雪了。

白哈巴边防连的机要参谋和一位志愿兵骑马下来,住在扎玛纳斯,准备乘坐直升机下站探亲。大家和他们俩一起耐心地等待着飞机到来的这一天。

腊月二十这天,团里通知,直升机明天上来。听到消息,全连顿时沸腾了。一见面,大家都要不厌其烦地念叨:盼望已久的飞机就要来了,就要来了。令人遗憾的是,这天凌晨,白哈巴边防连的机要参谋和志愿兵因为已经等了十四天,实在失去了再等待的耐心,就骑马下站了。当时,战士们把他们送到路上,看着他们在雪地里摇摇晃晃地往前走去,不知该说什么好。无可奈何之中,他们已走远了。

卢全勇在飞机要来的头天晚上,一晚上都没有睡觉,满脑子都在想着飞机降落时的情景。有几次,听到外面呼呼的风声,他误以为是飞机来了。他几次爬起来跑到外面去看,一看没有,又回来钻进被窝耐心等待。到天麻麻亮,他实在等不住了,就干脆起床,一个人扛个扫把,跑到停机坪扫雪。他一边扫,一边不停地仰头看天,盼着飞机突然出现在天空中。

直到吃早饭时,飞机还没有来。卢全勇匆忙回到炊事班吃了两个馒头,又和全连官兵一起到停机坪旁列队等候。大家在停机坪旁边燃起几堆大火,天空升起一柱柱浓烟。大家还怕飞机看不到,又在停机坪的四个角上插了小红旗。

零下20多摄氏度的气温冻得大家直发抖,但因为飞机马上要来,大家还是很激动。

11点40分,哈熊沟方向突然传来了轰鸣声。大家刚把头扭过去,就见像利剑般飞舞的螺旋桨在山脊上出现了,紧接着,绿色的机体飞入大家的视野中,阳光从机体上反射下来,形成一道明亮的光芒。

飞机来了!

大家激动得欢呼雀跃,一边挥手,一边蹦跳:“飞机来了!飞机来了!”

飞机从散发着白光的雪峰上面飞过,在连队上空盘旋了几圈,开始徐徐降落。

舱门打开,第一个出来的是阿勒泰军分区参谋长。他抱着一大摞信和报纸,微笑着问候官兵们。战士们一拥而上,将参谋长连人带信抬起来，又放下，以示最热烈的欢迎。接着，大家像迎接高贵的客人一样，把从机舱里下来的每个人迎进连队。

让人想不到的是，飞机不仅给大家捎来了年货，还捎来了排长刘军的女朋友。她穿着一件黑色夹克和一件红色短裙——这样艳丽的服装，立刻成了扎玛纳斯一道奇异的风景。

一行人向连部走去。走到院子中央，飞行员突然想起什么，立刻停下来，举起手，凝神测试风势。过了一会儿，他脸上的神色骤变，接着他对参谋长说："参谋长，情况不好，一会儿可能要起风，咱们得马上起飞。"

参谋长当即回头对战士们喊道："赶快卸东西，飞机五分钟后就起飞。"

刘军和女朋友正在说话，一听这话，两个人的眼睛一下子都盯着对方不动了，两双手不由自主地攥在了一起。

刘军的女朋友好不容易坐直升机上来，马上又得坐飞机离去，这是多么无奈的事情。

参谋长于心不忍，走上来惋惜地提醒道："年轻人，得抓紧亲热啊，我只能给你们五分钟的探亲时间。"

刘军和女朋友的眼睛仍一动不动地盯着对方。那里面，有爱恋，有焦灼，也有甜蜜，所有这些情感此时都火辣辣地往外流溢着，似乎突然变成了一种引力，要把对方紧紧拉住不放。

突然，两个人拥抱在了一起。他们紧紧地搂着对方，好像周围的人根本不存在似的。

连长下令，所有的人都向后转，留给刘排长和他的女朋友一个亲热的空间。看到刘排长的女朋友突然来到扎玛纳斯，大家都欣喜不已，但一听到她只能在这里待五分钟，大家又都莫名地伤心起来。但就是这五分钟时间，也是难得的，让他们好好亲热一下吧！

大家背对着他们俩站着，谁都希望时光能倒流，或者永远凝固在这一瞬间。

然而，五分钟很快就过去了。

刘军作为军人，在五分钟探亲时间眼看要用完之际，首先松开了双手。但他的女朋友仍不愿分开，双手紧紧地拥抱着他，不过这情景也仅仅维持了几秒钟。天不作美，那姑娘突然从刘军的怀里仰起头来，近距离大胆地面对着他，闭上一双水汪汪的眼睛——在这一刻，谁都看见了她的脸上有一种非常迫切的期待。

刘军用双手捧着女朋友的脸，狂热地吻了她一下。

这是多么难得的一个吻啊，既热烈又短暂！在这个短暂得让人无法回味的吻里，蕴藏了所有的幸福、希望、疼痛、焦灼和无言。这一吻，在这时候的中国西北边防变得那么珍贵，让旁边的人看着，感慨万千。出现在扎玛纳斯的这个吻，把人最基本的要求浓缩到了瞬间，而这个瞬间，一闪即逝。

这时，那姑娘猛地从刘军怀里挣脱出来，头一扭，奋力向飞机跑去。而她的脸上，早已布满泪水。

刘军站在原地,不知所措地望着女朋友的背影。当她钻进机舱时,他的泪水也流了下来。

五分钟探亲,可能要算全军之最。

飞机飞走了。

全连人站在原地,一动不动,一直目送飞机消失在山后。他们不敢相信,飞机就这么飞走了。

风很快刮了起来,密集的雪花又一层又一层地开始向大地飘了下来。扎玛纳斯重又变得悄无声息,像被尘嚣遗忘的角落。

飞机飞过胡吉里平滩时,正在艰难跋涉的那位机要参谋和志愿兵勒住马,抬头向上观看,飞机很快就从他们头顶上飞了过去。他们低下头,继续往前走去。

他们的眼里,不知不觉涌出了泪水。

4. 暴涨的哈巴河

连长侯富奎接到撤离大萨孜命令的那天,非常高兴。大萨孜一连下了十几天大雨,今天,雨刚刚停住。在晴天往下撤,沿途要少吃很多苦,用不了一天,就可以到达扎玛纳斯。

他们连夜收拾好东西,第二天一早就离开了大萨孜。

大萨孜是扎玛纳斯的一个夏季执勤点,每年 6 月,连队都要派人到这里执勤,防止人畜越界。三个月后,牧民转场,执勤人员便撤下山去。

中午的时候，他们到了阿富鲁汗。此时，他们已经走了全程的三分之二，穿过前面的一片树林，就到了阿克哈巴河，沿河而上，再走五六公里，就到了连队。

几个人刚进入树林，天气突然变了。风从树枝间穿过，林子里发出一阵杂乱的响声。很快，天色暗了下来，远处的树木变得模模糊糊。侯富奎招呼战士们加快步伐，争取在大雨来临之前走出树林。他知道，这一带是雷区，下雨的时候，往往雷电交加，这时候不能在林子里行走，否则很容易被雷电击中。

没走多远，天上便电闪雷鸣，雨点像泼水一样，大片大片密集地砸了下来。

侯富奎不由得发起愁来，估计还有两三公里才能走出这片林子，而眼下电闪雷鸣，路变得非常难走，再加上大风把树枝吹得来回摆动，人和马不得不放慢速度。但此时的境况又不允许他们在林子里待太长时间——在雷区多待一分钟，就多一分危险。

“轰——”身后的一棵树被雷击中，从腰间折断了。

侯富奎牵着马，快速向前走去，战士们紧紧跟在他身后。

正走着，天空中又发出一声巨响，一道刺眼的光亮从天边闪了过来。顷刻间，走在中间的李则华和他的马被这道光照亮了，还没等大家反应过来，就见李则华的马一头栽倒在地，腰部被烧得焦黑，鼻孔里流出了如注的黑血。李则华用力去扯缰绳，它一动不动。李则华凑近一看，马已经断气了。

第二章
扎玛纳斯的冰与火

大家一时不知所措。天上仍然电闪雷鸣，那一道道骤然劈来的雷电，正横七竖八地飞舞着，四周不时传来大树被击倒的声音。

侯富奎命令大家折一些树枝，把马的尸体掩盖起来。这匹马是连队的功臣，曾驮着战士们来回数十趟在这条路上巡逻，现在这无言的战友不幸被雷电击死，无论此刻有多难，都要把它简单地安葬一下。

刚把马的尸体盖好，又一道闪电刺了下来。紧接着，就听得身边的一棵树发出咔嚓一声响，树冠落在了大家眼前。这棵树是在七八米高的地方被击断的，断裂处像被火烧过一样，黑乎乎的。

“赶快走！”侯富奎发出一声命令，大家立即向树林外疾步奔去。

一个多小时后，他们走出了树林。

雨在他们走出树林的时候停住了。天空很快转晴，山脊上还出现了一道隐隐约约的彩虹。

他们看着彩虹，无论如何也高兴不起来。老天像是专门要他们在树林里遭受磨难一样，自他们一步踏进去，就电闪雷鸣，风雨交加，让那匹对连队来说情深谊长的马永远地躺在了那里。而当他们历尽艰辛，好不容易走出树林时，天却放晴了，好像一切都没有发生过一样。他们觉得此时的天空就像一张虚伪的脸，谁都不愿意多看它一眼。

休息了一会，他们又继续前行。翻过一座小山，就到了阿克哈巴河边。

阿克哈巴河河水正在暴涨。

前些天的雨使这条河的流量突然增大，河水在好多地方已越过河床，漫向两岸的树林；河中央的洪水翻滚着浪花，向下游涌去。哗哗的水声不绝于耳，凝神静听，里面有石头被水翻起，发出咣咣的撞碰声。

侯富奎带领战士们走到一个河水分岔的地方，看见有四匹马被困在分岔处的一块小绿洲上。走近一瞧，是连里的军马。这几匹马可能被困在那儿好多天了，一见他们走过来，立刻扬起蹄子急切地刨土，并发出悠长的嘶叫声。

"救马！"侯富奎当机立断做出决定。

他在自己的队伍中选出一匹最为强壮的马，准备骑它过河。战士们都争着去，他考虑到危险性大，说："没有我的命令，谁也不能过。"说完，他就骑马进了河里。河水由浅变深，马越走越慢，走到中间，水淹到了马的肚子，马站住，死活不走了。侯富奎用双腿紧夹马腹，嗨嗨地赶它，但它只在原地乱转，一步也不往前走。无奈之下，侯富奎在马屁股上狠狠抽了一鞭子，马猛地一跃，又往前走去。没走多远，马陷进了水里。由于河水太深，侯富奎和马一起被淹了进去。紧接着，又被冲出四五米远。这时候，这匹马突然立起身，向小绿洲游去，侯富奎本能地抓住马的尾巴，向前游动。马在水中起起落落，溅起了一片水花，侯富奎紧抓马尾，被一点一点拉了过去。几分钟后，马和人爬上了小绿洲。

到了岸上，侯富奎的衣服全湿了，他忍着寒冷开始向河这边赶马。也许这些马目睹了刚才那匹马在水中的惊险遭遇，心中害怕，任凭侯富奎怎么抽打，就是不下水。

第二章
扎玛纳斯的冰与火

天慢慢地黑了，河水仍在无休止地喧哗着，侯富奎只好停了下来。连里的战士闻讯都来到了河这边，但是马不愿过河，谁也没有办法。

侯富奎命令战士们都回去，等水小了再说。炊事班的战士给他送来了馒头，侯富奎一看到吃的东西，才感到肚子已经饿了。他向对岸喊："把馒头扔过来。"炊事班班长拿起一个馒头，在手里掂了掂，扔了过来。因馒头太轻，划出一道弧线，落进了河中间地带，被河水吞噬了。

"在馒头上面绑一个小石头，再扔。"侯富奎沉着地指挥着他的士兵们。

战士们按照他的意思，在馒头上绑一块小石头，像投弹一样，把五个馒头全扔了过去。

侯富奎就着河水吃着馒头，算是对付了一顿。

天黑以后，气温慢慢降低。因为身上的衣服已湿透，侯富奎全身冷得发抖。他把周围的树枝收拢起来，然后对河那边的战士们喊道："想办法给我扔一个打火机过来。"

战士们找来打火机，绑在一块石头上，给他扔了过来。

侯富奎点起一堆火，一边烤衣服，一边取暖。烤干衣服后，又把马赶到火堆的四周，让它们暖和身子。

夜深了，火慢慢燃尽。侯富奎冻得实在坚持不住了，见一匹马卧着，便走过去把身子偎依在马肚子上，就这样熬到了天亮。

第二天，水势仍未减小。

几匹马吃完了小绿洲上的草，开始啃树皮，吃树叶，有两匹马已经明显地瘦了下去。

侯富奎心急如焚,他知道再这样拖下去,人和马都会被饿坏的。因此,在吃了战士们扔过来的馒头之后,又开始赶马。但是,马还是死活不下水。赶了一阵子,侯富奎也泄气了。他知道,就是把马打死,马也不会踏进河水一步。河水仍在咆哮。河水隐藏着变幻莫测的险情,多看它几眼,都不由得让人感到恐惧。

侯富奎想了想,招呼河这边的战士们找来几根粗绳,合在一起,把一头扔给他,另一头留在他们手中。他将绳子打成扣,套在一匹马的腰上,然后将马赶到河边,让战士们用力拉。马被连拉带赶,下了河。

河水很快把马淹没了。战士们一见马沉入水中,赶紧用力拉绳子。转眼,马又浮出了水面。马可能意识到了什么,高昂着头,奋力地在河水中往前冲,几个起落,就冲到了河这边。上了岸,它抖动着身子,把身上的水珠一一抖掉。马是充满灵性的,它回过头,朝着小绿洲嘶鸣了几声。

小绿岛上剩下的几匹马,也嘶鸣起来。

侯富奎和战士们用同样的办法让第二匹马也过了河。接着,第三匹,第四匹……很快,五匹马都被安全地送到了河这边。

小绿洲上只剩下侯富奎了。他像套马一样将绳子套在自己的腰上,走进了河水。战士们边拉,他边往前走。河水越来越深,很快就淹到了他的腰部。这时候,他只觉得脚下打滑,已经有些站不稳了。看到前面有个大旋涡,他犹豫了。因为马不仅有对岸的人拉,而且它的力气也很大，所以，都很顺利地过去了。而人一旦掉进旋涡，毫无挣扎之力，在急流中一口气上不来，就麻烦了。但是他又想，所有的马都过去了，我不能再在这里待下去。于是他把心一横，对自己说：“反正生死都豁出去了，就这一回。”然后，他不顾战士们的劝阻，大声说：“用力拉！”就又往前走。走了没几步，他只觉得脚下一颤，整个人都陷进了水里。

岸上的战士们见状，赶紧用力拉绳子。侯富奎马上又浮出了水面。此时，他虽然已呛了几口水，但头脑依然很清醒，于是他用双手奋力地往前游动；河水汹涌，他这样的游姿起不到多大作用，但可以防止身体下沉。

没过多久，侯富奎涉过了最深的地方。战士们一鼓作气，把他拉上了岸。上岸后，侯富奎因为被水连灌带呛，已经说不出话了。

休息了一会儿，全部人马撤回。侯富奎在马上回头看了一眼阿克哈巴河——与这条河相处好几年了，他第一次觉得它是那么陌生。

5. 游牧齐巴齐里克

蒙古族战士础鲁是扎玛纳斯连队的放马员，一个人住在离连队 7 公里外的齐巴齐里克村。础鲁出生于内蒙古阿拉善左旗。他从 1994 年就开始验兵，因年龄小，没走成。1995 年因为所在乡只有一个名额，他又没走成。直到 1996 年年底，他才当上了兵。他自小喜欢马，被分到扎玛纳斯后，一看到连队有马，就申请要去放马。连队准许了他的这个要求，于是，他一个人搬到了齐巴齐里克。

后来他才知道，这个村子里住的都是哈萨克族牧民。尽管这个村子偏僻，却很有名望。村小学在 1951 年就建立起来了。时任新疆维吾尔自治区副主席的贾那布尔就是从这里走出去的。

础鲁尽管喜欢马，却从来没有放过马；在家乡的大草原上，像他这样的男孩子，都被大人视为雏鹰，可以骑马，但不能去放马。放马在蒙古族牧民心目中是一件大事。础鲁听着齐巴齐里克村人说着自己听不懂的哈萨克语，而且生活习惯也和自己不同，这时候，他才感到一个兵要是离开连队，是多么孤独啊！他同时又深深地明白，从此，自己得把齐巴齐里克当成自己的家了。

第一次放马，础鲁吃尽了苦头。

早上，老放马员张海涛带他去齐巴那嘎斯看马。那几匹马已经在外放牧了一个星期，需要找回来给它们的饲料中加盐，只有这样不断地给马变换喂养方式，它们才能长膘，保持奔跑的速度。齐巴齐里克一带潮湿，就是晴天，草叶上面也有露水。没走多远，两人的裤脚和鞋子全被打湿了。张海涛是老放马员，对这种事情已经习惯了，而础鲁则适应不了，走了一会儿，他就感到一股凉意从脚下升起来，浑身冷得发抖。有几次，他想提出歇歇，但一看张海涛鼓足了劲往前走，一副一往无前的样子，就把话咽了回去。

这是础鲁到齐巴齐里克后的第一次沉默，当然，这仅仅是开始。

两个人一直找到下午 3 点，才在一个小山沟里找到了那群马。础鲁急着要把它们收拢在一起，结果，费了很大的劲，马群仍然四散开来，怎么也不往一块儿拢。张海涛对他说："不能这样放马。你要学会和马建立感情。"说完，张海涛对着马吹了一声口哨，那些马就像听到了命令一样，一下子便聚拢在一起。张海涛一清点，发现07号马不在。于是，两个人又开始寻找，一直找到晚上11点，仍没有找到，两个人只好返回齐巴齐里克。

第二天早上，础鲁醒来时，发现张海涛不见了。他起了床，看见张海涛给他留了一张字条：

础鲁：我去找07号马了。你在家里把找回来的这几匹马放一放，不要走得太远。如果有什么事情，就找牧民帮忙。

础鲁把马赶到山坡上。马吃着草，慢慢地翻过了山坡。础鲁紧紧地跟在它们身后，唯恐它们走失。

下午，马接近边界线。那一带的草长得十分旺盛，马埋下头吃了起来。

础鲁看着前面的界标，心里突然紧张起来。他怕马因为贪草而越界，马一旦越界，那可就麻烦了。础鲁尽管才入伍几个月，但作为边防战士，他还是非常清楚边界不管在什么时候都是不能越过半步的。

础鲁于是走到马前面，在临近界标我方一侧的一块石头上坐下。他想，这样就可以在马越界时把它们及时拦住；再就是马在吃草时，看到前面有人,就不会再往前走了。

太阳慢慢偏西,马仍然在埋头吃草。本来,已经到了返回的时间了,但础鲁见这片草实在长得嫩,是这一带少有的好草,于是,便决定让它们再吃一会儿,心想赶在天黑前回去就行了。

有匹枣红马一直吃到了础鲁跟前,仍没有停住的意思。础鲁赶紧对着它吆喝,想让它转过身去。没想到这匹马认生,它一惊,冷不防闯向邻国的土地。础鲁大吃一惊,马上从石头上跳下来,追过去赶它。枣红马见他追来,撒开四蹄跑了起来。而且,它一会儿往后跑,一会儿往前跑,就是停不下来。就这样跑了好一阵子,枣红马才终于停了下来,停在了离界标只有四五米远的地方。础鲁慢慢走到枣红马面前,伸出手抓住它的鬃毛。想不到枣红马再次受惊,又嘶叫着奔跑了起来。础鲁紧紧地抓着枣红马不放,跟着它跑开了。跑了几圈,枣红马突然把头一扭,向着界外的方向跑去。础鲁差点被枣红马甩倒在地,但他还是紧紧抓住了它的鬃毛,丝毫没有松劲。枣红马越来越接近边界线,础鲁情急之下,用力把它的头向后拧了一下。这次,枣红马被拧得把头转了过来,转身向后跑。但础鲁由于枣红马转身时力气太大,被甩了出去,一头撞在了那块他刚才坐过的石头上。他只觉得脑袋像火烧似的疼了起来,伸手一摸,流出了血。

枣红马没再接近边界。础鲁把其他几匹马赶在一起,然后往回走。他的头发晕,被撞的地方仍火辣辣的疼。他没有顾及这些,不停地吆喝着,让马一直往齐巴齐里克走去。

晚上，张海涛空手而归。他在外面奔波了一天，一回来倒头便睡。而础鲁也因为遭遇了险情，一句话也说不出来。

第二天，07 号马终于被找回来了。

这样过了半年，础鲁完全掌握了放马的规律。他每天早上 6 点把马放出去，到了下午，爬上村后的小山头，打一声口哨，马就排着队回来了。不论春夏秋冬，刮风下雨，天天如此。

础鲁从到齐巴齐里克那天起，就再也没有离开过这里。他与外界慢慢陌生了，却与全连和全村的马越来越熟悉。村子里有 800 多匹马，农忙的时候，他帮助牧民一一照看。时间长了，他能认出每一匹马，并能一一叫出它们的名字。外出放牧时，无论马走到哪里，他都能猜出它们的行踪，因为他非常了解它们的习性。

础鲁还学会了哈萨克语，习惯了哈萨克族的生活习俗，经常和他们一起吃饭，经常参加他们的劳动。每年老兵复员的时候，穿旧的衣服一般都不带走，础鲁就把它们收起来，带到齐巴齐里克，送给那些贫困户。村里的艾德汗老人家里孩子多，他自己又经常生病，生活过得比较艰难。础鲁知道这个情况后，每月从津贴里拿出一些钱，救济他们。每次回连队，他都从军医那里要一些药，帮助艾德汗老人治病。

牧民们都夸奖础鲁是齐巴齐里克的红五星。

1997 年冬天，牧民金斯汗找到了础鲁，对他说："础鲁，我的马草还有一部分堆在保塔美没有拉回来，能不能借你的马帮我拉一下？"

础鲁愉快地答应了。他从马圈里牵出 265 号军马，交给金斯汗。

金斯汗牵着马往家走，础鲁突然发现他的腿有点瘸，走起路来一拐一拐的，颇为艰难。他想，金斯汗已经是60多岁的人了，现在冰天雪地的，一个人去保塔美拉马草，真让人不放心。于是，他对金斯汗说："大叔，我和你一起去拉吧。"

金斯汗一听这话，高兴不已，连声道谢。

第二天吃过早饭，两人赶着马拉爬犁子出发了。雪很厚，础鲁让金斯汗坐在爬犁后面，他一路赶着马，向保塔美走去。中午，他们到了保美塔，两人把马草装好，返回。

走到齐巴齐里克河边，两人决定从河坝上的冰上走，这样，一则省力，二则可以加快速度。爬犁子一驶上冰面，果然变得轻便起来。马拉着爬犁子，不但毫不费力地向前运行，而且嘎吱嘎吱的马蹄声听起来颇为悦耳，像电子琴发出的声音。

正走着，冰面突然咔嚓一声，塌了下去。础鲁和金斯汗，还有马和爬犁子一起掉进了河里。马在惊恐之间，乱跳起来，一根爬犁套被拉断。

两个人从水中爬起来，被这突然出现的状况弄得不知所措。过了一会儿，础鲁首先反应过来，他先把金斯汗扶上岸，让他坐在一块石头上歇息，然后他自己下到河中，把另一根爬犁套解开，把马牵上了岸。

金斯汗年事已高，被冻得浑身发抖。础鲁捡回一些干树枝，点起一堆火，两个人蹲在旁边烤了起来。

烤暖和了，两个人去河里抬爬犁子。然而，因爬犁子太重，两个人几乎用尽了全身的力气，依然没有抬起来。

金斯汗想到了马，于是对础鲁说："咱们把马套上，让它往上拉。"

然而，那根被马拉断的套绳结了半天，也没有结上。

金斯汗决定步行去村子里借套绳，让础鲁留在这里看马。础鲁觉得，这是眼下唯一可行的办法了。

金斯汗用手拍了拍础鲁的肩膀，转身走了。础鲁蹲下身子，准备检查一下爬犁子，他怕它在刚才的颠簸中出现磨损。这时候，他踩在河水中的双脚一阵钻心的疼痛。他这才想起自己光顾着忙乎了，他的双脚还踩在水中。他想，还是先上岸把鞋子烤干，不然，脚会冻坏的。他把脚从水中抬起来，河水哗地响了一声。那匹马听到这个声音，受惊了，爬犁子又被拉翻了。马拉着爬犁子向前挣扎，啪的一声，另一根套绳又被拉断了。马由于用力过猛，失了前蹄，一头栽进了水里。础鲁赶紧跑过去抓住缰绳，用力拉住马。马呛了水，乱摆着头，发出难听的嘶鸣声；它想爬起来，但前蹄好像受了伤，挣扎了好几次，都没有成功。

础鲁抱住马头，防止它呛水。过了好一会儿，马才缓过来，从水中站了起来。

础鲁把马牵到火跟前，把火烧旺，给它烤身上的水。烤了一会儿，马不但没有暖和起来，反而全身发抖，像是得了大病似的。础鲁把自己的外衣脱下，披在马背上。马仍在不停地抖，他把牙一咬，又把棉衣脱下，给它披了上去。脱了两件衣服，他上身只剩下一件衬衣了。

马慢慢地停止了抖动。

砐鲁又捡回一些柴火，把火烧旺，让马取暖。

一个多小时后，金斯汗回来了。他见砐鲁只穿着一件衬衣，再看看马背上披着的衣服，就什么都明白了。

由于马的前蹄受伤，不能再拉爬犁子，他们只好牵着它返回齐巴齐里克。

走在路上，金斯汗一再劝砐鲁把衣服穿上，但砐鲁硬是没有听他的话，坚持让马披着衣服回到了村庄。

金斯汗边走边喃喃自语："雄鹰啊！雄鹰啊！"

在所有的马中，砐鲁最喜欢月牙。

月牙从3岁开始服役，在扎玛纳斯尽了十六年义务。每年上下站最困难的路都由月牙去跑，一年下来，上上下下得四五趟。

今年开春，月牙突然不行了。

砐鲁请来齐巴齐里克的兽医，经检查，发现它的腰椎骨断裂了。月牙经常上下站，这种病是累出来的。

砐鲁把月牙和别的马隔开，精心喂养。春天的扎玛纳斯已经长出了野草，他背个筐子，去山上拔嫩草，背回来喂月牙。月牙以前身强体壮，砐鲁希望它能焕发精神，恢复到过去的状态，月牙却一天不如一天。无论怎样给它吃药打针，都无济于事。

一天，月牙走到连队后面的厕所旁，突然倒了下去。战士们以为它累了，扶它起来，它却站不稳，摇晃着又倒了下去。战士们把它抬到马厩里，让它卧在一堆草上休息。

从此，月牙再也站不起来了。

战士们每天给月牙翻身，喂草，喂水。础鲁前后去齐巴齐里克和铁热克提请了五个兽医来给它医治，但均无好转。团军马所所长李广仁专程从哈巴河赶到扎玛纳斯，给月牙打吊针，但它还是好不起来。后来，月牙的大便拉不出来了，础鲁便用手去帮它掏。月牙望着础鲁，眼睛里充满茫然和无奈。

坚持了一个月，月牙连趴也趴不住了，软软地瘫在地上。畜医对础鲁说："像这种情况，十匹能救活一匹就不错了。还是让它少受罪，把它杀了吧！"

兽医讲的是哈语，只有础鲁听明白了，他颤抖着声音给指导员许颖军翻译了一遍。

大家都不忍心亲手杀死这位无言的战友。许指导员说："马跟人一样，哪怕它有一口气，也要救它。"

于是，础鲁仍一如既往地给月牙喂药，天天守候着它。

一天早上，战士们起床后，见础鲁蹲在马圈门口，双手抱在胸前，伤心地啜泣着。

月牙死了。

战士们把月牙抬到连队后面的山上，选了一个向阳的地方，把它埋了。指导员许颖军亲手给月牙做了一块木碑，上面写着：无言战友月牙之墓。

许颖军组织连队给月牙搞了一个告别仪式，并当众宣读了那篇他自己撰写的悼文：

> 无言战友月牙今天离开了我们，我们心情非常难受。月牙3岁入伍，服役十六年，在连队巡逻、执勤和连队人员上下站的各项工作中立下了汗马功劳，就连它离开我们的前几个月，仍上下站四次。
>
> 月牙一生默默无闻，一直扎根边防，它的这种无私奉献的精神，值得我们永远学习。
>
> 全连决心在今后的工作岗位上，要以站为家，爱岗敬业，更加爱护装备，爱护所有的军马……

念到最后，许颖军哽咽起来。他本来还想再说几句话，但一看许多战士都已眼含泪水，尤其是础鲁，已经痛哭失声，就默默地把队伍带了回去。大家离开之后，础鲁一个人留在月牙的墓前，默默地坐了很久。

6. 欢乐的猪

即使在扎玛纳斯这样遥远的地方，边防连也仍然像一个家，养猪放羊这样的活儿一样也不能少，而这样的活儿，还必须得专人专干，因为战斗班的战士经常要出去执勤巡逻，不能兼而代之。

第二章
扎玛纳斯的冰与火

王建国是连队的“放猪员”。他之所以得此职务，是因为扎玛纳斯的猪很少在猪圈喂，每天一大早都要赶到附近的山坡上去放。这一带的野草长得非常旺盛，是放猪的好地方。时间长了，连队就自然而然地利用起了这一天然养猪场，这样一来，不光猪长得快，而且还可以节约不少饲料钱。

王建国放猪已经两年多了。

王建国觉得猪也特别有意思，它能听懂人的话，人与猪相处时间长了，彼此之间就有感情了。

王建国刚开始养猪时，没有经验，猪一出圈，就满山遍野乱跑，不听口号。这样，不但损坏了草场，而且猪还容易跑丢。为此，他苦思冥想出一招，那就是每天赶猪出圈，带一书包饲料，一边走，一边撒，引得猪们竞相抢吃，顺利走到草场。下午，他仍用同样的方法将猪引回连队。时间长了，猪养成了习惯，每天都可以顺利出去，顺利回来。只要他“哦罗罗”一叫，猪就像听到命令似的向他靠拢，这情景很像连队的紧急集合。

现在，猪每次出去和回来时都自动排好队。王建国站在院子里，只要一吹哨子，它们就呼啦啦地回来了。有些小猪想找王建国，就跑到连队的院子里痴痴站着，除了王建国，谁也赶不走它们。

连里的九十多头猪，如同他手下的九十多名士兵。每天到山坡上，他就给它们说话；猪慢慢地听懂了他的话，他让它们到什么地方去，它们就乖乖地过去了。王建国看着猪听话的样子，非常高兴。

这九十多头猪中最聪明的是小黑。

小黑只要一看到王建国,就跑到他跟前,用头不停地蹭他的腿。他走到哪儿,小黑跟到哪儿,像他的一个侍卫。

一次,小黑在山坡上走失了。

王建国去找它,找遍了所有的山头,都没有它的影子。他一着急,大声喊了起来:“小黑! 小黑!”不一会儿,便听见山脚下传来几声小黑的叫声。

王建国很高兴,大步往山下走去。走到半山腰,看见前面的草丛左右摇晃,发出一阵细碎的声响。他正愣怔,就见小黑高昂着头,张着嘴,用头拱开树枝,钻了出来。它走到王建国跟前,像个做错事的孩子一样,低着头,悄悄地靠在他的腿上。

第二天,小黑走到连队的院子里,朝王建国所在的班里张望。一名新兵不明白,想把它赶走。当新兵走到它跟前时,突然看见它眼里含着泪水,他把举起的手又放下了。

王建国听到这件事后,从班里出来,小黑像是与他久别重逢一样,跑到他跟前,抬起头,两眼泪汪汪地望着他。

王建国对它说了一声:“没事,回去吧。”

小黑这才转身走了。

小黑慢慢长大,王建国准备把它留下来,作连队的种猪。它体长,是难得的好猪架子。王建国希望它能给连队培育出一大批像它一样的猪。

可是好景不长，小黑生病了，不吃也不喝，趴在猪圈里直哼哼。过了几天，它身上起了红斑，性情变得急躁起来，经常靠在墙上蹭身子，似乎要把体内的病毒蹭出来。

王建国赶紧给它打针，但几天过去了，小黑的病不但没有好转，反而更加严重了。

一天，王建国伤心地对它说："小黑呀小黑，我本来想让你为连队培育小猪的，但你现在病成这样，怎么承担起这个神圣的使命啊！"

小黑一听，抬头望着王建国，眼睛里渐渐泛起非常复杂的神情。第二天，小黑不见了。王建国满山遍野去找，喊哑了嗓子，都没有它的踪影。

第三天，他又去山坡上找小黑。找到中午，他已经没有了信心，正准备下山，突然听见前面的草丛里传出响动，他拨开草丛钻过去，就见小黑蹲在一块石头上，正望着自己。

他一阵欣喜，向它伸出手，叫了一声："小黑！"

小黑却没有任何反应。

他快走到小黑跟前时，小黑突然从石头上跳下，向山坡上狂奔起来。他大声喊它，但它头也不回地跑到山后去了。

王建国怅然若失地往回走。他觉得小黑之所以这样，一定与什么事情有联系。但到底是因为什么呢？他觉得心中有一团大雾，捋也捋不清。

几天后，王建国在山坡上找到了小黑的尸体。它趴在地上，前蹄向前伸着，向着连队的方向。

小黑病死了，但它在临死之前肯定还想回到连队去。

当然，王建国养猪也遭受过困苦和磨难，但他把一腔真情倾洒在了猪身上；他愿意付出一切，只要能让猪们健康长大。

1998年元月，马上要过春节了，母猪下了两窝小猪。内地的母猪生崽不管春夏秋冬，而在扎玛纳斯却必须给猪选择最佳产期：冬天配种，开春生崽。到第二年入冬时，小猪要长到30多斤，这样的猪才有一定的御寒能力。不然，漫长的冬季，小猪是熬不过去的。

小猪崽产下的第二天，扎玛纳斯下了一场大雪，厚厚的积雪快把连队的猪圈淹没了。母猪和小猪冻得发抖。

为了给母猪和小猪保温，王建国抱来一些柴火，在猪圈里烧火。火点着以后，烟比较大，猪又受不了，他便把火挪到外面，烧出火炭之后，一锹一锹地端进去，放在它们母子身边，供它们取暖。

晚上，王建国穿上大衣，搬个凳子，坐到了猪圈里。半夜，天下起了大雪。他只好再加上两件衣服，戴上皮手套，不停地烧火。到后半夜，他由于太困，连手套掉入火中也全然不知。等他感到手冷时，手套已被烧焦。

这一夜就这样过去了。由于王建国整夜没有合眼，猪圈里的火一直不断，母猪得以不断翻身，没有压坏一只小猪。

那两窝小猪是连着下的。第二天晚上王建国发现又一只母猪要生产了，便赶紧烧火，防止它们生出来时挨冻。

第二窝小猪生得很慢，像是极不情愿到寒冷的扎玛纳斯来。第一只小猪产出来后，母猪痛苦地抽搐起来，过了好半天，仍不见第二只的影子。王建国怕母猪伤风，又往火堆上加了几块早已备好的木炭。

过了十几分钟，第二只小猪才生出来。

王建国赶紧把小猪放到火堆前，给它烤干身子。烤完了，一回头，发现母猪又在痛苦地抽搐。到这时，王建国才明白，母猪先是由于太冷开始发抖，继而又加上产崽的疼痛，便抽搐起来。王建国脱下大衣，盖在了母猪身上。一脱下大衣，他便感到一股股寒风直往衣服里灌，但他已顾不了这么多，又俯下身子去吹火。

第三只和第四只小猪仍然以间隔十多分钟的速度缓缓出生，王建国把它们一一放在火边，烤干它们身上的羊水。

王建国这一阵忙乎，没感到冷；一停下来，就有些支撑不住了。他跑步回到班里去加衣服，路过电视房，听见电视机里传出的欢声笑语，这才想起，今天是大年三十。他愣了愣，便又加快脚步走向班里。穿上一件大衣后，他又悄悄回到了猪圈。不知道为什么，他这时候不愿意被任何人看见。

他在猪圈里坐了一晚上。

第二天，指导员许颖军上厕所时路过猪圈，他想看看小猪怎么样了，便走了进去。走到最后一个猪圈门口时，眼前的一幕让他惊讶不已——

王建国正抱着一头小白猪,用一只军用水壶给它喂水。那只小猪在他怀里,像一个安静的小婴儿。王建国一边给它喂水,一边用心疼的目光望着它,眼睛里有一种父爱。

王建国一直等到给小猪喂完那壶水后,才把它放在地上。小猪向他摇了摇脑袋,跑到一边去了。

王建国一头大汗,身上还沾着一些猪粪。他抬起头,猛然与许颖军打了个照面。许颖军本来想对他说些什么,但嘴张了张,什么也没有说出来。

7. 保塔美的第一位女性

杨文果到了扎玛纳斯后才知道,在连队任指导员的丈夫许颖军到保塔美打马草去了。

杨文果在乌鲁木齐56小学任教,早就盼星星盼月亮地盼着这个假期。一放假,她急不可待地赶了过来,没想到,却扑了个空。她顿时有些怅然若失,觉得自从丈夫到了边防,一切都变得那么遥远和陌生,除了忍受和沉默,只有这让人无法面对而又不得不面对的现实。

她决定到保塔美找丈夫。

第二天,连长韩怀山和础鲁要去保塔美,杨文果提出要与他们同行。韩怀山怕她不能走山路,没有答应。她一再坚持,韩怀山就对她说:“那地方苦得很。”她问:“有多苦?”韩怀山不耐烦了,对她说:“那地方从来没有去过女性。”

他们走了之后，杨文果跟着马蹄印上路了。她想，只要有马蹄印，就可以跟着一直走下去，如果走错了，还可以再顺着这些马蹄印走回来。

一个多小时后，她走到了齐巴齐里克。从齐巴齐里克开始，就得走山路了。山路在松林里延伸，林子里很黑，也很深。她咬了咬牙，一头钻了进去。走进林子，她才发现地上很潮湿。她折下一根树枝，一来当拐棍用，二来给自己壮胆，她怕从林子深处突然窜出什么动物来。

一个多小时后，杨文果才走出那片松林。这时她看见前面有一座山，山上有一个蒙古包，正冒着炊烟。一位哈萨克族老人看见了她，朝她喊话，但她听不懂他的话，于是向他招了招手。老人也朝她招手，示意她上去。走到那里，她已经没有了力气，于是，便向老人的毡房走去。她想缓一缓再往前走。

走到毡房跟前，老人连比带画地问：“你要到哪里去？”

杨文果用生硬的维语回答：“去保塔美。”

老人一听赶紧把他的三个女儿叫了过来，指着她们说：“她们在这里出生，在这里长大，是这大山的一部分，但她们从来没有去过保塔美。保塔美还从来没有女人去过呢，你不要去冒险！”说完，他的神色变得紧张起来，似乎有什么可怕的事情要发生。

杨文果看着老人，开始忐忑不安起来。但她很快决定，还是要去保塔美。

老人看着杨文果,不再说什么。

喝完一碗茶,杨文果与老人告别后,又上路了,老人的大女儿古丽米热把她送到一片树林跟前,指着一条三尺多宽的路说:“你顺着这条路一直往前走。”

杨文果问她:“你不去吗?”

“我不去,那地方从来没有女孩子去,蛇多得很。”

杨文果只好与她告别,独自上路。到现在她才知道这地方不光难走,还有蛇。进了林子,路果然难走起来。有许多地方,只有马蹄打滑时踩出来的印子,又深又滑,她只好一段段跳过去,一点一点地往前挪。这样跳来跳去,不但费力气,而且浪费时间。正走着,她突然看见前面树的树枝上缠着一条花花绿绿的蛇,而且正吐着蛇芯子,盯着自己。再往旁边一看,妈呀,还有两条蛇也缠在树上,把头对着自己。她有些害怕了,三条蛇挡道,这可怎么办呀!她定了定神,用那根木棍拼命敲打身边的树。树枝发出噼噼啪啪的声音,那三条蛇爬走了。她又往前走,一边走,一边不停地用棍子敲打身边的树枝。她想,如果附近还有蛇的话,就会被树枝发出的声音驱走。她就这样一路敲打着,胆战心惊地出了树林。走出树林,才发现自己早已出了一身汗。

这时,迎面走来一位哈萨克族小伙子。他身上裹着羊皮,腰上挂着短刀,活像一位中世纪的部落战士。他对杨文果出现在这个地方感到十分惊讶,愣愣地看了她一会儿,问她:“你要到什么地方去?”

“保塔美。”

第二章
扎玛纳斯的冰与火

“你已经走错路了。”

“那怎么办呀?”

“如果你一定要去保塔美,就得从前面绕过去。”

“好吧。”

“前面危险,要过一个石崖。”

“我不怕。”

“不是你怕不怕的问题,”小伙子坦诚地说,“是那石崖非常危险,它不让你过去。它危险!”

“我想试试。”

“你想试试?你……那只有我帮你试试了!”小伙子说完,领着杨文果向前走去。

很快,石崖出现了。这个石崖很陡,有三四百米深。从崖底升起的大雾,把崖壁上可数的几棵小树遮掩得若隐若现。平时,牧民们采药材和放牧时会攀崖而过,那些石头被踩得黝黑发亮。

哈萨克族小伙子拉着杨文果的手,开始攀崖。在远处看着悬崖,心里挺紧张;一旦面贴崖壁,就平静多了。

正往前走着,杨文果一抬头,看见面前的一块石头上有一条小黑蛇正爬过来。她大叫起来:“有蛇!”

哈萨克族小伙子伸手一把捏住了蛇的脖子。蛇很快缠住了他的手臂。小伙子的脸色马上变了,说:“是‘锯断树’蛇!”原来,这是一种无毒蛇,但身上长着一种很尖利的刺,只要缠到树上,用不了多长时间,就像锯子一样,把树锯断了。一旦缠到人和羊的身上,其“锯”的速度将更快。牧民都把这种蛇称作“锯断树”。

“快把它弄掉!”杨文果着急地喊。

哈萨克族小伙子慢慢地把手臂举了起来,突然,他一张嘴,把蛇头咬进了嘴里,再用力一咬,只听咔嚓一声响,蛇头被咬断了,一股鲜血溅到了崖壁上。他张开嘴,把蛇头吐了出来。蛇身慢慢地软了下来,不一会儿,就从他的臂上滑落,掉到了悬崖下。

小伙子用哈萨克族牧民常用的方式战胜了“锯断树”蛇。

两个人又往前攀去。半个小时后,终于走过了那段悬崖。这时,小伙子转身要返回,杨文果这才想起问他的名字。小伙子笑着对她说:“我的名字在哈萨克小伙子中常见得很,叫乔克。”后来杨文果才弄明白,乔克就是山峰的意思。

杨文果按照乔克给他指的路,很快走到了保塔美。远远的,她看见山坡上有成堆的草垛。她想,那可能就是丈夫许颖军带领战士们打的马草。山坡下面有一条河,河边有着茂密的树林,看上去很美。

杨文果绕过草垛,看见山坡上有一幢木头房子,一个战士蹲在门口烧火。她按捺不住内心的激动,跑上去问:“你们的许指导员在不在?”

那个战士回答:“不在,连长在哩。”

连长韩怀山见杨文果步行到保塔美,大吃一惊,对她说:“叫你别来你偏来,许颖军现在到后山去了,要过几天才能回来。”

杨文果再也忍不住了,委屈地哭了起来。

第二章
扎玛纳斯的冰与火

杨文果决定等许颖军回来。

第一天，她在山坡上坐了一天。

第二天，除了吃饭，她再也没有出过房门，一个人坐在房子里发呆。

第三天，她不吃也不喝，把自己关在房子里，任凭大家怎么劝说，也不出门。下午，大家隐隐约约听见她在啜泣，都感到很伤心。对于官兵们来说，不管保塔美有多么苦，他们都可以忍受，但他们不忍心目睹一个家属千里迢迢从乌鲁木齐奔波而来，到了地方又不能与丈夫团聚。他们想去劝劝杨文果，却不知道该说什么。

韩怀山决定，明天派人把杨文果送回扎玛纳斯，让她在连里等候许颖军。

天慢慢黑了，保塔美又迎来了一个孤寂的夜晚。

半夜，山坡上突然传来一阵凄厉的嗥叫声。军马听到嗥叫声后，发出恐惧的嘶鸣。

大家赶快起床，出门一看，山坡上有一些绿灯泡似的光在闪动，同时伴随一阵嘶哑的声音。这种声音伴着闪动的绿光，使夜色也好像在颤抖。

是狼！

军马受不了狼的叫声，哀鸣着挤在了一起。

韩怀山让础鲁把军马牵到房子后面，命令其他人持枪严阵以待。

绿光越来越近，那种恐怖的叫声也更大了，像一把把威逼过来的刀子。不一会儿,狼出现了,一共四只,都昂着脑袋,一副凶残的样子。它们蹲到离战士们十几米远的地方,紧盯着他们,开始与人对峙。过了一会儿,一只狼发出了一阵更为难听的嗥叫声。这种声音让人听起来好像谁把它身上的肉撕下了一块。

韩怀山听出来了,这是一只母狼。狼一般在进攻前,都由母狼发出命令。其他狼只要一听到母狼的命令,都会力量倍增,变得更为凶猛。

韩怀山下令:子弹上膛。但他转念一想,这里属于离边界线 2 公里内的范围,按规定,是不能开枪的。于是又命令大家把子弹退出枪膛,上刺刀。如果狼扑上来,就用刀与它们搏斗。

战士们都上了刺刀。

那头母狼叫了一会儿,停了下来,四周立刻出现了一种可怕的宁静。没过多久,母狼突然发出一声更为凄厉的叫声,另外三只狼倏地蹿起,扑了过来。

"杀——"韩怀山大吼一声,端起枪,向狼刺去。狼没有料到他们会突然出击,一下子就有两只被刺中,黑暗中传出凄厉的狼嗥。紧接着,两只受伤的狼掉头逃走了。

但那只母狼和另一只灰狼继续与官兵们搏斗。它们不停地跳跃着,想咬官兵们的喉咙。但它们每跳起一次,都被官兵们用明晃晃的刺刀逼了回去。

韩怀山在那只灰狼再次扑向自己时,盯准它的肚子,狠狠地给了它一刺刀。灰狼惨叫一声,倒在地上。韩怀山拔出刺刀,准备再刺,这时,就听得那只母狼痛叫一声，扑过来趴在灰狼的身上。韩怀山一刺刀下去，刺进了母狼的脖子。母狼没有躲闪，再次用身子护着那只灰狼。韩怀山又刺了母狼一刀，它仍然没有改变护着灰狼的姿势。韩怀山愣住了，那两只狼迅速从地上爬起来，身子挨着身子，跑下了山坡。

官兵们都看到了这一幕。

“狼也有爱情！”不知什么时候，杨文果站在了他们身后。她目睹了刚才发生的一幕，不由得发出感叹。大家回过头，看见她的脸上挂满了泪水。

第二天，杨文果像换了个人似的，变得高兴起来了。她决定在保塔美继续等下去，不管许颖军什么时候回来。

第三章　阿黑吐拜克的诉说

1. 界河冰面上的脚印

大年三十这天，从红庆没有一点过年的心情，他总觉得今天边界地区要发生什么事情。

不一会儿，哨兵来报告小舟地区有人临界。

从红庆立即组织快反班，让军医侯七一带队，骑马赶往小舟地区。

天正下着大雪，风呼呼地刮着。风雪像在天地间布下了一道厚重的屏障。地上的积雪很厚，马一踩进去，四条腿就被淹没了。还没有走到小舟地区，马便先变得像小舟，在雪地上起起伏伏，若隐若现。

半小时后，快反班赶到了小舟地区。

小舟地区长满白桦树。雪落到这些白色的树上后，树变得模糊起来，几乎与雪地浑然一体。白桦林旁边就是阿拉克别克河，河面上已结冰，冰上面又落了雪，从远处看，已经没有了河的形状。

小舟地区原来是争议地区，中哈勘界组在前不久经过勘察，将其划给中国管理。这一带的林子里黄羊比较多，到了冬天，雪地上随处可见它们出没的踪迹。黄羊没有边界意识,也没有国籍,所以,它们随心所欲地穿越于中哈两国的土地上。一些猎人经常到这里下套子,捕杀黄羊。有人不顾越界会引发严重事端的后果,常常蹚过河去,到哈方去捕猎。因为哈方的树林更密,聚集着更多的黄羊。

侯七一仔细观察,发现有一串脚印一直延伸到林子深处去了。他示意大家下马,向前搜索。到了河边,那串脚印从冰上过去,进了哈方的树林,河边上扔着一把铁锹。从那串脚印的跨幅来看,越界者是匆忙跑到河对岸去的。

一起越界事件已经发生了。

侯七一想,越界者可能发现了快反班,因无路可走,才仓皇越界的。他示意大家装作没发现什么似的仍往前走。进入一片小树林后,大家潜伏了下来。侯七一轻声对战士郑祖国说:“你回去向连里报告情况。”郑祖国猫着腰退出林子,向连队跑去。

四周一片寂静,偶尔有树木因承受不了积雪的重压,啪的一声断了,几只乌鸦被响声惊起,哇哇地叫几声,飞向哈方的林子里去了。

战士们静静地趴在雪地上,眼睛一眨不眨地盯着河对岸。此时的阿拉克别克河显得特别安静。

1 个多小时后,从红庆带八个人赶了过来。接到郑祖国的报告,他考虑到天冷,战士们可能无法抵挡严寒,再加上按规定潜伏一般不超过3 个小时,于是亲自带一批人到小舟地区换下快反班。几个人刚要出门,通讯员对从红庆讲,快开饭了。从红庆愣了愣,今天是大年三十,可不能让大家饿肚子。但他转念一想,还是得尽快赶到河边去,时间在边界问题上往往显得至关重要,越界者通常就是在三五分钟内越过不足30米的界河,造成越界事件。想到这里,他果断地一挥手,带大家徒步向小舟地区跑来。九个人在汽车碾出的雪槽里跑着,雪地上只露出他们的脑袋。

从红庆向侯七一简单地询问了一下情况,便让他把人带回连队。

九个人迅速进入快反班刚才潜伏的点位,寂静的树林没有发出任何声响。

天一阵比一阵冷,雪一层又一层落到他们身上,很快,他们就变成了雪人。战士们有的趴在雪地上,有的蹲在树后,在风雪的侵袭下,浑身发抖,但他们还是很激动。他们想,在大年三十出来潜伏,本身就显得特有意义,如果抓住越境者,意义就非同一般了。

边防除了在形式上有着它不可逾越的界线外,同时又由边防军人的责任感实现着另一种威严。

3点钟,目标出现了。

河对岸的树林里先是发出一阵声响,紧接着,就见一个人影慢慢地走了出来。他大概是怕界河这边有人潜伏,所以走走停停,不断向四处观望。当他走出树林时,大家都看清了他。他穿着一双黑色的水靴子,肩上扛着一个小爬犁,还斜背着一捆铁丝。大家屏住呼吸,紧紧盯着他。毫无疑问,他就是从我方越界到哈方去下套的人,他身上背的东西足以说明他的意图和行为。

第三章
阿黑吐拜克的诉说

从红庆示意大家耐心等待。在这种情况下，如果不慎惊动对方，他会转身返回哈方的。作为中方的边防军人，不管是什么情况，都不能越界去抓他。

越界者走到河边，停了下来。他看着扔在冰面的铁锹，开始愣神。也许，当他从他国的土地上准备踏上本国土地时，他清楚地意识到了越界行为的严重性，因而有些惶恐和不安。他缩着脑袋向四周张望，见没有任何动静，终于松了口气。接着，他拨开几根树枝，开始过河。他的脸憋得通红，那种越界者的贪婪和不安的神情表露无遗。

官兵们静静地等待着。

走到那把铁锹跟前，越界者弯腰把它捡了起来。此时，他携带的东西已使他显得不堪重负，但他仍表露出一种贪婪，把那把铁锹当宝贝似的抱在了怀里。这时，远处的一块冰突然断裂了，传来咔嚓一声响。他被吓得浑身颤抖，掉头就往回跑，跑了几步，他又充满疑虑地停了下来。他朝发出声响的地方张望了片刻，见几块断冰正顺着河水漂向下游，这才松了口气，转身重新往回走。接下来，他加快了步伐，很快就过了河，爬上了岸。

"站住，不许动！"从红庆在越境者刚钻进树林还没有抬起头时大喊一声。战士们迅速跑到他面前，将他包围了。他一看全副武装的战士，顿时吓软了，一屁股坐在地上。战士们将他围起来，命令他把身上的东西卸下。他抖抖索索地把那些东西卸了下来。突然，他呼地一下站起来，从两个战士中间冲了出去，一直朝不远处那条兵团农工修出的简易公路跑去。因雪太厚,他一起一伏的样子像水中的一只老鼠。

“从两边包抄!”从红庆把战士们分成两队,从两边追了过去。

越境者跑上简易公路,往左一拐,想穿过雪地,进入前面的兵团连队。

战士们冲过去,把他夹在了中间。他一看傻眼了,在原地转了两圈,不知所措地站住了。战士们气愤地扭住他,把他押回河边。

越界者叫张广利,今年49岁,是附近的农民。

“我、我没有越界。”张广利喘着粗气,开始抵赖。

“你没有越界?!”一向耿直爽快的丛红庆气不打一处来,恨不得给张广利两拳头,但军人本能的意识使他压住了怒火。接着他让张广利脱下水靴,放到地上的脚印中,这样一对照,大小一致,丝毫没有差错。张广利在大家的怒视下,无可奈何地低下了头,把越界的事实招供出来:今天早上,他想,快过年了,边防连的人可能不会出来,于是,就抱着侥幸的心理到界河边下套。走到河边时,他发现后面有人骑马在巡逻,就慌不择路地向哈方的树林窜去。过河时,那把铁锹从手里掉到冰面上,他因为害怕,没来得及捡起,就跑了过去。跑进树林,他看见一队人马走了过来,赶紧趴在一泓潭水中,躲了起来。让他庆幸的是,边防军人好像并没有发现自己。

但张广利万万没有想到,侯七一把战士带走只是制造了一个假象,让他误以为他们已经撤走了。

张广利在水中趴了5个多小时,双腿开始麻木,就从水中爬了出来。他没想到,自己一上岸就被战士们抓住了。

张广利还交代,他前后一共在边界一带下过16个套子;同时又供出一条线索,今天与自己一道出来下套子的还有团场连队的无业人员祈勇。祈勇可能也越界了。

还有一个!从红庆的内心掠过一丝沉重。他吩咐战士们押上张广利,沿河道向上搜索。

5点多的时候,他们在一个叫浅水滩的地方发现了一串越境进入哈方的脚印。从红庆问张广利:"祈勇是不是经常在这里下套子?"张广利连连点头:"是,是。"

从红庆刚要吩咐战士们在树林里潜伏,突然发现右前方也有一串脚印。他走过去一看,这串是从哈方返回的。他马上明白了,祈勇越界过去后,已经返回。

返回,也得抓。从红庆简单地向战士们讲解了一下情况,大家便跟着那串返回的脚印,向前搜索。越境者可能由于心慌,专挑没路的地方走,但他万万没有想到,这些地方由于雪厚,他的脚印反而更清晰地留了下来。

出了林子,脚印拐上了一片田地。很显然,越境者想以干农活的假象蒙骗人们。这是一个很狡猾的家伙,他在田地里绕了好几圈才走到了路上。但他忘了,临近春节,路上压根没有行人,所以他的一串脚印清晰可辨。

大家跟着脚印,一直走到了兵团三连,最后在一间破旧的房子前停住了。从红庆上前叫门,一个穿着破旧衣服的男人很快把门打开了。

张广利不由自主地叫了一声:“祈勇……”

那个男人一听张广利的叫声,再看着全副武装站在自己面前的边防战士,脸色立刻变了。

从红庆走进屋子,见墙角放着一堆铁丝套子。他又转眼去看被张广利称作“祈勇”的男人,只见他的双腿上湿湿的,鞋子上结着冰,很显然,这个人踏雪走过长路。从红庆厉声问他:“你叫祈勇?”

他不知所措地点了点头。

“你今天上午越界到哈方的树林里套黄羊去了?”

“没有,没有。”

“没有?那这些套子是干什么用的?你的腿上怎么是湿的?”

“我……”

“我什么?如果你不承认,立刻跟我们去一趟界河边,拿你的鞋子和脚印对一下,就什么都不用再说了。”

“我承认,我越界了……”祈勇害怕起来,扑通一声跪在了从红庆面前,“我很穷,快过年了,家里连一个鸡蛋、一公斤清油都没有。大年三十了,我想去套只黄羊,回来过个年。”

“起来。”从红庆把祈勇拉了起来,说,“套只黄羊过年?你想得太简单了!你不知道黄羊是国家保护动物吗?而且你还越过边界,这事情更严重!”

“我、我……”祈勇努力想表白些什么，却说不出一个字来。

从红庆一摆手，战士们把他带出房子，向连队走去。

天已经黑了，老远就听见连队在燃放鞭炮。

2. 越境者

他不像一个越境者。即使在收容站这样的地方，他依然很注意自己的形象，衣服穿得整整齐齐，讲话时有板有眼，让你觉得他像是受过高等教育的人。

在边防会晤站移交时，哈方边防军的一个中尉指着他对我边防军人说：“你们的这位公民，好像是位天才。”

原来，他被哈方边防军人抓住后，大唱《纤夫的爱》《一无所有》《走四方》等歌曲，一遍又一遍，同时还说一些谁也听不懂的话。哈方认为他神经错乱，给了他一些药吃。审问他时，他竟说：“我已经离过五次婚了，如果再找老婆的话，就去德国找一个。”

移交回中国后，他不唱也不闹了，一副很正常的样子。

真是难为他苦费了一番心机。其实他是想装作精神不正常去蒙骗哈方军人，以达到让他们释放自己的目的。

他是越境到哈方去挖贝母、拾鹿角时被抓住的。边防局的案卷里对他有这样的记录：

张××,男,27岁,农民。1998年5月21日被哈方作为越境人员移交回阿勒泰边防局。

他是众多渴望去哈方挖药材发财的越境者中的一员。

与哈萨克斯坦接壤的新疆阿勒泰地区,横亘着阿迈哈奇盖山和阿尔泰山、萨吾尔山等大山,这些大山里有着各种珍禽异兽和名贵药材,鹿角和贝母便是其中最丰富的两种。

鹿角是野生马鹿在春天撞下来的犄角。每年到开春时节,马鹿的头角便痒痛难忍,它们往往要找一块山石或一棵树,忍痛将头上沉重的八叉犄角磕碰下来。马鹿喜欢群居,常常一头雄鹿带头,其他的雄鹿紧紧跟上,在同一地方将自己的角卸下。因此,只要有鹿角的地方,往往都是一大堆堆在那儿。

马鹿角作为中药材,原来的收购价并不高。到1987年,当地收购价达到每公斤26元,1988年竟高到每公斤70多元。如果运到内地,价格更加惊人。

贝母是一种多年生草本鳞茎植物,株高一般有50~60厘米,鳞茎入药,有清热、润肺、止咳、化痰、解毒等功效。每年5~8月花开后方可采挖。

20世纪80年代,贝母的收购价一涨再涨。到1989年5月份,一斤贝母最高价涨到了220元,那些从口内尤其是广东一带闻风而来的小贩子,更是"随行就市",只要你有东西,价钱可随意上涨。一时间,贝母、鹿角成了人们目光的聚焦点，甘肃、宁夏、四川等省（区）的农民们，吵吵嚷嚷，像赶海一般，纷纷拥向新疆。阿尔泰山脉的千山万壑之间，涌起了一浪高过一浪的拾鹿角和挖药狂潮。

这些冒险者的眼睛里，闪出贪婪的亮光。他们相互鼓动着，怂恿着，并以他们特有的盲目和狡黠，思谋和策划着如何捡拾鹿角、采挖贝母。

这样，越境事件便频频发生。因为在阿尔泰山外沿的哈方地域鹿角和贝母更多。

越境者没有边界意识，即便有，也已被发横财的疯狂梦想淹没了。

眼前的这个张××，从踏进新疆的第一步开始，其意识里就没有了边界的概念，幻想与欲望在向他招手，他就无所顾忌地踏上了西行的道路。尽管他通过种种渠道知道那里有沙漠、戈壁、狼、狗熊、大雨、铁丝网、中国边防军人和外国巡逻兵，还有狼狗，等等，但他已经顾不得那么多了。

张××根本说不清自己怎么偷越国境去哈萨克斯坦，如同他毫无把握是否能越过边境，再安全回来一样。没去之前，他只听说中哈边境正悄然进行着贝母、鹿角的采捡和倒卖活动。恰巧，村里也有人要上那里去碰运气，他当时想，反正在家里待着也是待着，倒不如闯到远方去捞一把。

到了新疆以后，他先在清水河、博乐等地靠打零工维持生活，先后干过打土块、拔草、盖房子等活儿。说句老实话，那都是凭力气吃饭的活,很累,挣的钱也很少。后来,他和其他来新疆梦想发财的人境况一样,失落、痛苦,继而便生发出了铤而走险的念头。

边防局的人问张××后来的情景,他说他已记不清楚了。他努力地想了半天,噢地叫了一声,从口袋里掏出一个笔记本递上来:“你看吧,后面的事全记在这上面了。”

真是难为他了。一个把字写得大小不一,错误颇多,且整日流浪,又衣食无着的人,居然每天坚持记日记!这本有200多页的日记本,被他记满了:

> 1998年3月21日,我出了家,妈妈和妹妹送我。送到半中央,妈妈(急)突然转过身去,哭着跑回家去了。她没办法再忍受我这个不考(肖)之子的行为。看着她的背影,我觉得整个大地在发抖。妹妹没有哭,她一个劲地问我,这一走是不是就再也不回来了。我没有回答她。她又重复问了一遍,我仍然没有回答。她的眼泪流了下来,我觉得她的眼泪落进了我的心里,像刀子。

再后面记着他怎样干活,什么时候生病,买了什么生活日用品,等等。再往后翻,便可以看到他的一些痛苦的感情:

> 我在这里心很凡(烦),经常躺在山坡上,望着兰(蓝)天,那纯净(净)得让人心疼的兰(蓝)天,使我想起了我的初恋。我要是现

在和初恋的她在一起，那该多好。但是，恐怕永远都不可能了，她嫁给了有钱人。而我现在是没有钱的人……

我一定争(挣)大钱，有了钱就有了一切。

今天，我听到别人在谈论贝母的事，我刚要上去打听怎么去挖，那个人却慌忙跑了。我想，他可能是怕我哩。那么，我自己原来的那些想法，是犯法的吗？

……我想和她交朋友。如果可以，我就留在新疆了，给她们家当上门女婿也行。我现在在阿尔泰，心里很难受。我每时每克(刻)都想见到她，但她不来见我。我知道她不想我，她的心太很(狠)了。

我的心像开水一样，翻滚着。我对不起她。今天她打了我一记耳光。唉，像我这样的人，是不白(配)去爱别人的。我到底该怎样活才好？

一连打了十天土块。把她忘了，我心里好受一点了。

今天，我找到了一批要去拾鹿角的人，我又高兴又害怕。他们说,拾鹿角,挖贝母,比干小工争(挣)钱多,只要不遇到拾鹿角和挖药狂潮。

我们都知道,自己的命运都压(押)在这一趟上了。生生死死,都要为之一博(搏)了。

边防局的人读到这里,把日记本递给他,让他详细讲述一下那次越境的过程。

他说,那天,他和那帮人在哈巴河的一家川味饭店里吃了一顿饭。天黑后,他们雇了一辆拖拉机,向阿黑吐拜克方向开去。听别人说从阿黑吐拜克过去,向扎玛纳斯的方向走不远,过了界河,哈方边界的纵深处有大量的贝母。

他们很快就到了阿黑吐拜克。

天很黑,山沟里飘荡着一股郁闷的气息,几只猫头鹰飞过之后,四周又出奇地平静了下来。他们悄悄地接近边界,看见那个上面刻着"中国"二字的界标时,他们有些发抖,趴在地上久久不敢动弹。十几分钟后,他们确信周围没有人,于是慌忙翻过铁丝网,进入了哈萨克斯坦的土地。走进一片树林后,他们才算是松了一口气。离天亮还有4个多小时呢,他们便铺开麻袋,躺上去睡了一觉。

第二天,他们早早地上路了,走了10余里路之后,面前终于出现了一片奇异的光彩。那一簇一簇淡蓝色的贝母花像金钟一样,开放在广衮的山上，山头、山坳都被映亮了，像铺了碎银。他们如同闯入了一个色彩斑斓的藏宝洞。

第一天，张××整整挖了10斤贝母。

下午，他们准备向别的地方转移。简单地吃了些馕，喝了几口河水之后，他们就出发了。

张××和一个叫小包的青海小伙子并排走着。张××扭头看了一眼小包，他的脸上同样洋溢着兴奋的神情。这时候，他们都没有想到，一场灾难即将降临。

他们计划到对面的山坡上去挖贝母。过了这条河，爬上去就到了。他们走到河边时，看见河上搭着一座独木桥。张××先踏上了那根木头，慢慢向对岸走去。他心里想，外国人挺好嘛！还在河上搭了一根木头。就在他刚这样想着的时候，只听身后发出咚的一声响，接着便传来小包充满恐惧和痛苦的叫声。他加快步子走过独木桥，回头一看，小包已从独木桥上掉了下去，正趴在河中央的一块石头上。他可能是头部先落在石头上，满脸是血。就在张××惊讶不已的片刻，小包痛苦地叫了几声，双手松开石头，被河水冲走了。当时正是水最大的季节，他的身子在水中浮出两次之后，就再也没有见到他的身影了。张××扔下麻袋，和对岸的其他几个人向下游追去，追出500多米，才找到小包。然而，他早已咽气了。

大家把小包的尸体拉上岸，用镢头挖了一个坑，把他草草埋了。

他国的山坡上突然多了一个土坟，土坟里埋着一个风华正茂的中国小伙子。幸存者们用贝母花编了一个花圈,放在他的坟前。

第二天,他们找到了一大片贝母地。失去同伴的伤痛很快就在新的希望与欣喜面前消失了。他们又欣喜若狂地挖了起来。挖着挖着,突然听见了一声从未听到过的断喝。抬起头一看,四名高鼻子、深眼窝的外国军人正用枪对着他们。

张××举在半空的镢头掉在了地上,他在心中惊叫一声:“完了!”

哈萨克斯坦军人把他们的手绑上,把装有贝母的麻袋放在他们肩上,然后示意他们跟着前面持枪带路的那个军人走。张××的心紧张地跳动着。他没有想到,自己第一次出来就被外国军人抓住了。翻过一个山头,他们看见前面的山坳里有两排房子,有几名军人背着枪站在门前。走在最前面的那个军人,对着他的同伴喊了几声。很快,有一个军人拿着一些黑布条跑了过来。他们被蒙上了眼睛,然后在吆喝声中继续往前走。过了一条河,穿过一片树林,他们被喝令蹲在地上。过了一会儿,一辆车开了过来,他们被推上了车。那辆车行驶了5个多小时后,在一个大院里停了下来。他们下车之后,才被解开眼睛上的黑布。两名外国军人过来给他们一一照相,每人前身、侧身、头像共三张。然后,把他们叫到一间小房子里,先搜了身,然后责令把衣服都脱光,到另一间房子里洗澡;洗完之后,换上了一套淡绿色衣服。晚上,每个人分了一份黑面包、小米稀饭。吃完之后,他们被关进了地下室,那里面有床和被子。

张××是最后一个被带到地下室去的。一间房关两个人,剩下他是单数,所以他一个人关在一间房子里。

在那里,他们被关了十天。第十一天早上,他们被哈方军人叫醒。一个身材高挑的女兵给他们每人发一张条子,然后用汉语对他们说:“你们在纸条上写上你们携带的东西,签上自己的姓名。”

结果发现,他们中间只有张××识字,其他人都是文盲。于是,张××便代他们一一填写了那张表格。

接下来,那位女兵开始审问他们为什么越界,越界之后干了些什么,还想干什么。

让张××感到高兴的是,他们被哈萨克斯坦送回时,坐了一次直升机。他觉得这辈子可能再也没有坐飞机的机会了。

张××被罚款2000元,被没收了挖药材的工具,并限期返回四川老家。

边防局的人又把他的日记本拿过来翻了一下,见他昨天的日记是这样写的:

> 我现在把青春浪费了。青春过去了。我现在活在人间真是没意思。去到那(哪)里找我的出路,找我的爱?我的爱在那(哪)里?我要去那(哪)里找她?

一股酸楚在弥漫,他的新疆梦破灭了。

收容站的墙上有一首被人用铁钉之类的硬物刻画出来的《游民四

季歌》,张××照录如下:

初春滚滚民工潮,
夏日山林蚊虫咬。
秋天有家归不得,
寒冬苦苦受煎熬。

3. 长途巡逻

奇本德951高地是阿黑吐拜克边防连最远的一个巡逻点位,地图上标示的直线距离为76公里,但实际路程要超过200公里。巡逻一次,正常情况下需要三四天。据记载,最长的一次用了六天。这是这个边防团最长的一条巡逻线。

1998年9月的一天,由团参谋长带队,一行六人去奇本德巡逻。与以往一样,他们准备采用常规性巡逻,对沿途牧民、临边人员进行边防政策宣传和教育,了解防区内情况。

早上9点,一行人从阿黑吐拜克出发。

战士们没有列队欢送。这次巡逻与以往一样,都是边防连正常的工作,所以,没必要搞什么仪式。但大家的内心却很沉重,此去奇本德路途迢迢,现在看似平静,只要一踏出阿黑吐拜克的院子,不知道有多少艰难困苦在等着他们呢。

第三章
阿黑吐拜克的诉说

连长从红庆的妻子和机要参谋黄文华的妻子都走了出来，两人各抱着一个孩子，她们神情庄重地向出发的六个人挥手致意。她们俩一个来自山东，一个来自四川，都是临时来队探望丈夫的。作为女人，她们有着更多的柔情与顾虑，直到六个人骑着马走远，她们才默默地返回屋子里。

其实，包括参谋长在内，六个人都看见了她们俩挥别的手，但谁也没有举起手向她们挥别。此时出发，对这六个人来说，既有一份悲壮，又有一份难言之隐。他们都知道，在这样的情况下，只能保持沉默。在边防上待得时间长了，沉默成了无坚不摧的盾牌。

参谋长边走边打量参加这次巡逻的人员，他们是克孜乌雍克边防营营长刘云柱，阿黑吐拜克边防连副指导员姚祥文，战士郑迁彬、王辉银和牧工阿黑哈提。这五个人都很壮实，从骑马的姿势来看，都是长年奔波在边防线上的人。他不由得从内心感到欣慰，作为在军事上要求很严格的参谋长，他对这五个人非常满意。

阿黑吐拜克的后面就是阿黑库木沙山。平时，从连队的院子里看它，它显得光洁晶莹，像美丽的胴体，但一旦走近它，便立刻感受到它的一种让人无以忍受的崎岖。这座山是由细沙常年堆积形成的，因为沙子没有反弹力，人走在上面特别费劲。

六个人很快走到了阿黑库木山下。尽管时间已进入 9 月，但由于一个多月干旱无雨，此时，沙地就像一个大蒸笼，而炽热的太阳，又像给这个大蒸笼扣上了一个大笼盖。

六个人沿着阿黑库木沙山缓缓前进。

走到一个小山坳里，他们看见山上的沙子在轻轻流动，沙子下面，有一片明亮的东西，在太阳的照射下，若隐若现，反射出一片光芒。这就是有名的“流沙河”。沙子下面反光的东西是水，一般不易发现。流沙河有深有浅，浅的地方，只是一条小溪；而深的地方，水深达四五米，人和马走进去，极其危险。

牧工阿黑哈提走在最前面，他边走边打量着路面，正走着，胯下的马突然陷进沙子里，倒了下去。阿黑哈提从马上摔下来，只听到嘭的一声，沙子翻卷着，把他的半个身子淹没了。其他人一见这情景，赶紧勒住马，下来拉阿黑哈提。这时，阿黑哈提的那匹马挣扎着爬了起来，刚站起，没想到又一蹄子踩空，跌进了流沙河。沙子马上翻卷起来，把这匹马的半个身子淹了进去。

“注意流沙河，不要越陷越深！”参谋长沉着指挥，大家一起把阿黑哈提和马拉了出来。

稍停片刻，大家上马继续前行。没走几步，姚祥文和郑迁彬的马同时踩进了流沙河。马在受惊之下，把两个人同时摔了下来。郑迁彬被摔下时，一个倒栽葱栽入沙子里，姚祥文刚好摔在郑迁彬的旁边，他扑过去抱住郑迁彬的脖子，把他拉了出来。

参谋长只好命令下马步行。他之所以下达这个命令，是因为再往前走，左面是山，右边是界河，中间只有这条被流沙河霸占的“路”，稍有不慎，就会出现危险。

第三章
阿黑吐拜克的诉说

六个人小心翼翼地牵着马在流沙河上行走。流沙簌簌作响,反射出一缕缕阳光。要不是亲身体验了它隐蔽在深处的杀机,真不敢相信,它较之于普通河流有那么大的危险!十几分钟后,他们终于走出了这条危机四伏的“河流”。

这次,参谋长没有下令,大家不约而同地跨上了马背。没想到刚走几步,一匹马又受惊了。那匹马蹦跳着,向前狂奔起来。骑在马上的人紧抓缰绳,那匹马却一反常态,缰绳被拉得越紧,它跑得越快。它腾开四蹄,越过那片草地,向一片小树林跑去。骑在马上的人有些着急了,抓住马鞍,站了起来。马匹从两棵树中间越过时,他被挂了一下,重重地摔在地上。

大家赶过去,把他扶了起来。

参谋长不得不再次强调了一遍乘马该注意的事项,然后,率大家骑马继续前行。

下午2点,六个人走到卡拉克琪。

卡拉克琪由许多小山沟组成,站在高处看下去,像是有无数条蛇在爬动。这个地方是这条巡逻线最难走的地方,得不停地翻山沟,尽管山沟不大,但上上下下重复次数多了,难免叫人心烦,心情一烦躁,脚步就不由得变沉重了。

这个地方原来有几户牧民,后来因为草场无法充足地供养牲畜,牧民们先后一一迁走了。时间长了,那些房子便坍塌了,再没有能让人住宿的地方了。这个地方是每次巡逻的定观点,战士们走到这里,一作短暂的休息,二要对边情进行观察和了解。

姚祥文熟练地观察过后,得出结论:时下正值放牧的好季节,牧民都已游牧到别处去了,这里一切正常。

参谋长和刘云柱商量,今晚要赶到玉峡峡地区,在护边员洪玛尔汗家借宿一夜。

稍作休息,他们考虑到这个地方离玉峡峡还有十几公里,得用四五个小时才能走完,便又匆匆上路了。

一开始翻山沟,人和马就变得不安起来。这些小山沟说是有坡,但也就是一些高低不平的大坎而已,但小山沟很多,因而,当马鼓足了劲,没走几步,就爬到了顶。下坡时,又得收住缰绳,让它们慢慢往下走。如此这般折腾,马不一会就开始喘粗气;而人由于不停地颠簸,头变得晕乎起来,只觉得天旋地转,如同置身于惊涛骇浪之中。

正走着,天变阴了,大家不由得为天气发起愁来。这样的天气,与大雨遭遇是无疑的。没走多远,雨便下了起来。大家拿出雨衣穿在身上。对这样的天气,每个人都已见惯不惊了。凡是长途巡逻,天都很怪,出发时天好好的,但走在半路,准得淋你个透湿。

雨加大了行进的难度,山坡很快变滑,马走在上面,左右摇晃;人骑在马上,更加难受。

上坡,下坡,雨哗哗地下着,谁也不说一句话。沉默这时候变成了一件雨衣,为大家挡着要落进心里的雨水。

终于走完了小山沟。

第三章
阿黑吐拜克的诉说

大家轻松地舒了口气，走过这段路，这次巡逻的路程就过了一半，前面的路，都在平坦的地带，估计不会费什么力气。

雨在不知不觉间又大了，大家纵马加快步子，向前骑去。尽管有雨衣在身，但斜飞的雨还是把身上打湿了。最可怜的是马，它们浑身被淋湿，平时威风凛凛的鬃毛，此时沾在脖子上，让人看着伤心。

一个多小时后，他们进了山。又走了半个多小时，姚祥文突然觉得不对劲。他看着四周的环境，觉得与他前两次巡逻时不大一样。他勒住马，对参谋长说："参谋长，咱们是不是走错路了？"

参谋长被这突如其来的情况弄蒙了。他让大家停住，仔细判断一下方向再走。

姚祥文和阿黑哈提两人根据自己的记忆开始判断，最后，两人得出一致结论：确实走错路了。

没办法，他们只好往回走。

走着走着，姚祥文又觉得不对劲。按两小时前翻过的那些小山沟的走向，道路应该一直朝南延伸，但现在却向北一直逶迤而去，这样顺着它走，不是刚好把方向走反了吗？他赶紧勒住马，说："不对，又走错路了。"

大家这次全都被弄蒙了，不知哪个方向才是正确的，惊恐之下，不敢再轻易挪动一步。

经过商量，大家一致认为，还是应该往回走，走到卡拉克琪，就不怕找不到路。主意一定，六个人拨转马头，急速照来路返回。

但是,他们很快就发现,眼下就连往回走的路也不敢肯定是对是错,山里的沟沟岔岔太多,由于没有具体的方向,觉得到处都是路,但到底该怎样走,谁都心中没数,大家彻底迷路了。

韩江冷静地想了想,决定分头找路,一小时后,不管找到路与否,都到这个地方集合。他留战士王辉银在原地守候,以防止再迷失方向,另外五人分成三个不同的小组,从三个不同的方向去寻找。

雨,还在下着。

一名战士和阿黑哈提分在一起,向东南方向找去。两个人骑马很快翻过一座小山,进入一片草滩。正走着,战士突然看见前面出现了一排铁丝网。他大吃一惊:难道我们已经越界,走到了哈方的土地上?他赶紧把阿黑哈提叫住,一起下马,向四周观察。

那排铁丝网由南向西延伸而去。远远看上去,显得无比威严。气氛立刻变得紧张起来。

“哎,你看,帐篷!”阿黑哈提用手指了一下前面。那名战士顺着他手指的方向看去,发现前面的山坳里确有一顶帐篷,顶部正冒着青烟,在雨中显得很安详。

那名战士想,铁丝网无言,又不能到跟前去看,现在,只有去那顶帐篷跟前打探情况了。他对阿黑哈提说:“走,去那个帐篷跟前看看,说不定我们现在已经越界了。”

两个人牵着马向那个帐篷走去。雨水已经淋湿了他们的衣服,一股湿意浸入肌肤,反而使紧张的他们冷静了下来。

第三章
阿黑吐拜克的诉说

快走到帐篷跟前了,那名战士突然感到四周有一种可怕的沉闷,他不由自主地停住了脚步。军人的本能意识使他一下子警惕起来:如果这个帐篷是哈方的,自己作为一个军人,荷枪实弹地进入,其后果是不堪设想的。停了一会儿,他把身上的枪和子弹卸下,交给阿黑哈提,让他在原地等候,然后,独自向帐篷走去。阿黑哈提有些担心,在后面对他说:"万一里面有人,咋办?"

"不管什么情况,都不要动枪,由我来处理。"说完,他径直向帐篷走去。

离帐篷越近,那名战士的脚步越沉重。如果这个帐篷是中国牧民的,那就说明自己并没有越界,正一步步走向希望;如果这个帐篷是哈方的,那就说明自己已经越界,正一步步走向不可预知的险境。

走到离帐篷还有七八步远的时候,那名战士又停住了。他觉得不管发生什么事情,两个人待在一起,总有一份安全感。但他转念一想,转身回去就意味着又要重新去找路,就眼下的情况而言,能不能找到路,谁也不敢肯定。他站在那儿愣了一会儿,觉得还是应该往前走;如果这个帐篷里住的是中国的牧民,就不愁找不到路。

那七八步路,那名战士每往前走一步,心里就有一个新想法。但他硬是咬着牙,走到了帐篷跟前。

他想举手敲门,却突然把举起的手又放下了。他想先看看周围的环境,以备应付突发事件。这时候,他看到门上挂着一把锁,上面有"武汉"二字!

他内心一阵激动,按捺不住全身的喜悦,一把握住那把锁,用手指慢慢地抚摸着那两个字。他的心里涌起一种像小时候放学饿肚子回家,走到家门口,被母亲紧抓住手的感觉。

“武汉制造!这说明我没有越界,没有越界!”他忍不住喃喃自语起来。随即,他回头大声招呼阿黑哈提牵马过来。

很快,他们就找到了帐篷的主人。一问才知道,此地虽然离边境线已经很近了,但他们绝没有越界。又经过详细询问,他们终于得知通往玉峡峡的路就在脚下:从这儿一直往前走,翻过前面的那座小山,就踏上正道了。

那名战士和阿黑哈提向牧民道了谢,上马向王银辉留守的地方返回。回到会合点,其他两个小组都没有找到路,早已回来,正在焦急不安地等着他们。

阿黑哈提嘿嘿一笑,说:“路嘛,只有一条,我们找到了,你们还能找到吗?”

大家都被他逗笑了,笑声在空旷的山野里回荡,气氛顿时变得轻松起来。

晚上9点,六个人终于走到了玉峡峡。

夜色中的玉峡峡一片寂静,只感觉到四周的夜色也像山,仿佛要把一切收拢进它的怀抱。四处没有一丝灯火,偶尔从羊圈里传出的咩咩声,在黑暗中传得很远。

第三章
阿黑吐拜克的诉说

护边员洪玛尔汗在等待他们。

六个人进屋，脱下湿衣服，一坐下，就感到疲惫不堪。这时候，他们才意识到，这一天尽管只走了80多公里的路，但所付出的艰辛，绝不亚于正常情况下走两个80多公里。

洪玛尔汗是个老护边员，只要边防连的人巡逻到这里，他都会热情接待。平时，他把边界上发生的事情，一一牢记在心，等巡逻的人来了，再一一讲给他们听。他这样做，对巡逻工作帮助很大。

他很快就给大家做好了饭。六个人奔波了一天，吃着这热乎乎的饭，整个身心顿觉轻松和温暖。

第二天早上，他们才发现，昨天晚上下了一场冰雹。这场冰雹很大，那些绿绿的树叶被打落，在树下堆积成厚厚的一层；这场冰雹使气温骤降，落在地上的冰雪很快冻结在一起，变成了冰。远处的山上，白茫茫的一片，像童话里的世界。

六个人面对这场已经改变玉峡峡面容的冰雹，同时想起了一个问题：昨天晚上军马是否安好？

姚祥文跑到房后一看，军马已没有了踪影。他正诧异不已，洪玛尔汗走了过来，对他说："军马嘛，好好的，在我的马圈里。"

"那你的马呢？"

"我的马不怕冻，在外面。"

"你的马不怕冻？在外面？！"

“对。”

姚祥文赶紧走向马圈，一看，六匹军马安然无恙，而洪玛尔汗的几匹马却被拴在圈外，身上结了厚厚的一层冰。

“洪玛尔汗大叔，你太让我们感动了！”姚祥文向洪玛尔汗致谢。

洪玛尔汗说：“我这样做，能不能算入党的条件呢？我已经护边好几年了，就想做个党员。你们看，什么时候让我入党呢？”

姚祥文看见洪玛尔汗说这话的时候，像山岩一样的脸上，神情认真极了。

吃过早饭，六个人刚准备出发，冰雹又下了起来。他们只好在洪玛尔汗家等待，期望冰雹停住之后再上路。

没想到冰雹越下越大，最后持续成一种稳定状态，没完没了地下了起来。

韩江看看天空，下了决心，冒冰雹巡逻。

洪玛尔汗笑着说：“冰雹下大了，你们真要去，那我也去。”

阿黑哈提说：“你是玉峡峡的一只鹰。”

洪玛尔汗笑而不语。

一行人从洪玛尔汗家出发，徒步向阿依巴依方向走去。冰雹落下来，颗粒有指甲盖一般大，打在人身上，发出砰砰砰的声音。姚祥文边走边说：“这冰雹还挺通人情，在给我按摩哩！”大家都愉快地笑了。

其实，在下冰雹的天气里行走，除了寒冷之外，倒没有多大的影响。冰雹从天上落下时，不像风雪，穿来掠去的，弄得人眼花缭乱。冰雹落得笔直，又很安静，落到地上时像听话的孩子一样，或钻进那些石头的缝隙里，或一动不动地躺在地上，让人看了觉得颇为可爱。下冰雹的天也很宁静，不刮风，只是从天宇间密密匝匝地把冰雹撒下，颇有成熟男人的风度。

他们很快就走到了阿依巴依。沿这个地方唯一的一道山梁爬上去，就到了奇本德951高地。顾名思义，这个高地海拔高度为951米。爬到高地上才发现，这个高地非常开阔，从上面往下看，给人一种一览众山小的感觉。

对面就是哈萨克斯坦共和国。

我方临近边界线的草地十分嫩绿，这说明，我方牲畜并没有到边界线附近去吃草。几个水泥碑在绿草地上巍然屹立，很像士兵。哈方一侧的草地也很整齐，这说明对方近期边界秩序也很正常。

冰雹仍在不停地落着，韩江和刘云柱各带两人分头去观察其他点位。阿黑哈提和洪玛尔汗留守在951高地。

一小时后，两个小组分别返回。大家彼此从对方欢欣的表情上看出，边界线上一切正常。

这是他们最大的愿望。只要边界线上一切正常，不管吃多少苦，受多少累，他们都感到值得。毕竟，人克服自然环境的艰苦还是不怎么难的，而一旦边防上有个风吹草动的，那就不是披星戴月、栉风沐雨所能克服的。

准备返回的时候，姚祥文对韩江说："参谋长，我想到1412高地去一趟。”

韩江马上想起来了,姚祥文要去 1412 高地,是想去看看那根立在一堆石头中的木杆,就点了点头。1412 高地在一个叫第二牌博的小山上,距 951 高地不远,步行 20 多分钟即可到达。插在第二牌博一堆石头中间的那根杆子,是一个支点,从它的右边往左看,951 高地与这个支点连成一条线,这条线就是我方的边界线。平时,由于几个小山头的阻隔,站在 951 高地无法看清这条边界线,所以,每次巡逻至此,大家都要到这里来看一看;每次到 1412 高地,大家又都要搬一些石头垒在杆子的底部,防止它倒掉。

姚祥文迅速爬到了第二牌博。自从在阿黑吐拜克边防连任副指导员以来,他已是第二次到奇本德来巡逻了。尽管边防生活已使他的脸变得很黑,像个长年在山里放牧的哈萨克族牧民,但他只要一出来巡逻,就感到浑身有使不完的劲。

第二牌博的杆子已经倾斜,许多地方裂开了口子,残留着被雨水浸过的痕迹。

姚祥文把杆子扶正,捡起几块石头垒在它的底部。垒牢杆子后,姚祥文站在它的左边,向 951 高地挥手。站在 951 高地上的一名战士选定位置,也向他挥手。姚祥文眯起一只眼睛一看,这个支点与那名战士的手臂构成一条直线。

姚祥文向那名战士挥了挥手,表示一切正常。这种只有在阿尔泰边防才有的目光巡逻,就这样结束了。

姚祥文又搬来一块石头,垒在支杆底下。他想,不管下多大的雨,刮多大的风,这根杆子都不会倒了。

下午,冰雹变成了雨。玉峡峡地区一下雨,路上立刻就出现泥淖。一团一团的泥淖像一双双无形的手,只要人和马一踏进去,就会紧紧地扯住你,让你举步维艰。

韩江决定在洪玛尔汗家再借宿一夜,明天返回。

第二天一大早,洪玛尔汗给大家端上了羊肉抓饭。毫无疑问,他昨天晚上又忙了一宿。大家都感到吃惊,昨天晚上他又是宰羊,又是做饭,怎么一点声响也没有发出?哈萨克族牧人的那种灵巧在他身上体现得淋漓尽致。

“吃,多吃。”洪玛尔汗慈祥得像个大哥。

大家非常高兴地吃了起来。此时,面对洪玛尔汗这样有心于边防,有心于军队的人,唯有“吃,多吃”方可作为回报。

这时,屋外的雨已经停了,天空射出一片灿烂的阳光。

4. 清油苦旅

那场大雪是司务长李世军到 185 团买清油的当天晚上下起来的。一夜间,大地全变了样。那条通往阿黑吐拜克的路被大雪淹没得无影无踪,天地间涌起一片茫茫的雪海。连里的清油在前几天就断了,李世军急得坐卧不安。想到连里现在只能吃盐水饭,只能用盐水煮新疆四大菜(白菜、萝卜、土豆、洋葱),所有菜煮出来后都是一个颜色、一种味道。他决定,今天无论如何也要把清油送上去。

李世军租了一辆拖拉机,拉上东西向阿黑吐拜克挺进。拖拉机突突地在雪地上闷吼着,慢慢向前挪动。

中午,拖拉机爬到了小沙山。之所以说它在爬,是因为自从过了别列则克河以后,路上的雪明显地厚了起来,拖拉机的四个车轮被淹住,速度慢得不能再慢了,像爬行类动物。最后,拖拉机发出一声怪叫,熄火了。驾驶员下车看了看,沮丧地说:“妈的,我的拖拉机才买来一个多月,根本就没什么故障,肯定是被雪堵得熄了火。”他向李世军无可奈何地摊了摊手,“没办法了,再不能往前走了,你想别的办法吧!”

李世军也无可奈何。他看看山路上的大雪,只觉得有一股寒气侵入内心。但他明白,在这样的雪天,自己无论如何得想办法把清油弄上去。

这时候开始刮风了,雪地上卷起一层层白雾。远处的山被这层白雾映衬得恍恍惚惚的,像飘浮起来了。

李世军只好把清油卸下,坐拖拉机返回。这桶40公斤的清油,他往前再弄不动一步了。他准备到185团给连里打电话,让战士们下来拉。

那桶清油转眼就被雪雾淹没了。

第二天上午,连里接到李世军的电话,派一班长陈永锋带战士杜应红、王涛、肖金全骑马去小沙山拉清油。

第三章
阿黑吐拜克的诉说

小沙山距阿黑吐拜克 18 公里。

陈永峰等四个人出了营门之后，放开马缰绳一阵小跑，跑了不远，都感觉累了。地上的雪有三四十厘米厚，跑不如走，于是，他们放松马缰绳，缓缓在雪地里跋涉。

18 公里路，四个人走了四个小时。

刚到小沙山，就看见一个人骑马从下面向上走着，待走得近了，才看清是司务长李世军。李世军在马身上挂了一箱火腿肠和一箱方便面，看得出他是怕被困在路上，带上这些东西应急用的。

一看到骑马下来的陈永峰他们，李世军欣喜地问："马能上去吗？"

"能。"四个人异口同声地回答。

"那好，我先给连里把这瓶清油送上去，争取让大家在晚饭时能吃到油。"李世军身上背着一个军用挎包，里面装着一瓶清油。马能上去，这与他早上从 185 团出发时的愿望是一致的。

大家都为李世军想得如此周全而高兴。王涛是连里的放牧员，他牵来耐力最强的 1 号马，给李世军换上，以便让他尽早赶回连里去。

李世军跨上马背，向大家挥挥手，很快消失在雪野里。

四个人商量，留下陈永峰和杜应红在这里等候，王涛和肖金全去兵团 12 连借爬犁子。

兵团 12 连离小沙山不远，两个人打马一阵疾驰。到了村子，没想到连借三家，都不借。两个人失落地在村子里徘徊，心里不由得想，我们平时站岗执勤为了什么，不就是为了你们的生活过得平安吗？现在我们有困难,你们却眼睁睁地看着不帮。两个人转了几圈,突然想起连队的老军医王明峰的丈母娘就住在这个村子,于是,两个人兴冲冲地找到她家,她很高兴地给他们借了一副爬犁子。

王涛和肖金全走了之后,陈永峰和杜应红坐在地上等候。过了一会儿,天冷了起来。两个人到河滩上捡回一些树枝,点起一堆火。

两个人烤着火,望着远处的山峦发呆。这些山在夏天都是郁郁葱葱的,很美;而现在被大雪覆盖着,望着它们,觉得夏天的记忆也被封冻了起来,他们的心不由得更冷。

火慢慢变小,河滩上再也找不到树枝了。两个人只好把身子靠近火堆,用残余的火取暖。烤着烤着,杜应红突然觉得膝盖上一阵灼痛,他低头一看,大叫了起来:“衣服烧了!衣服烧了!”陈永峰抓起地上的雪,给他抹上去,衣服上的火很快被弄灭了。没过多久,陈永峰的后背上又着火了。他一直蹲着烤后背,由于太冷,衣服被烤着,居然全然不知。杜应红抓起雪给他抹上去,但火已经烧到棉花里面去了,抹了很久,仍有火在燃烧。陈永峰一着急躺在雪地上用雪磨着背,过了一会儿,才把火弄灭了。

如此折腾了一番,两个人已面目全非。

下午6点,两个人重新到河滩上去寻找柴火。找到河对岸,终于在积雪中找到了一棵枯树。于是,那堆快要燃尽的火又烧起来了。

天慢慢黑了。荒野上只有这堆火发出一丝亮光,在寂静的旷野中显得温暖而又孤独。

在火快燃尽的时候，就见两匹马向这边疾驰而来。到了跟前，才猛然停住。王涛和肖金全从马上跳下，扑到火跟前，边烤边说："火真好，火真好！"

在这时雪又下了起来。四个人把清油桶抬上爬犁子，拴上王涛和杜应红的马，让他俩赶着爬犁子在前面开道，其他人骑马随后，向阿黑吐拜克走去。天完全黑了。

走到鸣沙山前，大家松了一口气。翻过这座山，就是连队了。这一段路尽管难走，但走得还算顺利，一路上没有什么闪失。

然而，就在他们高兴地念叨着没出差错的时候，差错便出现了——

王涛坐在爬犁上，不停地吆喝着，那匹马越跑越快。跑到一个拐弯的地方，爬犁子被甩了起来，在山岩上一碰，翻了。

王涛和清油桶一起掉进了河水里。王涛从刺骨的河水中爬起，抹掉脸上的河水，发现油桶已在河水中漂出很远。他赶紧向前追去。河中有不少石头，长时间被水浸泡，踩上去很滑，他正往前跑着，脚下一滑，跌入河水中。他双手胡乱扑腾着爬起来，又往前赶。

岸上的几个人也沿着河岸向下追。

清油桶被河中的石头撞得叮当作响。好在雪的反光把夜晚照得很亮，油桶在河水中向下漂着，起起伏伏，看得很清楚。

王涛紧追几步，拉住了油桶盖上的小提环。但由于清油太重，再加上河水流得很急，他无法抓住它，只好跟着它又往前走。

肖金全扑通一声跳进河水，帮王涛合力将油桶截住，抬上了岸。

王涛的全身已湿透，肖金全的下半身也湿了，两个人冻得直发抖。在这样的天气里，衣服被河水浸湿，比什么都难受。他们怕衣服结冰，赶紧把清油装上，往前赶路。

很快，他们的衣服上都结了冰。

两个人坐在爬犁上，不停地用手拍打着身子，把结在身上的冰拍掉。然而，那股浸入体内的寒冷却怎么也拍不去，不一会儿，两人觉得身上的许多地方开始发麻，牙床也开始发颤。

陈永峰和杜应红商量了一下，让王涛和肖金全骑马先走，这个地方离连队还有3公里，快的话，20分钟就可以到达。他们两人赶着爬犁子在后面慢慢走。

王涛和肖金全被冻得说不出话来了。他们俩被陈永峰和杜应红从爬犁子上抬下来，又扶上马背，这才骑马向前跑去。他们跑得很快，不一会儿就穿过了那片草滩。陈永峰和杜应红望着他们远去的身影，松了口气。他俩知道，王涛和肖金全之所以跑得很快，是想让身体发热，身体一发热，就可以防止被冻伤。

如此折腾一番，夜已经很深了。雪越下越大，天也更冷了。虽然陈永峰和杜应红的衣服没有被河水浸湿，但也止不住颤抖。两个人背靠背，不停地赶马，好让它们跑快一些。这时候，不光人冷，马也冷，只有尽早赶回去，才可以少受些苦。

风慢慢地刮了起来，温度骤然下降。为了防寒，也为了加快速度，陈永峰和杜应红从爬犁子上下来，一边赶马，一边跟着爬犁子往前奔。

半个多小时，他俩终于越过了那座小山。一到山脚，就看见连队的灯光。

这时候，指导员李本轩已带人出来迎接。他们高喊着陈永峰和杜应红的名字，他俩听着战友们的呼喊声，感受着一双双温暖有力的大手向他们伸过来。

5. 无言的爱

与扎玛纳斯的放马员础鲁不同，阿黑吐拜克的放马员包长和在放马时遭受更多的是马给他带来的苦痛。

包长和也是内蒙古人。当兵前，他在家放过一年马，学过二十多天兽医。

刚入伍时，他听不懂汉语，也不会说汉语。新兵训练时，班长下达“向后转”的口令，还得老乡给他翻译。班长从此天天教他写汉字，讲汉语。新训结束后，他被分到阿黑吐拜克，又向班长、排长请教，每天学几个汉字。现在，他已经会写汉字，能讲一口流利的汉语。

包长和第一次参加巡逻，是跟一班全体人员乘马去小吐别克。

战士石祥太骑术不好，加上那匹马比较调皮，刚走到 1 号山口，他就从马上摔了下来。马扬起四蹄跑了。包长和打了一声口哨，所有的马都愣了愣，停了下来，唯独石祥太那匹马毫无反应，转眼就跑得没影子了。包长和骑马去追,他的马跑到一条小河边,毫不犹豫地跳进了河。但没走多远,石祥太连人带马陷进了一个深潭中。马无力挣扎,只能昂着脑袋,急躁地嘶鸣。包长和跳进水里,抓住缰绳把马牵了出来。

包长和牵着马往回走,心中思绪万千。要是在内蒙古,不管多么调皮的马,只要他打一声口哨,它们都会一跃而起,跑到他身边。而连里的这些马,从品种和体格上看,都不错,但缺少调教。

回到连里,包长和提出要求,他要去放马。

指导员李本轩问他:“你为什么要去放马?”

他说:“我可以把马放得让大家都能骑。”

李本轩比较了解连里的马。一般情况下,那些调皮的马因无人能驾驭,只好让它们闲着。但马是不能闲着的,越闲它们就会变得越野。一旦野性上身,虽然会变得剽悍,却不好骑,甚至与人产生一种本能的隔阂。所以李指导员对包长和提出的这个要求感到吃惊,包长和是分到阿黑吐拜克不到一个月的新兵,他提出这个请求,肯定出于蒙古族人的本性,说白了,是他那颗在内蒙古大草原奔波惯了的心又发痒了,而这种“痒”,却是治理这群马最需要的东西。

李本轩很高兴,答应了包长和的请求。

从此,包长和与马为伍,开始了一种把马当人、当兄弟的生活。

1998 年 10 月的一天,当包长和把马从山野赶回来时,天已经黑了。阿黑吐拜克的夜晚来得很早,夜色一降临,四周便出奇地安静。

第三章
阿黑吐拜克的诉说

他把马圈好，刚要转身离去，突然听见马圈里传出一声不太正常的叫声。凭感觉，他觉得这肯定是哪匹马生病了。他返回马圈，见“独眼龙”垂着头，在喘粗气。他刚走到“独眼龙”跟前，只见它的腰一弓，拉出大量的稀屎。他马上明白了，这一阵子天气忽冷忽热，马喝了泉水后患了腹穿水。

包长和牵着“独眼龙”去兵团三连找兽医医治，但兽医不在，他只好又牵着它往回走。漆黑的夜里，一股凉意袭来，人和马都显得有些疲惫。

“独眼龙”路上一直想卧倒，但包长和紧紧地牵着它，始终没有让它卧下。有时候马一卧下，肚子里积气，就再也起不来了。回到阿黑吐拜克，“独眼龙”喘得更厉害了，眼珠子已经发白，包长和忍不住抱着它的脑袋哭了起来。他在家时从没有遇到过这种情况，现在连里又没有兽医，他真不知道该怎么办了。

连长从红庆来查哨，发现包长和在哭，便安慰他不要着急，等一会儿再去兵团三连看看。从红庆陪包长和在马圈里待了半个多小时后离开马圈，他走到门口回头一看，又见包长和抱住马的脑袋。从连长心里涌起一股热浪，他觉得此刻的马圈里有一种很美的东西在漫延，他被这种东西感动了。于是，他悄悄离去了。

凌晨2点，包长和又牵着“独眼龙”向兵团三连走去。此时，“独眼龙”已有所好转，呼吸均匀了一些，但肚子却涨得更大了。

10月的天气，夜晚已经明显地冷了。阵阵寒风吹过来，包长和浑身不由自主地颤抖了几下。他回过头去看看“独眼龙”，发现它并没有表现出寒冷的意思，于是，他心里好受了一些。此时月亮已升到中天，明净的夜路上，一人一马在慢慢向前挪动。

然而，到了兽医的家门口，门上仍挂着锁。

一丝悲怆和伤感在包长和的心里涌动，他不由得想哭。

等了一会儿，他只得牵着马往回走。走了没多远，天下起了雨，他和“独眼龙”很快被淋湿了。他牵着“独眼龙”默默地在雨中走着，他心里有一种说不出的感觉。其实，在这种时候看着马痛苦的样子，他心里的那份伤感甚于淋雨之苦。

回到连队时，大雨如注，地上到处都是水，房屋和树木被雨水打出噼噼啪啪的声音。

“独眼龙”突然在原地打起转来，腰一弓一弓的，像急于要干什么。这种现象对于一匹病马来说，是极为难得的。

包长和把马放开，让它自己活动。它在雨中走来走去，过了一会儿，放了一个响屁。

包长和高兴不已。马能放响屁，说明它的气顺了。他用手抚摸着它的肚子，用亲兄弟般的目光望着它。他希望它能不断地放出响屁来。

“独眼龙”果真又放出一个响屁。

包长和激动不已：“‘独眼龙’，好样的，再放一个。”

很快，“独眼龙”又放出一个响屁。

包长和高兴得跳了起来。他抚摸着“独眼龙”的头，屏住呼吸，对它说:“努力一下,再放,再放。”

“独眼龙”昂着头,在地上转了一圈,接着响屁不断。

包长和用手紧紧搂住“独眼龙”的头,对它连连说了几声“塔那尔杰那,塔那尔杰那”(蒙语:谢谢)。

“独眼龙”放过一阵响屁之后,开始撒尿,拉屎。它昂起头朝天大声嘶鸣了一声,像要把体内的痛苦全都发泄出来。

这是“独眼龙”恢复正常的信号。

包长和把“独眼龙”牵回马圈,给它的饲料中加上盐,然后返回班里。

雨还在下着,他的衣服都在流水。

回到班里,一看表,已经4点50分了。他把湿衣服换下,喝了一杯开水,眼盯着钟表走到5点,又出门去放马了。

这时候,连里的人都还没有起床。

放马员给马接生,是责无旁贷的。而给马接生时,人如果对马有感情,无疑将使母马少一些痛苦。

今年5月的一个晚上,包长和放马回来后,发现那匹快要下小马的母马在圈里站着不动,耳朵竖了起来,对四周的动静特别敏感。

包长和断定这匹母马今晚可能要下小马。他给连长从红庆报告了这一情况,并决定晚上搬到马圈里守候。

晚上11点30分,包长和住进了马圈。他拿起一把细草,给母马喂食。母马躲开递到嘴边的草，想卧下，他立即把它拉住。他知道，母马快生小马了，肚子疼，就想卧下休息；而一旦卧下，对小马的出生是很不利的。他一边拉着母马一边用手翻开它的眼皮，发现它的眼睛里有几丝痛苦，这说明它快要生了。

包长和就这样一直拉着母马，静静地站在马圈里，耐心地等待它生产时刻的来临。

到后半夜，他开始犯困。为了防止自己睡过去，他把用来搅马料的那根木棍拿来，从裤腿里插上去，顶在腹部。这样，在打盹时，身子倾斜，腹部被木棍顶疼，他马上就会清醒。

坚持到早晨6点，母马开始左右晃动，鼻孔里发出粗壮的呼吸声。

包长和立即把那块早已准备好的帆布铺在母马的臀部下面，做好接生的准备。

母马把腰一弓一弓地往后抽，接着，小马的两个前蹄就露出来了。母马的腰抽动得更快了，不一会儿，小马的脑袋也露了出来。然而，在小马的头出到一半的时候，却被卡住了。母马痛苦地呻吟起来，腰抽动的速度加快，但小马的脑袋还是出不来。

包长和一只手握住小马的前蹄，另一只手拉住它的脑袋，慢慢用力，把它一点一点地拉了出来。

母马抖动着四蹄，走到料槽前，吃起了草。而小马的呼吸却很微弱，似乎连睁开眼皮的力气也没有；包长和一只手托起它的小脑袋，另一只手堵住它的嘴，然后用自己的嘴巴对着小马的鼻孔，开始做人工呼吸。

小马慢慢地睁开了眼睛。包长和换了一口气，继续给它做人工呼吸。过了一会儿，小马开始动了，四蹄撑地，想站起来。包长和停住人工呼吸，扶它站了起来。小马在地上试探着走了几步，当它发现自己能够行走时，高兴地来回不停地跳开了。

这时候，母马突然极不自然地卧了下去。包长和过去一看，原来它的胎盘还没有下来。

包长和洗净手，慢慢地帮母马往外拉胎盘。胎盘被拉出来后，母马这才站了起来。

包长和赶着小马在马圈里走了几圈。小马已经完全能够行走了，它时而调皮地用身子蹭蹭包长和，时而又躲到母马身后昂头注视他。尽管来到这个世界时间不长，但它已经喜欢上了包长和。

6. 负重的山峰

丁亚军终于能重新走路了。

连里为他腾出一间小库房，供他养伤。他妻子孙爱华来部队后，两人共同住了进去。小库房从此变成了一个特殊的病房，也成了夫妻俩临时的家。

因为丁亚军的腰是意外受的伤，孙爱华匆匆从江苏赶来，没有带多少东西，所以，房子里只有一张由两块木板临时组合成的双人床，一床军用被子。两人的衣服只好叠起来,装在孙爱华带来的那只包里,挂在墙上。

孙爱华爱整洁,她不仅让行动不便的丈夫穿得干干净净,她自己也穿得很整洁。两个人的身上丝毫没有被苦难挤压的影子。

丁亚军的腰是在一次训练中摔坏的。

1997 年 7 月的一天,丁亚军带建制排练倒功。他用一个很标准的动作向后倒下,可当他从地上爬起时,突然感到脖子疼,接着就听见腰响了一下。他没在乎这些,吃完晚饭后,又带着战士们去跑 5 公里,跑了一半,感到腰支撑不住了。慢慢地,他掉队了,最后实在疼得受不了,只好停下,一个人往回走。走到连队门口时,大家都回来了。他努力掩饰住自己的痛苦,谁也没有发现他的腰不行了。

回到连队,丁亚军又组织战士们练习投弹。这时,腰部的疼痛一阵紧似一阵,但他一直忍着,直到战士们投完弹。这时,他想休息一会儿,就让班长黄在权把队伍带回去。歇了一会儿,正要往回走,就感到腰部火辣辣地灼痛,紧接着,他眼前一黑,跌倒在地上。他趴在地上缓了一会儿,开始向前爬。爬到半路上,出了一身大汗。又缓了一会儿,他向连队的院子爬去。一个战士看见他,跑过来想把他扶起来,他用手势制止了那个战士。那个战士叫来几个人,把他抬进了房子。

半夜醒来,丁亚军发现自己不能动了。他用双手扳住床沿,想挣扎着把身子转动一下,然而那一刻出现的情形让他如五雷轰顶:他无论如何动不了了!

第三章
阿黑吐拜克的诉说

从那天开始，丁亚军很久没有下过床。

过了几天，团里派车把丁亚军送到阿勒泰陆军16医院，当时刚好赶上广州第一军医大学的两位专家在那里，经他们诊断，是椎间隙变形。专家建议医院采用最简单的理疗方法，给丁亚军拔火罐，每天两次。这样过了半个月，丁亚军便可以走动了。不久，他就出院回来了。

一直到1997年底，丁亚军的腰没有再犯病。

1998年元月份，丁亚军在阿勒泰军分区参加干部集训。正在上课，突然他的头低不下来了。他在心里惊叫一声，病又犯了。他去向领导请假，到阿勒泰人民医院做了一次CT，片子出来，结论为椎间盘突出。晚上，他想，只要好好休息一下，说不定明天就好了。前面也犯过几次，休息一下就好了，但这次他没有扛过去。第二天，他又动不了了。

丁亚军被送到兰州军区乌鲁木齐总医院，医生很快确定要做手术。他打电话把这个情况告诉了父母和当时还是女朋友的孙爱华。

孙爱华在镇医院当护士，一听丁亚军要动手术，就去向领导请假。领导说，单位现在全靠效益发工资，你请十天半个月假还可以，但半年绝对不行。孙爱华又提出停薪留职，领导还是不同意。她只好辞职。

丁亚军听到孙爱华辞职来新疆的消息后，第一次感觉到苦难真正落在了自己身上。

孙爱华赶到医院时，丁亚军已经做完了手术。她是干护士的，懂行，立刻按特护的要求照顾他。

丁亚军在孙爱华的悉心照顾下，恢复得很快。一个多月后，丁亚军下床了,但不能走路。第二天,他下床站了一会儿。第三天,下床走了一步。第四天,走出两步。就这样,丁亚军走路的步数一天天增加着。孙爱华扶着他,累得满头大汗,但她默默不语。

又过了一个月,丁亚军出院了。

走出医院,他才发现,自己的不幸遭遇,给孙爱华的命运也蒙上了一层厚厚的阴影。她两个多月没回去,单位可能早把她除名了。

其实孙爱华早已在心里掂量过了。在她踏上往新疆的旅途时,她就知道自己这次是一去不复返了。扶着丁亚军走出医院大门时,她有意问丁亚军:“咱们去哪里?”

丁亚军面带难色:“咱们……只有回边防连。”丁亚军是有心人,他想,等自己的身体稍微好一些后,就去电台帮着守电话,那活不累,坐着就可以干。守电台守久了,人会感到很枯燥,他想替替他们。

孙爱华惊讶不已。很久,她没说一句话。

丁亚军扭过头看她,她只说了两个字:“走吧。”

回到哈巴河团部,丁亚军给团里打了一个结婚报告。团里批了之后,他把手续给家里寄去,让家里人帮着领了结婚证。他觉得这样就可以让孙爱华更方便照顾自己了。

就这样,他们因为苦难靠得更近了。即使结婚,也没有任何仪式,甚至没有发一颗喜糖,有的只是默默地相互支持和坚守。

现在,在连队的院子里和外面的马路上,人们经常能看见孙爱华陪着丁亚军散步。丁亚军走路时好时坏,能动的时候,孙爱华就让他去战士们中间走走,和他们说说话。每当这种时候,她就坐在那个小库房的门口,默默地望着丁亚军。她长得端庄漂亮,有一双水灵灵的眸子。

如今,孙爱华已扶着丁亚军走遍了连队的角角落落。连队后面就是白沙湖,战士们经常在那里搞党团活动,举行沙滩足球和沙滩拔河比赛等,但他俩至今没有去过。

第四章　克孜乌雍克的梦

1. 感情的穿透力

克孜乌雍克边防连在古尔班通古特沙漠的边缘。

额尔齐斯河和别列则克河一南一北绕克孜乌雍克流过。因而,克孜乌雍克少水。没有水,尘沙自然漫延得快,连队的四周,高高低低的沙丘连成一道道沙栏,一直向远处延伸过去。

克孜乌雍克属盐碱地带,自古以来少植被,多沙,夏天久旱。

连队旁边就是兵团185团部。从远处看,连队和农工们的房子在苍茫的大戈壁上像几块孤零零的石头,房子周围为数不多的几棵树,低矮,枯黄,像是被苦难压得抬不起头。

附近的农工用一句言简意赅的话总结出克孜乌雍克的特点:"这地方,只生长沙子。"

沙海在无声地涌动。

每一个被分到克孜乌雍克的兵都别无选择。忍受就是坚持,沉默就是奉献。

首先，这里的水碱性很大，吃得时间长了，容易掉头发。现任指导员敬小林和副连长苏志印的头发都掉得差不多了。大家开玩笑说，喝了克孜乌蕹克的水，"聪明绝顶"。战士们在这里当三年兵，大部分在第三年复员回去的时候，脑门上就已经有了明显的"聪明绝顶"的趋势。

其次，小咬多而狠，也是克孜乌蕹克的一大特点。这种小咬比一般的蚊子小，却比蚊子更烦人。若要防它，必须戴防蚊帽。在训练射击时，战士们用火柴在防蚊帽右眼的位置烧一个小洞，用来瞄准。小咬多的时候，在外执勤，人可以防，而马就没办法了，常常被咬得到处乱蹦。小咬最厉害的一段时间，是1993年6月上旬到中旬，连队养的鸡被咬得受不了，全都跳进水里去躲它们。

除了小咬，这个地方还有一种昆虫叫"草鳖子"。它有黑瓜子那么大，小时候是圆的，渐长渐长，粘到人和马的身上，一般都不会被发现。它把嘴巴扎入人和马的皮肤里，把肚子露在外面，一边吸血，一边把体内的毒素释放到被吸者的皮肤内。

草鳖子生长在边界一线的芨芨草上，在吸不到人和动物的血液时，靠吸芨芨草汁生存，所以，它体内的毒素很大。人和马一旦被它咬一口，身上马上起疙瘩，抵抗力弱的话，很快就会发高烧。连队受草鳖子伤害最深的是放马员李云和。他从1997年下半年开始放马，到现在，背、腹、腿部都留下一片片鸡蛋大的黑斑。他的抵抗能力比较强，所以他一直忍着。后来，军医用破皮挤血的方法给他治疗，用针头把黑斑刺破，把毒素往外挤。

这样的环境自然会影响连队的工作。有一段时间，克孜乌雍克成了后进连队。艰苦的环境和失落感一起压在大家身上，每个人都有一种喘不过气来的感觉。

冯雪诚就是在这种情况下被派到克孜乌雍克来当连长的。面对困难，他的责任自然多了一份。来连队的第一个晚上，冯雪诚没睡着。他觉得要把一个连队治理好，如同把一座山扛起来。躺到天亮，他从床上一跃而起，自己对自己说："冯雪诚，你首先必须在后勤建设上打翻身仗。"

吃完早饭，他到猪圈里去转了一圈，转完之后才知道，这个翻身仗不好打。连里的12头猪养了两年了，因为老得病，一直长不起来。羊倒有250多只，但从经济效益上看，每年的投入要大于创收。冯雪诚和指导员商量，先加强后勤队伍建设，选出一批当兵之前有养猪经验的战士，组成一个有战斗力的班子。战士姜玉榜在家时喂过猪，懂一些科学养殖方法，于是他决定让小姜先把猪养好，好改善连队的伙食。

过了五个月，姜玉榜养的第一批猪出栏了。杀猪那天，大家都很兴奋，觉得猪的叫声在空旷的沙漠中变成了丰收的歌声。后来，姜玉榜养的猪达到了自给自足，小猪五到六个月就可以出栏，平均两三个星期宰一头。再后来，姜玉榜又养了200多只鸭子、100多只鸡，大家都叫他"司令"，说他管的"兵"比连长管的还多。

后勤建设要抓，军事更不能落后。一次，冯雪诚带队到34号界碑处打马草，不巧与哈方军人正面遭遇。哈方的一匹马已经越界。他们一见中方军人，紧张之下，把枪横了起来。冯雪诚示意大家把枪口朝下，他向哈方军人打手势，示意贵方的马已经越界了，这是不对的，现在，我们给你们把马赶回去。哈方军人很感动，回以友好的示意。

那匹越境的马被赶过去后，哈方军人双手抱拳，向中方表示感谢。回连队的路上，冯雪诚跟战士们讲，在边防这样的地方，只要你付出真诚，邻国的边防军人也会以真诚回报，因为人心都是肉长的。大家回到连队后，第一次感觉到空旷枯竭的大漠中洋溢着一股温情。

指导员敬小林也善于在巡逻中调节大家的心情。一次，他带队走到一片树林跟前，对着那片树林问大家："看见这片树林有什么感觉？"有的战士说阴森，有的说恐怖。他笑着对大家说，这就是各有各的想法。大家听了，都有了想进林子的感觉。敬小林知道战士们在长期巡逻中变得孤寂的心情已经被改变了。有时候，骑马走在芨芨草草丛中，他就对战士们说，我们骑着高头大马，这时候如果有人从低 90 度的方向为我们照一张相，肯定会把我们照得很神圣。大家听了，心情都好起来了。环境因为人的心情美而改变了模样。

克孜乌雍克交通不便，要到团部驻地哈巴河县城，常常得等两三天的车。一位地方老板去阿黑吐拜克旅游，车子走到克孜乌雍克抛锚了，只好求助于连队。冯雪诚给这位老板提供了午饭。吃完饭，老板拿出 300 块钱给冯雪诚，表示感谢，被冯雪诚拒绝了。老板大大咧咧地说："拿着吧，这点钱，在乌鲁木齐，有时候只是一个菜的钱。"冯雪诚被这个老板弄得挺烦，不再理他。过了一会儿，老板又拿着 2000 块钱找冯雪诚,要求派几个战士把他护送到阿黑吐拜克。冯雪诚把老板带进房子里,从抽屉里拿出1000多块钱,对他说:“这是我这个月的工资,劳驾您去给我买包烟。”那位老板马上说:“这哪行呀,外面一片大戈壁,我上哪去买?”冯雪诚这时对老板说:“所以我告诉你,在我们这儿,只有人情,钱算个屁!”那位老板不再说话,收起钱悄悄地走了。

外面的风很大,战士们的脚步声在风中作响。

2. 无言的大漠

王平和李林已经离开克孜乌雍克二十多年了。二十多年的岁月,已使许多事情销声匿迹,许多人从此一去不复返。但克孜乌雍克的这片沙漠却依然如故,在静默中保持着它的苍朴和沉浑。

王平和李林创造的那个故事像这片大沙漠一样流传了下来,许多人只要看着这片沙漠,就会想起那件事,觉得那件事就像是昨天刚发生似的。

那时候,边防站巡逻都得步行,由于边界一线村落和树木很少,所以,巡逻途中特别寂寞。人在沙海中行走,犹如被父母抛弃的孩子,四顾茫茫,除了低着头往前走路,没有任何说话的心思。

王平和李林到达点位时,比往常多用了一个小时。返回时为了赶时间,两个人加快了速度。但人在急迫和慌乱中最容易迷路,等他们意识到不太对劲时,已经迷失了方向。茫茫的戈壁上一片空旷,感觉到处都是路,但却不敢肯定该朝哪个方向走。在这种情况下,找路更容易出错,但两个人被急切的心情所驱使,在大戈壁上找来找去,最后彻底迷失在戈壁中。

前面有一座小山,王平和李林向小山走去。他们想,爬到那座小山上,就可以放目远眺,辨别方向。然而,他们好不容易爬上山时,却大失所望:前面是一片更大的沙漠,估计没有一天的时间是走不出去的。远处,一切都隐隐约约,恍若梦境。他们只好下山,原路返回。

太阳已升到中天,沙漠里弥漫着一股热风,为数不多的几株野草已变得枯黄,垂下了叶子。王平和李林漫无目的地挪动着脚步。因为找不到路,行走起来就感到分外沉重,每向前迈出一步,惶惑和无奈便加重一分,一种如临深渊的感觉在强烈地折磨着他们。

走到一块土丘前,两个人一屁股坐了下去。他们不想再往前走了,前面仍是茫茫的大戈壁,毫无路的迹象,走也是白走。两个人就那么傻傻地坐着,谁也不说一句话。

远处飞来几只鹰,落在离他们不远的一个沙丘上,仰起头望着他们。

王平对李林说:“是不是老鹰发现我们俩已走上绝路,等着吃我们呢?”

李林听王平这么一说,心里泛起一丝悲凉。但他觉得自己还有力气,只要生命尚存,就不至于喂鹰。他从地上捡起一块小石头,向那几只鹰扔去,鹰们被吓得从地上一跃而起,飞向远处的尘烟中。

终于,两个人平静下来。

李林突然问王平:“万一咱俩真的走不回去,怎么办?”

王平望了望远处冲天而起的那缕沙尘,说:“那咱们就在临死前,找一块大石头,在上面刻下‘此为死路’,好让以后走到这里的人别再遭遇不幸。”

李林点头称是。

过了一会儿,两人站起身又往前走。一种求生的渴望本能地驱使着他们支撑起身体,同时也砥砺着他们前行。

走到下午,李林感到口渴极了。他伸手去摸腰间的水壶,但水壶很轻,早已没水了。一股悲凉和酸楚涌上心头,他明白,在沙漠中行走,断水意味着断命!失望引发了更大的渴意,李林努力地咂巴了几下舌头,想分泌出些唾液,好润润喉咙,但他早已口干舌燥,连唾液也没有了。他绝望地对王平说:“我快要被渴死了!”

王平听他这么一说,立刻也感觉到口渴。像李林一样,王平也迫不及待地去摸腰间的水壶。很快,他也失望了。

两个人默默往前走。

没走多远,他们浑身发软,再也迈不开脚步了。他们觉得体内好像已经燃起了火苗,浑身燥热,像是要起火。

突然,王平想到了尿。这一发现使他兴奋不已,尿在此时此刻是唯一的液体,而且得来全不费工夫,为何不用呢?他对李林说:“李林,喝尿,喝我们自己的尿!”

李林一听他这话，立刻也高兴起来了："对对对，喝喝喝。"

两个人从挎包里拿出一个水杯，放在地上，然后把尿撒进去，撒完，小心翼翼地把水杯捧起。水杯已变得沉甸甸的，捧在手里，有一种弥足珍贵的感觉。

李林先把水杯捧到了嘴边，看着杯里发黄的液体，他有些迟疑。迟疑之中，手一抖，杯里的尿洒了出来。他低头一看，尿洒到沙漠上，立刻被干燥的沙土吸收了，地上只留下一片白色的痕迹。他马上意识到，此时连尿是有限的，绝不能浪费。于是，他把杯子举到嘴边，喝下一大口，然后递给王平。

王平也毫不迟疑地把尿喝了下去。

这时候，在远处的地平线上出现了几个人，他们边朝这边移动，边喊着李林和王平的名字。

是连里派人救他们来了。

3. 牧工一家

哈德尔汗今年 40 岁，哈萨克族，是克孜乌雍克的牧工。从 1994 年开始，给边防连放了五年羊。当时连队交给他 160 多只羊，经过几年的发展，现在已有 430 多只。附近的牧民对他创造出如此高的羊繁殖量惊讶不已，羡慕地对他说："哈德尔汗，你养了那么多的羊，谁见了都会夸你。"

夏天，哈德尔汗把羊赶到大萨孜去放。这时候，他还原成一名遵循古老游牧方式的哈萨克人，一家人，一顶帐篷一口锅，一峰骆驼全部驮。8 月份天气凉了，大萨孜开始飘雪，他又带着全家人，把羊赶回克孜乌雍克。

哈德尔汗与连队相处时间长了，深谙边防政策，在放牧的同时，经常给靠近边界的牧民宣传边防政策。如果有啥情况，他及时向连队报告，他把自己当成了连队的一员。

兵团 185 团有个叫亚依吾奇的牧工喜欢喝酒，而且一喝就醉。去年 12 月份，他喝醉之后，误入哈方的土地，被哈方哨兵抓住，送了过来。哈德尔汗知道了这件事后，把亚依吾奇叫到家里，对他说："你经常喝酒，一喝醉就越界，不是男人嘛！是男人就干一些像雄鹰一样的事情。你要是再这样，我就不把你当兄弟了。"亚依吾奇知道自己理亏，当场表示，以后一定要改过自新。

没过几天，亚依吾奇又喝醉了。他不分东西南北，摇摇晃晃地钻进了界河边的树林里，一下午都没有回来。

黄昏，下起了大雪，又刮了起来大风。过了半小时，克孜乌雍克已经风雪弥漫，一片混沌。牧人们早早地把牛羊赶回圈，进入帐篷，燃起牛粪，不再出来了。

亚依吾奇进入树林后，由于喝得太多，很快就辨不清方向了。他在树林里乱走，后来躺在一块石头上不省人事。大雪慢慢把他盖了起来，寒冷使他发热的身体逐渐冷却，最后，他被冻僵了。不知什么时候，他被冻醒，一看自己在界河边的树林里，他顿时害怕了，尤其担心被哈德尔汗看见。前几次他喝醉酒，哈德尔汗批评他时，他连哈德尔汗的眼睛都不敢看。一看哈德尔汗的眼睛，他就感到心惊胆战。亚依吾奇酒醒后，挣扎着转身往回走，没走几步，发现自己迷失了方向。茂密的树林像一面大网，无论朝着哪个方向走，都感到被罩在网里。这时亚依吾奇冷静地想了想，想起了小时候爷爷教他在树林里识别方向的方法，就朝四周仔细打量，终于发现右前方的树林在黄昏的暮霭中透着一丝光亮，那个地方肯定是树林的出口。他高兴地向透着光亮的地方走去。

面前出现的景物让亚依吾奇骇然——只见几道铁丝网横在自己面前，不远处，有一个界碑在暮色中像健壮的汉子一样伫立着。

亚依吾奇转身又往回走。这时候，他听见树林里传来一阵马蹄声，紧接着，一个人骑着马从树林深处奔驰而来。那匹马跑得很快，四蹄把地上的雪踩得纷纷扬扬，像大海涌起的一层细浪。到了跟前，骑在马上的人跳了下来。亚依吾奇一看，是哈德尔汗。

“你自己不想当大家的兄弟了是不是？放着好好的男人你不当，偏要当孤单的羊！你真是……好了，回去吧。”

亚依吾奇感到无颜面对哈德尔汗，他低下头，不知道该说什么好。

哈德尔汗把马鞭递给他，示意他上马。他心头一热，说：“我不骑马。我……我走路。”

“上马！”哈德尔汗说出这两个字的时候，声音很大，连那匹马都被惊得嘶鸣了一声。

往回走的时候,亚依吾奇忍不住回头望了一眼走在身后的哈德尔汗。他看见哈德尔汗的衣领被汗水浸湿了,身上全是雪,心里非常愧疚。他知道,哈德尔汗为寻找自己,跑了不少路。

哈德尔汗的妻子叫库里昆,自从哈德尔汗给连队放羊以来,她就成了他的助手。

去年3月份,连队的羊产下了大量的羊羔,这样,有限的羊奶一时就不够它们吃了。库里昆把家里人吃的羊奶装在奶瓶里,一次一次地喂小羊羔。小羊羔安详地躺在她怀里,享受着那份母爱般的温暖。那次母羊一共下了三十多只小羊,她一个个地把它们喂养得白白胖胖的,转眼小羊就能在外面跑动了。

不幸的是,有两只小羊羔突然得病死了,库里昆很伤心。她把那两只小羊羔的尸体埋在沙丘中,然后唱起了萨满的祭礼歌:

没有一匹马能拉动你,
但阿拉斯在看着你;
没有一个人能抬动你,
但阿拉斯在拉着你。
你有三重领的衣服,
三翻以后将更美。
阿拉斯要收下你,

你快快回家去。

唱到最后，她声泪俱下，泣不成声。

战士们在一旁看得心疼，想上去劝劝她，但转念一想，这是一位哈萨克族妇女对小羊羔爱到深处情不自禁的表现，就默默地看着库里昆，什么话也不说。

年底，库里昆把两张羊皮送到连队，作为对两只死去的羊羔的赔偿。连队领导死活不收，她急了，说："按我们哈萨克人的习惯，羊死了就得用羊皮来赔啊！"

面对这位认真而又慈祥的老大姐，大家心里非常感动。

这件事过去不久，库里昆去 5 号界碑附近的戈壁上放羊。当天晚上，天突然下起了大雪。那场雪来得奇怪，比往年整整提前了一个月。人和牲畜一时被困在了大戈壁上。

第一天，库里昆把帐篷固定结实，赶着羊去雪地里觅草。雪已经把草都盖了起来，羊只得用蹄子刨开雪，把嘴伸进去吃。这样吃了一天，到下午羊们反而变得更没精神了。库里昆知道，羊没有吃饱。以往，在克孜乌雍克这样的地方，羊是不会饿肚子的。而现在，它们咩咩地叫个不停，整个戈壁在它们的叫声里弥漫着一股凄凉的意味。

没想到，当天晚上又下了一场更大的雪。戈壁被雪盖住，羊用蹄子奋力刨也刨不出草来。风呼呼地刮着，羊群麻木地站在雪地里，像一群找不到阵地的士兵。

库里昆看着羊心疼。羊是牧人的命根子，而作为女人，她对羊又怀着更深的感情。

羊饿了一天。

晚上，羊们可能忍受不了饥饿，咩咩声响成一片。风雪的呼啸声和羊的哀叫声夹杂在一起，使整个大地都在颤抖。

第二天，有一半羊趴在地上起不来了。

库里昆坐在帐篷门口发呆。突然，她想起了自己带来的那些吃的东西，便起身进入帐篷，把所有能吃的东西集中在一起，然后捣碎，装在一个盆子里，端出去在每只羊面前放上一小堆。羊们迫不及待地吃了起来。

第三天，哈德尔汗和连队的战士骑马来接应她。他们带来了几麻袋草料。当他们把草料撒到羊跟前时，羊们发出了欢快的叫声。

库里昆也饿坏了，她抓起丈夫带来的奶茶，一口气喝了一瓶。

这时候，战士袁金平发现，在帐篷后面堆着七只死羊。他扒开死羊身上的雪一看，没有一只有连队的标记。他奇怪地问库里昆这到底是怎么回事，库里昆说："没关系，自家的羊我自己掌管，就当它们在阿尔泰也活了一辈子。连队的羊是公家的，是有户口的，可不能少一只。"

原来，在那样艰难的情况下，她把自己的食物都喂给连队的羊吃了，而她自己家的羊却被饿死了。

哈德尔汗不相信似的望着自己的妻子，过了一会儿，他高声说："我老婆子做得对着呢！"

第四章
克孜乌雍克的梦

哈德尔汗和库里昆都会缝纫，连队干部战士的衣服开缝或者破了，只要一拿过去，他们总会精心缝补好，从不推辞。

二班战士田根来家境比较贫寒，临复员时，哈德尔汗和库里昆找到他，把他的那些旧衣服一一洗干净，准备让他带回家去。没想到衣服洗完搭在院子里，晚上田根来忘了收，半夜被大风刮走好几件。

对这样一件小事，田根来几天便淡忘了。

复员走的那天早上，田根来起了个大早，为连队扫了最后一次院子。他刚扫完院子，就听见院子外面传来急骤的马蹄声。田根来扭头一看，是哈德尔汗和库里昆骑马赶来了。进了连队的院子，两人从马上下来，递给田根来一个提包："小田，这里面有几件衣服，你拿回家穿吧。"

田根来想推辞，但他俩已转身上马，飞驰而去。

田根来打开提包，里面是几件崭新的军装。从刚才哈德尔汗和库里昆骑马进院子的速度看，他们显然已经过长途奔波；又一想，这些新军装，肯定是他们骑马到哈巴河县买来的，因为只有那里的军人服务社才出售军装。

田根来望着他们远去的背影，怎么也举不起挥别的手。

4. 老兵和新兵

在克孜乌雍克,有不同寻常的一个老兵和一个新兵。老兵今年61岁,可谓真正的老兵。新兵今年20多岁,虽已从戎七年,但与真正的老兵相比,毋庸置疑仍是新兵。

老兵叫郑世振,1959年入伍,1964年从济南随部队进疆。当时,因为新疆局势紧张,他们进疆,就是准备来打仗的。有人问郑世振:"你去新疆打仗,家里人同不同意?"他哈哈一笑说:"还要谁同意?这事我做主了。"当时有规定,家属可以一同前往,他妻子不愿意离家远行,而他却坚定不移。他对妻子说,既然开花,就一定要结果。于是他们喊着"反修卫国"的口号踏上了茫茫的西行之路。

郑世振到了新疆,像一棵小树,在克孜乌雍克扎下了根。他常常一两个月不回家,把家中事务交给妻子一个人去操持。

那时候,他整日枪不离身。在他的心中,国家比其他一切都重要。从1968年起,他把青春年华都洒在了边界上,浑身的血液随着边界的局势或沸腾或平静。

1997年,郑世振由于身患高血压而暂时退休,团场每年发给他600元钱工资。他档案上的年龄今年是59岁,实际上已经61岁了。因当兵时年龄大了,填小了两岁,而退休要以档案记录为准,所以,他还得等两年。现在,他的三个女儿都出嫁了,小儿子也准备于近期结婚。他不打算再回老家山东,也不想换一个比克孜乌雍克好一点的地方,尽管克孜乌雍克冬天气候恶劣,夏天蚊子很多。

郑世振喜欢到边防连去和战士们聊天,战士们也喜欢他,大家相处得挺好。

一天,连长冯雪诚去看望他,他老伴告诉冯雪诚,下午本来到吃饭的时间了,郑世振考虑到羊没有吃饱,又出去放羊了。冯雪诚等了大概两小时,才把他等回来。

在那天的交谈中,他的一句话给冯雪诚留下了很深的印象:"别看我年纪大了,如果边界上再有什么事,我想我这个老头还能出一份力。"

冯雪诚给他介绍,新疆边防现在的情况非常好,中蒙、中哈、中俄、中巴等国家间和睦相处,许多有争议地区的边界将在一两年内划定。

他听着,脸上露出欣慰的笑容。

这是自信的笑。

不同寻常的新兵,名叫范方强,他 1992 年入伍,现在是一级专业军士。与郑世振入伍时的情况不一样,范方强完全是抱着闯世界的想法出来当兵的。范方强在新兵连找到了感觉,他觉得自己的军事素质不错,下决心要在军事上有所发展。在新兵连练习射击时,他的手指被磨烂,慢慢长出了厚厚的茧。两个月后,他在全连比赛中夺得了第九名的好成绩。一位已提干的老班长对他产生了很大的影响,他暗下决心,要朝着老班长的方向发展。

但范方强当兵当到现在，只辉煌过一次。

他刚分到克孜乌雍克时，连队安排他去喂猪。他走进猪圈的时候，见一头母猪的肚子微微隆起，他望着母猪，心想，它可关系到全连几十号人的吃饭问题，一定要把它养好。

范方强不负众望，那头母猪也争气，不到半年光景，就生下一窝白白胖胖的猪崽。望着齐刷刷十二头活蹦乱跳的小猪，战士们那个高兴劲儿就甭提啦！

想不到应了“乐极生悲”那句古话，猪崽们生下来没几天便接二连三地失踪了。现场勘查，既无小猪崽的血渍，亦无作案者的足迹，气得范方强哇哇乱叫。最后他决定来个“蹲坑守候”，发誓哪怕十天半个月不睡觉也要把事情弄个明白。

第一夜，万籁俱寂。

第二夜，鸦雀无声。

第三夜，月亮刚刚爬上树梢，范方强突然发现一条比母猪还大的黑影很敏捷地越过丈余高的围墙，蹿进了猪圈。还没等他做出反应，那黑影已叼起了一只猪崽。

范方强是农民的儿子，入伍前与野猪打过不少交道。他一眼便认出那条黑影是一头野猪。根据野猪叼走小猪而不是很快吃下去这一情况来判断，他又肯定那一定是头母野猪，而且在附近一定有一窝嗷嗷待哺的小野猪。于是，范方强一声不响地尾随其后，直到母野猪回到它的窝里范方强才打道回府。

第四章
克孜乌雍克的梦

次日，范方强对战友们说："咱们的猪崽是野猪给叼去了。你们愿不愿意跟我一起去抄野猪的家？"战士们每人扛把铁锹，饶有兴趣地跟他去了。

野猪窝距离连队有十余里远，隐蔽在一座又高又大的古墓里。古墓周围野草萋萋，树影斑驳。范方强示意战士们躲在一棵一搂粗的大树后，举起铁锹进入一级战备状态；他自己则悄悄爬上古墓，去进行火线侦察。不大一会儿工夫，范方强喊了一声："母野猪没在家，咱们动手吧！"

挖了五六锹土，野猪窝就赤裸裸地暴露在阳光下了，四只毛茸茸的小生命不知发生了什么事情，都以充满好奇的眼睛望着他们。

战士们问范方强怎么办，是砍死还是烧死。范方强忙摆摆手："你们可千万不能胡来，那样做母野猪会因痛苦和绝望而疯狂起来，甚至会纠集整个家族对我们进行残酷的报复。"说着，他小心翼翼地从野猪窝里捧出一只小野猪，对众人说，"快走吧，一会儿母野猪回来就麻烦了。"战士们问他为啥不连窝端，范方强一副胸有成竹的样子："连窝端，下一步棋就不好走了。"

范方强嘿嘿一笑："晚上你们就等着看好戏吧！"

晚上9点刚过，范方强一手拎一支猎枪，一手抱着那只小野猪登上了水泥猪圈的房顶，随后又将战士们拉了上去。

战士们一个个摸不着头脑，都怀着焦急而又忐忑不安的心情静静地等待着。

不知过了多长时间，范方强捅捅他们："瞧，戏要开演了。"大家顺着他的手指望去，只见一条影子由远而近奔驰而来，直跑到距离猪圈十来米处才倏然停下，随后便响起一声山崩海啸般的嚎叫，接着又发出一阵哀哭，其声时低时高，时缓时急，令人潸然泪下，柔肠寸断。

大家被这哭声搅得心烦意乱，不知如何是好。范方强说："不让它嚎了，弄得怪不是滋味的！"说着，他举起猎枪向夜空里扣动了扳机。枪声响过之后，母野猪的哭声戛然而止，但依然站在原地纹丝不动。

范方强清了清嗓门，冲母野猪喊道："你是野猪爹也好，野猪妈也罢，先收住悲哀，听我说几句话。是你先不仁不义，无缘无故地叼走我们的几头猪崽，我们才不得不抱来你的一个孩子做'人质'。现在你的孩子就在我的手里，一根毫毛都没伤着。"说到这里，范方强将小野猪举起来晃了晃。那头小野猪好像有意证明自己安然无恙，适时地叫了几声。这时范方强继续说，"野猪你听着，我可以马上把你的孩子还给你，不过你要答应我一个条件，就是三天之内你必须携儿带女迁到一个没有人烟的地方去。"

说来也怪，范方强的话音刚落，那头母野猪果然嚎叫了一声，像是在答应他的要求，而且声音里明显没有了悲哀。

"那好吧，现在咱们成交。"范方强说着往猪圈边凑了凑，将手里的小野猪抛了出去。母野猪一跃而起，将小野猪稳稳衔进嘴里，头也不回地跑了。

范方强冲着母野猪的背影喝道："你若背信弃义，我定叫你家破人亡。”然后，又向夜空放了一枪。

半个月后，战士们有意到古墓旁去转了转，古墓里一片寂静，母野猪和小野猪们果然举家迁得无影无踪。

后来发生的事情，多少让范方强感到有些失望。

范方强从第二年开始当班长，到第五年被报提干，但没提成。营长见他哭了，就对他说：“你是男子汉，这样哭让人家笑话。在什么地方跌倒，就从什么地方爬起来。”听了营长的话，第二天，他的心就平静下来了。年底，他作为油机员转了志愿兵。

现在，范方强经常在心里拿同年兵跟自己相比，觉得大多数人还不如自己。他想发挥一下自己在军事上的才能，但没机会。他经常翻出在军事比武中所得的那十多个荣誉证看一看，心里便平衡了。在比武中所得的一些奖品，他也一直舍不得用。他说，那些东西，比如枕巾之类的，要留着结婚时用。

因理想难以实现，他格外珍惜已拥有的荣誉。

范方强每天的工作是发电和烧锅炉。今年，他被派出去学习了一个月的烧锅炉理论知识。学习期间，他被选为区队长，每天带队。回来后，一种深深的失落感又从心里泛起，他觉得自己的生活不应该那么平静，如果再平静下去，就说明自己开始在走下坡路。

他一直就这么过着。

后来他又想，作为一个农民的儿子，自己能奋斗到这一步，已经不错了。他打听过许多地方,最后得知,志愿兵不能考学。既然不能考学,他想发挥一下自己带兵才干的愿望就不能实现了,因为从今年开始志愿兵不再提干了。

范方强第一次回家探亲时,心情不错,一套军装穿在身上显得格外精神。家里人把他围成一团,细细端详。他给母亲敬了个礼,想拥抱她,但在伸出双手时,突然情不自禁地哭了。那一刻,他想起自己在部队没干出什么名堂。

1997 年 12 月底,范方强的母亲风湿性心脏病发作,给他发来了两封电报。连长拿着电报问他:“你母亲的病怎样?”他忧心忡忡地说:“危险……”当时阿勒泰下了一场几十年不遇的大雪,路被封死了。他焦灼地等到 1998 年元月才回到家。等他急匆匆地踏进家门,才知道,母亲已经去世了。在家的那些天,他白天伤心,晚上一个人偷偷地哭泣。这时候,他才想起自己在克孜乌雍克虽然默默无闻,但同样也做出了应有的奉献。他暗下决心,回克孜乌雍克后,一定要再好好地干一番。

范方强仍喜欢为自己设计蓝图。他打算转业回去以后申请到人武部工作,训练民兵。但他同时知道,回去以后的机会也是不容易争取的,所以在部队一天,就要尽最大可能发挥自己的才干。

“现在让我到昆仑山上去带兵,我也愿意。”范方强经常这样对战友们说。

“昆仑山缺氧哩。”战友们提醒他,“如果真去了,可能连障碍也跑不下来。”

“我知道,但我想去试试。”

战友们还能说什么呢？范方强只是想证明一下自己,但这种证明必须通过一定的方式才能实现。有许多事情是不以人的意志为转移的。阿勒泰军分区的许多科长都认识范方强,有时候见了面问他:“你原来是军事业务尖子,现在怎么跑去烧锅炉和发电了?”他无言以对。要知道,这正是他一直不想多说,又始终必须面对的问题。有时候范方强甚至有些心灰意冷地想,自己这一辈子就这样了,以后有了儿子,要好好锻炼他,争取让他在体育或军事上超过自己。

把自己未完成的理想寄托给儿子去完成,这样的心理在军人中普遍存在。有人问他:“假如以后你的孩子是女儿呢?”

“是女儿就算了。”他言不由衷地回答。

5. 命运的容器

班长袁金平连考两年军校,都因差几分而未能跨进军校的大门。今年,又因种种原因提干未成,使他的军官梦再次搁浅。

袁金平第一次未被军校录取,与一次巡逻有很大关系。

前年 3 月份,克孜乌雍克下了一场大雪。早上 10 点,袁金平带领战友宋玉友、牛继兵骑马朝 32 号界标方向巡逻。出门的时候天阴着,刮着风,地上的雪被吹起,浮成一层雪雾。

三个人出了连队,踏进了雪地。因为巡逻规定必须沿边界线一侧行进,所以他们只能贴着铁丝网向前行动。走了没多久,远远见一个人正在砍界河边的树。那人的身边,已倒下三棵,此时他正挥动着大斧在砍第四棵。在不远处,停着一辆牛车,是准备拉木头的。三个人立即赶了过去。那人看见三个战士围了上来,一时愣在那儿。

袁金平拿下那人的斧头:“你懂不懂边防政策?”

那人抖抖索索地说:“懂。”

“那你为什么还在界河边砍树?”

“我到新疆十几年了,从父亲那时候开始,一直到现在,这里的树都是我们栽的,而且在我们的地边上,为什么不能砍呢?”

“你不知道离边界200米以内的地方不容许任何人放牧砍柴火吗?”

“但我们每年要烧柴火,如果没有,难过冬呀!”

“我们不是不容许你打柴,只是不能离界河太近。现在你必须离开这里。”

那个人悻悻地赶着牛车走了。

三个人开始清理被砍倒的树。刚清理完,就听见前面传来一阵响声,抬头一看,是那个砍树人的牛车翻了。车子掉入河中,套绳却仍缚在牛身上,牛挣扎着,想把车拉上来,但任凭它使多大的劲,车子就是纹丝不动。那个人无计可施,慌乱地叫着:“我的牛,我的车子……”

袁金平走过去跳进河中,用力向上掀车子,连拉带掀,车子被弄上了岸。

那个人愣愣地看着袁金平的举动,半天说不出话来。

袁金平帮他把车子弄好,没说一句话,转身走了。

那个人一阵激动,对着袁金平的背影说:“班长兄弟,我再也不到界河边砍树了。”说完,把斧头扔进了河中。

三个人上马继续前行。

走到33号界标前,三个人又听见前面的树林里传来一阵砍树的声音。袁金平对宋玉友和牛继兵说:“我先过去察看,你们两个到前面堵截,不然,砍树人发现我们后就会跑掉。”

说完,他骑马进入树林,沿着铁丝网往前搜寻。没走多远,就见一个老头正在铁丝网外面30多米的地方砍树。铁丝网离界河只有50米,除了边防战士巡逻外,一般人都不容许靠近。袁金平走过去对老人说:“大叔,你停一下,不要砍了。”

老头一看穿军装的袁金平突然出现在他面前,大吃一惊。

这时候,宋玉友和牛继兵也从前面围了过来。他们将正在前面等待的老头老伴和一辆牛车,一起带到了这里。

三个人把木柴装上车,准备拍照,老头慌了:“请你们原谅,我们这是第一次,以后再也不敢了。”老太太在一旁吓得浑身发抖。

袁金平动了恻隐之心,对两位老人说:“大爷、大娘,我知道你们这么大的年纪,冒着这么大的雪,出来砍树,有多么不容易。但到界河边砍树,这问题不小。现在照片就不拍了,咱们把柴火装到车上,去生产连队,找你们连长解决。”

老太太一听这话,一下子坐在了地上。她挣扎着想爬起来,但却浑身无力。

其实袁金平一直在注意老太太,自被宋玉友和牛继兵带过来后,她就脸色苍白,浑身一直在发抖。不出两分钟,老太太身子一歪,倒在了地上,身体僵硬,一动也不动了。

袁金平跑过去,把老太太抱起来,一摸她的手,冰凉冰凉的。他赶紧对宋玉友和牛继兵说:"快过来!大娘怎么身体发凉,而且一下就晕过去了?"

两人和老头一起跑了过来。老头大声说:"她有病。孩子,赶快掰开她的腿。"说着,又连忙去掐老太太的人中,但老太太还没有反应。老头又吩咐袁金平:"孩子,你赶快把她的双腿屈起来,把她的双手放到胸前。"

袁金平照老头的吩咐做了,但老太太还是昏迷不醒。

老头喘着粗气:"等一会儿,等一会儿,她就好了。"

大家都屏息敛声地盯着老太太,林子里出奇地安静。袁金平意识到老太太不能受冻,便脱下大衣,盖在她身上。风呜呜地刮着,飞雪成片成片地掠过来,打在他们身上,几个人被冻得浑身发抖。袁金平一看老太太苍白的脸色,又把棉衣脱下,盖在了她的身上,他自己身上只剩下一件羊毛衫了。

老太太慢慢地开始喘粗气。

老头轻叹一声,对袁金平说:"孩子,她现在没事了,只要身子屈上十几分钟，她就会醒来。她就这病，每次犯了，只能用这办法抢救。”

过了20分钟，老太太醒了，用微弱的声音说：“我的头疼得厉害。”

袁金平想起了自己的皮帽子，他往头上一摸，才发现忙乱中皮帽子已经掉到了雪地里。他从地上把帽子捡起来，拍掉上面的雪，给老太太戴上。

这时候，天更冷了。

老头搂着老太太，双手紧紧地拉着大衣替她挡风。他的脸上，流下了泪水。他年龄已经很大了，那无声哭泣的样子，让人目不忍睹。

袁金平帮老人把柴火装到车上，再把老太太扶到柴火上坐好。他与宋玉友、牛继兵商量：“今天的情况特殊，咱们还是把老大娘送回去吧。如果她半路上从车上掉下来，或者再犯病，老大爷一个人不好办。”宋玉友和牛继兵认真地点了点头。

袁金平上马后，感到浑身发冷。这时候，老太太才发现他穿得很少，就把棉衣从身上拿下来，对他说：“孩子，你赶快把棉衣穿上，千万不要冻着了。”袁金平把衣服挡了回去，一抖马缰绳，快速向前跑去。

出了林子，前面不远处就是老人的家。两位老人邀请他们进屋，吃了饭再走，但他们婉言谢绝了。

老太太见他们执意要走，把披在身上的那件大衣脱下来，走到袁金平面前，亲手给他穿上。

回到连队后不久，袁金平发现自己的脚被冻坏了。从跳到河水中去推那辆牛车，到抢救老太太，他的脚一直湿着。开春，他的脚仍隐隐作痛,到了夏天,走起路来还感到不适。参加军校考试时,他的军事成绩自然而然受到影响。但他把这份隐痛埋藏在内心深处,对谁都没有讲过。

袁金平第二次未被军校录取,与一场雪有关系。

南线36号界标方向是个风口,下雪的日子,雪被大风刮过来,在树林里积了一层又一层,因此,那片树林便成了一片真正的林海雪原,战士们每巡逻一趟,都颇为艰难。

去年的一个下雪天,袁金平和战友们在树林里巡逻,走到三道湾时,大家都被冻得浑身发抖,再也没有力气向前走了。袁金平建议在雪地上刨一块空地,烧一堆火先暖暖身子再走。大家分了工,很快,地刨出来了,树枝也捡了不少。但由于树枝受潮,点了半天也烧不起来。袁金平想起自己身上藏着一本数学书,那是他临出发时随手带上的,想在巡逻间隙抽空看上几眼。他掏出书,把前面的几页撕下,把树枝点着。没过一会儿,火灭了,他只好又从书上撕几页,再次把火点着。火烧了没几分钟,又灭了。他拿出书,准备再撕几页,这时候,他发现已经撕到了自己折过的地方。前面撕下的一部分,自己已经复习过了,而后面的内容还没有来得及看。他犹豫了。向往军校的心情使他格外地珍惜这本书。按眼下复习的情况看,他觉得如果再把一些数学公式巩固一下,今年一定能考上。但一看战友们冻成这样,他便毫不犹豫地撕下去。因为在这种情况下,如果再不烤火取暖,人会被冻坏的。他撕下一页纸的时候,瞄了一眼上面的一道公式,但由于大家都在等着烤火,他就没仔细看，用火柴把它点燃了。那堆火重新燃了起来。大家围着火，烤暖了身子，然后，骑马穿过树林。那一次巡逻，无一人冻伤。

到了考试的时候，袁金平再次走进了考场。当他的数学题做到最后一道时，他发现这道公式就在他那天没来得及看完的那本书上，可惜当时被用去点火了，他的心里立刻涌起一丝酸楚。他想了很长时间，也没有想起那道公式的后半部分。

袁金平带着失落的心情走出了考场。

实际上，那道公式只要写全，就可以得 5 分。成绩公布出来，他的总分距录取线只差 3 分！

一本书，在天寒地冻的日子里，点起了一堆火，给战友们带去了温暖，却使袁金平与梦想再次失之交臂。

今年，团里把袁金平作为骨干报了预提军官，命运再一次向他露出了笑脸。

宣布消息那天早上，连里接到牧民的报告，兵团 185 团七连的邱老头又犯疯病了，他赶着一群牛，大喊大叫，进入了 36 号界标方向的树林，有可能要越界。

袁金平主动请缨，要去处理这件事。

连队干部准许了他的要求，他们对袁金平处理事情的能力十分放心。

袁金平带着班里的战士卢建兵和牛继兵徒步向 36 号界标处跑去。进了树林，他们很快找到了那群牛。他们把牛赶出来，走到离 185 团七连不远的桥头上时，见邱老头又赶来一群羊，一路上还胡乱地唱着歌。走近了，大家看见他手上提着一根马鞭。邱老头一看见三位战士把牛赶回来了，立刻指着他们骂起来。袁金平示意牛继兵和卢建兵把牛先赶回，自己上前拦住邱老头。不料邱老头抡起马鞭，用力抽在他的脖子上。袁金平只觉得一阵钻心的疼，伸手去夺邱老头的马鞭，邱老头又一鞭抽来，打在他的手上。他没再多想，一把抓住了邱老头的马鞭，两个人开始争夺起来。邱老头一个闪失，从桥上掉下，落进了河水中。袁金平赶紧跳进河里，抓住邱老头的衣服，把他拉回到岸上。

这时候，附近的农工都围了过来。有几个不明真相的人以为袁金平动手打了邱老头，纷纷为邱老头打抱不平，气氛立刻变得紧张起来。袁金平把牛继兵和卢建兵叫过来，示意他们赶快把群众疏散。然后，他背起邱老头，向他家走去。邱老头的家人非常感激，连声向袁金平道谢。他什么也没说，抹了一把脸上的汗水，便转身离去。

七连的负责人赶来时，事情已经平息。他们非常佩服袁金平的处事能力，夸奖他说："像你这样的战士，不要说排长和连长，营长都可以当。"

袁金平不好意思地笑了笑，没说什么。但他心里想，如果自己以后真当干部了，遇事还得更果断一些才行。

回到连队，没想到一个不好的消息正在等着他——他提干未批！

他愣了愣，走出人群，向班里走去。

暮色已经拉开，夹杂着丝丝凄凉。

第五章　北湾的蚊子

1. 蚊虫王国

对于北湾的蚊子，有一位作家在几年前与阿勒泰军分区军务科长闲聊时，就听得毛骨悚然。李德鸿听说作家要去北湾，哈哈一笑说："下午我就去北湾。我已经和那里的蚊子联系了一下，它们在那儿等候我呢！"

听他这口气，作家心里有些紧张，时下正值 8 月，是蚊子猖獗的季节，说不定那里正是一片蚊天蚊地。

据专家们说，北湾是世界四大蚊虫王国之一，每立方米空间有 1700 多只蚊子。

第二天，作家怀着一种既惶恐又迫切的心情，驱车前往北湾。尽管大家都谈蚊色变，但他还是想亲身去"蚊虫王国"走一遭。

额尔齐斯河流到北湾，因地势平坦，便变得沉缓和宁静起来。这样一来，北湾便三面环水，出现了多处沼泽和死水洼。随着夏季的来临，这些地方成了蚊子最理想的滋生地。

快到连队了，作家见一名战士在军装上套着雨衣，脸上裹着纱巾，头上戴着防蚊帽，双手戴着手套，蹲在一堆火跟前，努力把身子往那缕蓝烟中凑。他的装束和行为，让人觉得他活脱脱是个外星人。远处，几匹军马一边吃草，一边用尾巴甩打着身子，它们啃草和甩尾巴的动作，都显得有些烦躁。仔细一看它们的背上，有一层黑乎乎的东西在蠕动，再仔细一看，是蚊子。

蚊子对人的侵袭格外厉害。作家刚把车窗玻璃打开，倏然间便觉得眼前一暗，蚊子就压过来了。于是他赶快关窗，但脸和手还是被叮得一阵生疼。这是毫不客气的见面礼。

与作家同行的人说："这里的蚊子密度大，往往形成蚊网、蚊阵、蚊墙，有人伸手抓一把，竟有七十多只！再就是一般蚊子在黑夜行动，而北湾的蚊子是全天候出击。任何杀虫剂对它们都形不成杀伤力。而蚊子对人的轰炸，可谓是迅速而准确、残酷而贪婪。"

到了北湾，已于昨天到达的军务科长和连队干部躲在连部朝作家傻笑。他们用双手不停地在脸部周围挥动，一看就知道是在打蚊子。作家也挥舞着双手在脸的周围扇着，急急进入连部。

大家谈论的话题自然还是蚊子。

北湾的蚊子大致有三种：小咬、小黑点和小硬壳。小咬身体透明，飞行时接近于隐形，常常让人防不胜防；小黑点奇小，近于针尖大，其隐秘程度有甚小咬；小硬壳躯体坚硬，俘获它，按久了以为它被按死了，放开手却能在顷刻间飞走。

第五章
北湾的蚊子

蚊子在每年6、7、8月三个月最为猖狂，人们白天不开门，晚上少开灯；人吃饭，蚊子吃人，绝无躲避之法。在生活中，皆是戏剧性的情节：战士们很少有安静地站着的，好像都是处于动态之中；人上厕所时，手抓一张旧报纸，一边解决问题，一边用力扇，以防蚊子下口。有时用这种方法仍不顶用，便在身后点燃一堆废纸，就着烟火，草草了事。

人在蚊军的重兵之压下，自然会发生一些与蚊子有关的故事。

作家来时在路上遇到的战士是放牧员孙建勇。他现在把夏天当冬天过，每天早早地把马和牛赶出去，趁蚊子尚未出来很多之前，点起一堆火。这一天，无论太阳多么酷热，他都会把身子凑近火堆，不离咫尺。为了防止蚊子叮咬，大热天穿着线衣线裤，每天下来，浑身如同被水泡过。自他放牧以来，已有一头牛被蚊子咬瞎双眼，另一头被蚊子咬得发疯，到处乱跑，撞上一块石头，落下残疾。每天牧归是最痛苦的时候，因无烟火可依，等到把马匹赶回连队，人已被咬得浑身发麻。走在路上，得不时地绕开草丛。蚊子大多密集于草丛中，一旦惊动它们，就一点躲避的余地都没有了。

北湾附近有一位农工下地干活，将两岁多的小孩放在地头睡觉。她用纱巾盖住他的脸和手脚。一个多小时后，母亲过来一看，小孩脸上的纱巾被风吹掉，他满脸青肿，被蚊子活活叮死。

最令人无可奈何的是打马草的时候。战士们用背包带背马草，时间长了，因背包带很窄，勒得肩疼，他们就用双手垫在前肩，以减轻疼痛。这样，就不能打蚊子了，蚊子可以随意叮咬全身的任何部位。部队上老兵关怀新兵的光荣传统是永恒的,因此,每次老兵们主动提出背远处的,让新兵背近处的,少受些罪。

有一年夏天,连队修车库,请了十几个外地的民工,出双倍的工钱。然而他们干了没几天,便背起行李不辞而别。他们受不了北湾的蚊子,死活不干了。

民工可以到别的地方去挣钱,他们的选择是自由的,但连队官兵却别无选择,他们必须留下来,在蚊虫大军的袭击下,努力维护边防线的安宁。

军务科长坐在连部里笑着说:"我已经给蚊子团长传话过去了:今年我又来了,咱们彼此再体验体验。它还算够义气,今天派了几只蚊子来。刚才下车时与你们见面的就是被派来的几只,不过还是少啊,中午说不定就没有了。"

正说话间,一只蚊子落到他胳膊上,他笑着说:"叮吧,我喝水。"说着,端起茶杯喝了起来。那只蚊子叮了很长时间,眼见得蚊子的肚子鼓了起来。他用两根指头轻轻捏住蚊子,拔出,捏死,扔掉。也怪,被叮过的地方不肿也不发红。他告诉大家,蚊子刚叮入皮肤,你不要去打它,因为,一则它防人的警惕性很高,轻易不能得手;二则它把唇刺刺入皮肤内,刺上的毒刚散开,如你赶它匆忙离去,就将毒汁留到皮肤下面了。等它吸的时间长了,对你失去了戒备,便可一把捏住。同时,因被叮的地方血液一时尚未循环过来,还可以快速把毒汁挤出,该处也就不会肿胀。

没过一会儿,他唤大家:“快看,又有一只来找我了。”只见一只蚊子叮在他右脚的中趾上,它先向四周转了几下身子,似是在观察情况,也许它的视力范围很小,没有看到我们几个人正在拭目以待。它慢慢地将唇刺贴近了他的脚面。他轻轻地说:“嗯,开始叮了。”又过了一会儿,他说:“嗯,开始吸了。”他把脚指头来回扭动,蚊子趴在上面纹丝不动。他笑着说:“行,咱们交流交流感情。我现在想通了,人类要吃饭,蚊子也要吃。共在地球上生存,难道只许人类向别的种类索取吗?通常是强者掠夺,弱者屈从,现在是在蚊虫王国,蚊子比人强,人还有什么办法呢?好在被蚊子咬就咬了,其他事没耽误。说句心里话,每年这时候不到北湾来一回,心里就特别着急。你说上帝把蚊子安排在了北湾,如果我们不与它们共同发生点什么事,这个世界就没意思了。我每次想起北湾,想起蚊子,就想喝酒。蚊子与我们同患难,共欢乐。它们把我们往前推了一步,蚊子从另一种意义上讲,是我们的一种动力;人有时候是因为苦才变得更加顽强的。”

他对待蚊子的态度,不乏幽默,但冷静一想,其中包含了一种深思。这种深思在一个边防军人身上显现出来时,是一种对生活的乐观态度。

有一位将军视察北湾时,全连官兵集合起来听他讲话。那天大家都觉得奇怪,怎么一只蚊子都没有了?正在思忖之间,就见一只蚊子叮在了将军的脖子上,他似乎感觉到了,抬手要打,但又把手放下了。他接着说:“我们北湾的官兵长期受蚊子叮咬,却以一种坚忍的精神在坚持着。今天,我到这里来,也应该与蚊子见面。但它们很友好嘛,没出来。现在我知道我脖子上有一只蚊子,这是它们派来的代表;它现在在吸我的血,让它好好吸,吸够,然后让它回去给蚊子团长带句话,我们对它们是友好的,我们已经付出很多了,它们也得改变改变态度才对。”他的话,引得战士们会心地笑了,大家的情绪也似乎被调动了起来。后来,将军继续讲工作方面的话。那只蚊子叮了十几秒钟,肚子已鼓胀起来。全连几十双眼睛齐刷刷地盯着那只蚊子,但那位将军一直没有伸手去打它。终于,那只蚊子吸够了血,飞走了。

叮将军的蚊子只是一只普通的蚊子,对它来说,叮将军跟叮别人一样。而这位将军却通过它,向战士们传递了一种现时现地的精神疗法。将军毕竟是老兵啊!

吃完午饭,副指导员潘存文带作家到南湾去巡逻。来北湾已经半天了,或许是因为天气颇好,或许蚊子真的已经很少了,作家居然没有领略到蚊子的厉害。连长语气很不自然地说:“那就到南湾去看看。”作家从他的话中似乎听出了另一句话:还真要去自找苦吃吗?但他还是想去。老是听别人谈蚊子,听得多了,自己却没经历过,便觉得有些失落。

他们六个人装备齐全防蚊子的衣帽,在手上擦上防蚊油,心急火燎地要去领教一番蚊子。出发前,作家检查相机,突然发现它不倒卷,来回折腾好几次,仍没有一点动静。他突然变得烦躁起来,一气之下,打开相机后盖,将照好的胶卷抽了出来。身边的几个人见那个胶卷曝光了可惜,忙阻止他,但他已将它抽了出来,扔在了一边。后来,他才知道他当时的心情与蚊子有关：人被蚊子叮了，极易产生烦躁情绪，而人一旦烦躁，难免要发泄。如此这般，他竟然成了他们这一行人中被蚊子“从内部攻破”的第一个人。

他们排成一列，以巡逻的形式缓缓向额尔齐斯河走去。额尔齐斯河两岸长满连片的杨柳，河流被夹裹在中间，显得格外安静。河很宽，但流量不大，河水上下打着滚，一团一团的，从河底翻卷起乌黑的沙子。

艇长杨发斌先他们到达，已做好准备，等待出发。他是老兵了，在连里，让他给他们谈谈蚊子，他说：“没特点。要说咱们这儿，蚊子比人多，比人叫得响，比人名气大。”后来他说，蚊子也认人呢，在连队待得时间长了，它们好像觉得是朋友了，不轻易咬你。而刚来连队的人，总是免不了让它们品尝一番，这样，没有四五年适应不下来。许多战士都是被蚊子咬够了，慢慢习惯了，也就到了复员回家的时候了。

乘艇到了南湾，爬上岸，进入一片树林。作家没走几步，觉得脚下有异，低头一看，林中全是沼泽地，黑色的淤泥，显得平静而又恐怖。副指导员潘存文腰一猫，便踩着淤泥向林子深处钻去，他们忙跟随其后。正走着，翻译杰克突然问：“怎么下雨了？”大家一愣，还没有回过神来，就见恍若雨点般密密匝匝的蚊子扑了过来。一名战士高叫一声：“蚊子来了，是蚊网！”作家看见一大群蚊子正在向潘存文的脸部飞近，它们先落在他的衣服上，然后向上爬，爬到衣领，很快就将领花盖住了。潘存文用戴着手套的手去扑打，手套立刻变成了黑色。这时候，作家感到自己的脖子一阵阵痛痒，他想，可能是我不会戴防蚊帽，蚊子从后面钻进去了。于是他便用手把帽带扯了几下,没想到这样反而给蚊子提供了机会,它们瞅准这个机会,大批量地钻了进去,接着他只觉得脖子和脸上有许多东西在爬动,再接着便是一阵麻酥酥的疼痛。他在慌乱扑打之中,只见几个战士正从容不迫地在40号界碑旁察看,蚊子虽然也在猛烈攻击他们,但他们丝毫没有反应。

40号界碑上也落满一层蚊子,潘存文用手把中国这边的蚊子抹去。他的手抹到一半的时候,作家的眼睛湿润了。此时此刻,在他眼里,界碑、蚊子、军人,三者合为一体,构成了一幅意义深远的图画。

在界碑左前方,有一串脚印清晰可见,这说明邻国军人近期来过。大家仔细观察,没发现什么异常迹象,但望着那串脚印,大家突然都感觉不到被蚊子叮着的疼痛了。因为这时候有一种东西让军人们进入了一种忘我的境界。

下午3点钟,作家和战士们从南湾返回。蚊子还是那么多,但大家显得非常平静。作家想,如果不是在边界上,就不会出现这种情况了。当蚊子越来越密地在北湾汇聚时,驻守在这里的人,其意志一定是坚不可摧的。这时,他想起了爱说俏皮话的李德鸿所说的另一句话:“用什么来体现北湾人的精神呢?请跟他们去一趟大河口就知道了。那地方,每立方米空间不要说有1700只蚊子,17000只都有。从上面来的人在这样的地方站几分钟,谁不往回跑?但是,当你一回头,发现坚守在那里的,仍是北湾的兵。”

晚上,战士们要到南湾去巡逻,作家不由得为他们心疼。他完全可以想象出他们将遭遇什么,但他们别无选择,只有默默地去坚持,默默地去忍受。

2. 蚊网中的兵

北湾巡逻的地段有三个:大河沿、南线和河口北线。这三个地方都是蚊子最多的地方。大河沿的蚊子在晚上最为猖狂,一群一群的,组成蚊子大军;南线的蚊子素以“蚊网”出名,一旦出动,就是一张大网;北线的蚊子则以“蚊阵”出名,一旦与它们遭遇,恍若置身于一个迷阵之中,怎么也不能脱身。

翻译杰克上站不久,就带着战士党金洲等五个人去大河沿潜伏。

吃完晚饭,杰克在里面穿上T恤衫,下身穿上线裤,再在外面套上雨衣,做好了防范蚊子的准备。不一会儿,他就感觉到浑身热得难受,汗水接连不断地从额头上涌出。但他知道,热总比被蚊子咬好受。

到了大河沿,几个人沿着河沿左侧的一个深沟向前行进。之所以选这条路线,主要是防蚊子;如果沿大河沿行进,河边的蚊子就会马上袭击过来,走不多远,人就招架不住了。

额尔齐斯河水在缓缓流淌,伴着柔和的夜风,流水声悦耳动听。

但杰克却无暇欣赏这美妙的流水声。他是第一次参加潜伏,因为恐惧蚊子的淫威,他甚至觉得此刻哗哗的流水声就是蚊子发出的,有一大片蚊虫正由远而近,向自己飞来。

到了点位，夜已经黑了。大家迅速进入点位，静静地潜伏起来。没过多久，杰克突然听见雨衣上噼里啪啦响成一片。他以为下雨了，仔细一听，并没有下雨。又过了一会儿，响声更大了。他问党金洲："没有下雨，这是什么声音？"党金洲对边情比较熟悉，对杰克说："是蚊子。"杰克尽管对蚊子早有戒备，但没有想到会是这样的。他有些不相信。党金洲见他满脸疑惑，就对他说："你如果不信，把手套脱掉试试。"杰克把手套脱掉，刚把手举到半空，突然感到一阵钻心的疼。他赶紧把手收回，不由自主地说："蚊子果然来了。"

过了一会儿，蚊子开始行动了。它们先是一层一层地落下来，然后开始从衣服上往里咬。也许这些蚊子有很长的嘴，很快，大家就感到有许多地方火烧似的疼了起来。但潜伏时隐蔽和保持安静是第一要求，所以，他们仍静静地趴在地上。蚊子越来越多，在他们身上来回爬动，他们感到如同置身于蚊子的窝里，没有一点躲避的办法。

12 点 30 分，杰克带领战士们撤回。蚊子紧追不舍，在他们身后连成片。夜色很黑，谁也无法看清蚊子是什么样子，到底有多少，战士们只觉得正行进在由蚊子组成的大网里，似乎没有尽头，怎么也摆脱不了它们。

走到大河沿中间，杰克突然发现河沿东侧的麦地里有一个人。他们走过去一看，是附近的农工张大爷，他正在地里寻找着什么。

杰克向张大爷打了一声招呼，张大爷略带伤感地说："我的牛不见了，生产连队的水明天轮到我拉，我必须把它找回来，明天好拉水。"

第五章
北湾的蚊子

杰克转身对战士们说："咱们帮张大爷找牛。"说完，大家分开，向四处寻找。找了没多远，杰克发现前面的草丛里有什么东西在动，他走过去一看，是张大爷的牛。原来，这头牛被蚊子咬得受不了，跑进草丛躲了起来。杰克伸手抓住它角上的绳子，但它死活不动。杰克用力往外拉，牛才走出了草丛，外面的蚊子立刻落在了它身上，它把头一扭，乱跳起来。

杰克死死拉住绳子，慌乱中，手套掉进了草丛中。他顾不上捡手套，拉着牛向地边走去。很快，蚊子就发现了他没戴手套，迫不及待地开始咬他的双手。他痛得直咧嘴，但牛仍在乱跳，他不敢松手。等到把牛牵到地边时，他感到自己的手已经麻木了。

张大爷连声道谢，牵着牛回去了。

杰克忍不住去挠刚才被蚊子叮过的地方。没料到，一挠反而更痛，有一种肉皮被揭下的感觉。

杰克带大家返回。

额尔齐斯河仍在哗哗流淌。也许，只有这条河不会受到蚊子的攻击。

南线 40－44 号界碑是每周必须巡逻的地方。

今年 7 月 28 日，指导员温友军带队去那个方向巡逻。出发前，温友军戴好了防蚊帽、纱巾，内穿 T 恤衫、线衣、线裤。军医韩增宪刚分到北湾，对如此"重装在身"颇为不解，只简单地穿了件衣服，就去领枪。副指导员潘存文一见他的样子就笑了："你一敞开了衣领，二里面没有穿衣服，三没把袖口和裤腿扎住，这在北湾可是从来没有的。”韩增宪问：“为什么?”潘存文说：“这不是给蚊子提供进攻机会吗?”韩增宪这才明白，赶紧跑回房去，在里面加了一件背心和衬衣，在脸上围了一块纱巾。

巡逻队从连队出发，到河边乘艇到南岸。一上岸，一大群蚊子呼啦啦地飞了过来。南线的蚊子与大河沿的不同，它们总是呈散兵游勇状，一发现目标，便轮番进攻。

韩增宪是第一次巡逻。温友军边走边给他介绍情况，温友军这样做，实际上是想分散他的注意力，不然，蚊子的攻击很快就会使他心情烦躁。

过了40号界碑，他们发现有几个渔民。走过去一看，几个渔民在河中撤下了长网，正在等待着鱼入网。

温友军突然发现他们的水桶里有一条二尺多长的大鲤鱼。这条大鲤鱼浑身泛红，双鳃一张一合地在挣扎。这样的大鲤鱼在额尔齐斯河已经不多见，不光长这么大难得，就连鱼种也已近乎灭绝。温友军对渔民说：“老乡，能不能把这条鱼放回河里去？它在额尔齐斯河已经不多见了。”

“这可不行！我们好不容易才打上来一条，为啥子要白白地放回去?”

“我们是为了钱。放回去，你给我们钱吗?”

温友军气得有些发抖。面对这些唯利是图的人，他突然觉得跟他们说等于是白说，他们眼里只有钱，维护生态平衡和环保意识，对他们来说淡而又淡，几乎没有。他强忍住愤怒：“你们想过没有，如果都像你们这样打，以后这条河里就没有鱼了，你们的后代不就失业了吗？”

“我们在这里打几年鱼，就回内地啰！谁还在这个地方喂蚊子。”

“要把大鲤鱼放回河里也行，但有一个交换条件：我们的船坏了，你们能不能帮我们推上岸？只要船一上岸，我保证立即把鱼放回河里，说话不算数的，是龟儿子。”一位看上去年纪稍长一些的渔民提出了这个条件。

额尔齐斯河的波涛哗地扑到岸边，又哗的一声退了下去。那种喧响，像是愤怒，也像是战栗。按说，作为军人，帮他们推船也是应该的，但面对他们那种贪婪与可恶的神态，温友军十分生气。他冷静地想了想，说：“好，咱们答应你。”

温友军带领战士下河，开始向上推船。船慢慢向岸上移动。为了让鲤鱼能够生还，他们使出了浑身的力气。正在推着，从远处弥漫过来一片黑乎乎的东西。渔民一看，大叫一声：“妈呀，是蚊网移过来了。”他们全都丢开船躲进了树林里。

船开始向下滑。

温友军大声对战士们说：“使劲，推上去。”

船停止下滑，又开始向岸上靠去。

蚊网飞到他们头顶，慢慢停住了，没过一分钟，便真的如一张大网似的，落向他们。毫无疑问，他们每个人的脸上立刻现出一副痛苦之色。为了不前功尽弃，温友军又大叫一声：“不要松手！往前推！”

船在一点一点向岸边靠近。

他们身上越来越黑。那些发黑的地方钻心地疼痛。蚊子开始集体进攻了。

船终于被推上了岸。他们躺到地上,一阵翻滚,身上的蚊子或被压死,或飞走了。

温友军走到渔民跟前,声色俱厉地说:“放鱼!”

“哎,要得要得。”渔民抱起大鲤鱼,走到河边,把它放进了水里。大鲤鱼摇摆了几下漂亮的尾巴,游到深水里去了。

今年6月份,院子里的蚊子也多了起来。新兵们刚来,整天叫嚷着,情绪越来越大。为了让大家尽快与北湾的蚊子“相识”,温友军让杰克带12名新兵到河口北线去修铁丝网,让他们初步与蚊子会会面。

出发时,杰克要求大家把衣服穿厚一些。新兵们不知道会有什么情况,没在意,只穿了一套迷彩服。

步行到河口,他们停了下来。由于最近河水上涨,许多树枝被河水冲过来,挂在了铁丝网上。河水退下去之后,桩子都已松散,铁丝网歪歪扭扭,呈倾倒之势。

杰克让大家散开,沿铁丝网向前检查,发现一处修一处。不一会儿,天突然变得暗淡起来。杰克仔细一看,从南面飞来了大片的蚊子。这些蚊子边飞边组成横一道、竖一道的队形,而这些队形组合在一起,变成一个纵横交错的蚊阵。杰克不由得惊叫一声:“蚊阵!”蚊子飞到他们跟前，停了下来，在空中一个挨着一个，似乎凝固了一般。大家感到奇怪，蚊子怎么能停在空中不动？正在惊奇之间，蚊子突然动了，像一股汹涌而来的大浪，直扑过来。蚊阵一般是不会轻易乱的，这十几个人的出现，使它们改变了以往的态度，呼啦啦一下扑在了他们的身上。

残忍的叮咬开始了。

新兵们一下乱套了，纷纷惊呼："蚊子来了！蚊子来了！"

杰克听着他们痛苦的叫声，默默地低下头，继续干活。他知道，蚊阵非常厉害，人一旦落入此阵，必将落得个面目全非，浑身胀痛的结果；但要在北湾待上三年，除了学会忍受，将别无选择。他干着活，忍受着蚊子的叮咬。这时候新兵们的叫声响成一片，但杰克一句话也没有说。他知道尽管他们被叮咬得痛苦不已，但这是必须承受的，况且对于他们来说，这仅仅只是个开始。

慢慢地，新兵们停止了叫喊，他们发现杰克在蚊子的叮咬下，没有任何反应，只是认真地修着铁丝网。他们好像意识到了什么，各自回到铁丝网跟前，干起了活。

一种意志与苦难的较量开始了。

这对于杰克来说，是一种永远都不会改变的坚守。

这对于新兵们来说，只是一个开始。

3. 坏事和好事

北湾每到春天，就有成群结队的燕子如约而至。

它们千里迢迢从南方飞来，一定是看中了这里是边防连并且依河傍水，既安全又舒适，便在这里筑巢而居。第一年，燕子们在连队的屋檐下筑了四个巢，产下一批雏燕。没过几天，一场大风刮来，燕窝被风吹破，雏燕掉到地上，摔死了两只。接着燕子们又重新筑巢，显然，它们立志要在北湾安家，虽然它们一点也不知道在产卵之后，会不会再次被大风劫掠一空。

爱终于降落到这群燕子身边。

连队干部战士组成了一支守护燕子的志愿者队伍，刮风的日子，他们分成班组昼夜看守，不辞辛苦。守护燕子成为北湾在那年春天里到处讨论的一个话题。

大风过后，战士们都高兴地笑了——燕巢还在，雌燕在育雏，雄燕在院子里欢快地飞翔。很快，雏燕就跟着父母们展翅飞翔在蓝天中。

这是一次爱的展示，爱的胜利。

燕子们终于在北湾安稳下来了。

战士们经常帮忙清扫燕窝，把自己的馒头节约下来，喂给燕子们吃。

燕子们对战士也有了感情，亲昵地在它们头顶飞来飞去，欢快的叫声像一首首美妙的歌。战士们巡逻归来时,燕子们对他们报以亲切的问候。他们只要一看到燕子,疲惫顿时消失殆尽。战士们在院子里训练时,燕子们就会停止叫唤,静静地看着他们。闲暇时间,战士们坐在门口看燕子们在天空中做飞翔表演,它们上下翻飞,矫健的身姿在天空中画出一道道漂亮的弧线。日落时分,红红的落日挂在远处的树梢上,周围是富有线条美的彩云,这时候,燕子们飞得更欢了,啁啾声响成一片,使人感到十分快慰。

然而,好景不长。进入夏天,蚊子像是蓄谋已久,突然成群地出现在院子里,它们专找人和牲畜叮咬,对燕子们当然也不放过。

战士们一一在房子里挂上蚊帐,不再出来了。北湾一时又变得酷热而沉闷起来。蚊子一出现,谁的心情都好不起来。

过了几天,大家发现燕子们不再在院子上空飞动。怀着好奇心,他们走到燕窝跟前一看,燕子全都蜷缩在里面,一动不动。是蚊子把它们咬蔫了。

战士们十分伤心。如果说,人在北湾面对蚊子是别无选择的,他们也早已无怨无悔承受着其中的艰苦与辛酸,但他们却不忍心看着给他们带来快乐的这群小精灵也如此遭罪。

后来的一天,北湾下了一场大雨。雨水使蚊子们暂时退避三舍。燕子从窝里飞出,在雨中飞翔,发出一连串的鸣叫。它们被憋得太久了,终于获取了飞翔的快乐和歌唱的幸福。

那天夜里,燕子们整整鸣叫了一夜。

第二天,天空晴朗,万里无云。然而晴天对于北湾来说,并不是好天气。这时,蚊子已蓄足了力气,呼啦啦地飞到了院子里。

大家采取以往的办法,闭门不出。

但是,他们很快就发现,燕子们不在了。时值 7 月,还不到飞回南方的时候,它们怎么提前离去了?

答案不言自明。一切都因为蚊子太猖獗。在蚊子王国,就连燕子也难以生存,蚊子可谓是把坏事干绝了。

燕子们飞走了,北湾的天空重新又变得空旷和冷清起来。战士们偶尔抬起头,用怀念的目光瞅瞅天空。他们看到,除了蚊子,什么也没有。

当然,北湾的蚊子也间接地干过好事。

在很早的时候,北湾的老百姓就传说这一带有一只白狼。此狼很少露面,一旦出现,农工们的羊和鸡鸭便接二连三地不翼而飞,数量之多不说,而且消失得无影无踪。农工们猜测,这都是大白狼干的。有的人甚至说,大白狼是灾星,谁要是碰上了,谁就会倒霉。

这些年,大白狼再没有出现过,人们对它也就慢慢淡忘了。这世界上能引起人大恨或大爱的事情,都直接与他们本身的利益有关。

叶蕴鹏和韩会兴都先后在北湾当过指导员,他们为了消除大白狼在农工和连队留下的迷信风,先后给大家讲狼善良和美好的一面。狼在很遥远的历史年代中,曾经被人类视为朋友和兄弟,是一个部落的向导和守护神，有的还成了部落的图腾和标志。在人类历史上，人与狼曾经相亲相爱过。

古埃及的吕科波利斯是一个省的省府，伟大哲人柏罗西的故乡，这个城市因为崇拜狼而成为出名的狼城。古希腊神殿中的阿波罗圣像，是由一只青铜铸造的狼守护的。罗马战神玛尔斯·阿瑞将狼作为自己的标志，有时还披上狼皮使自己变成一只狼，正是他引诱圣女雷娅·西尔维亚才导致罗马的创立。罗马以后的恩怨纠结与狼分不开了：雷娅·西尔维亚的两个孩子在台伯河的沼泽地遇难，一只母狼把兄弟俩救活并喂养他们。后来兄弟残杀，哥哥罗慕洛斯在母狼喂过他的山上建立了自己的城市，从此，罗马便将狼奉为图腾。在整个罗马世界，今天随处能看到那著名的狼的图案和标记。现在，狼在这个偏僻之地露面，不是专门来偷吃家畜，是因为饥饿不得已而为之，否则它就会丢命；狼不像人那样，因为贪婪，为了财富的积累而永无休止、永不满足地伤害世间事物。面对狼的行为，人只要加强防范就行了，毕竟狼是怕人的。

在两位指导员的教育下，大家改变了对狼的看法后不久，大白狼又出现了。

它的出现源自于北湾的一位猎人。他在树林里打了一只灰白相间的狼。本来，在非牧区狼是保护动物，但他为了一张狼皮褥子，还是把它打死了。打死那只狼的当天晚上，一只黑影射出两束绿莹莹的光芒，由远至近闪闪烁烁而来，闪烁到距离他家十来米处倏然熄灭。月亮这时候从云隙中洒下一丝光亮,黑影被照亮,是只白狼。它通体洁白,犹如冰雕一般。它足有两米长,四肢健壮,一看就知道它善于奔跑,当然也善于突袭。它趴在地上望着猎人的房子,一动不动。不多一会儿,它突然哭了起来——天地间响起一串惊天动地的号啕,村子里的人都被吓醒了。他们觉得,那哭声是有史以来听到的所有哭声中含金量最高、感染力最强的一种,并断定能发出此种哭声,它的眼里流出的绝非泪而是血。夜越来越黑,白狼哭声不断,每一声都令人潸然泪下。

白狼就这样哭了两个晚上。第三天,那个猎人把捕杀的那只灰狼背回树林,放在一块石头上。第四天,他到树林里一看,狼尸不见了。

从此,北湾的夜晚又恢复了平静。

过了没几天,战士们到南湾潜伏时,又与大白狼遭遇了。

那天晚上,几名战士趴在草丛中潜伏,正值蚊子猖狂的时节,没过多久,他们就被蚊子咬得疼痛不已。但边防士兵的职责仍在激励着他们,因此,谁也没有动一下。

突然,树林里出现一道白光,并逐渐向他们眼前移过来。等到了跟前,他们才看清,是大白狼。大白狼在疾驰之中,似乎也看见了他们,倏然停住,向前观看。战士们虽然在潜伏,但在只有十来米的距离之间,还是完全暴露在大白狼的视野里。大白狼可能很多天没有进食了,肚子干瘪,后腿显得很细,像是支撑不住躯体。但它的眼里放着凶光,失去同伴的愤恨依然存在。它前爪抠地,高昂着脑袋,用刀子一样的目光打量着几名战士,从它的目光里透露出一种东西,似乎这几名战士就是猎杀它同伴的凶手。

战士们当然感到委屈，但面对一只狼，用什么办法才能解释清楚呢？

大白狼将后体蹲下，把两个前腿抱在胸前，目光变得更为可怕起来。

这是狼进攻前惯用的动作。

战士们把子弹推上了膛，准备向大白狼射击。班长陈小平用低沉的声音说："不能开枪，这里是边界线。"

边界附近任何人都不能开枪，这在边防政策中有规定，气氛一下子变得紧张起来。虽然是一只大白狼，但它满目凶光的样子，让战士们如临大敌。

大白狼发出粗重的喘息声，两眼直盯着几名战士，它进攻的时候到了。突然，它头一低，脑袋乱摇了起来，并用一只前爪挠来挠去。它越挠越快，最后整个身子乱转起来。战士们屏息敛气地看着大白狼，他们知道蚊子开始咬它了。大白狼挠了一会儿，拿蚊子没办法，转身跑了。

直到大白狼消失在树林深处，战士们才松了一口气。

4. 额尔齐斯河上的摆渡人

杨发斌是志愿兵，在北湾边防连待了十三年，一直开汽艇。

连队到南湾去巡逻，必须越过额尔齐斯河，于是，在大漠的边缘，在额尔齐斯河的河面上，就有了汽艇。杨发斌便成了一位穿着陆军服装的艇长。

额尔齐斯河岸和河面上，蚊子照例也很多，再加上天热，人一进艇舱，如进蒸笼。杨发斌第一天被老艇长领到河边时，就被蚊子咬得手足无措。但那位老艇长却在蚊子的叮咬中一动不动，仿佛对蚊子根本不屑一顾。他像是明白了什么似的，停止了拍打，专心致志看老艇长开艇。

十几年过去了，他在开艇的过程中吃了多少苦，只有他一个人知道。外人提起额尔齐斯河，都为它的美丽赞叹不已，而换到一个长年与它厮守的人身上，就发不出多少感叹了。

杨发斌登上汽艇之后，开始边开艇边学理论知识。经过慢慢摸索，苦苦钻研，后来他从理论到维修，无一不通。从此，他对机电有了兴趣，汽艇、发电机、拖拉机、打草机、搂草机、电视机、录像机、卡拉OK机、卫星接收机等九种机电只要一出故障，他都能及时排除。大家都叫他“九机部长”。再后来，他又给附近团场农工修理家电，久而久之，包括哈萨克族在内的牧民都知道他的名字，阿勒泰军分区先后授予他“小能人”和“小行家”称号。

1992年，汽艇的钢盖垫发生故障，每次开出去，都发出呜呜呜的声音，像怪兽在号啕。杨发斌向团里报告，汽艇得修了，否则对整个结构都有影响。团里让杨发斌出面联系维修人员。杨发斌到克拉玛依联系了一家维修公司，人家提出每小时维修费300元，而且来回路途也要算工作时间。杨发斌一听,只好作罢。

杨发斌决定自己维修。

修推进泵时,因为没有吊车,他只好坐在水里,一只脚蹬在艇板上,抬着手臂拆卸那些零件。正拆着,推进泵的叶轮哗地掉了下来,砸在了他的脚面上。他的脚发出一阵灼痛,等他把叶轮拿开,他发现大脚趾被砸断了。

杨发斌一瘸一拐地走去卫生室,把脚包扎了起来。

第二天,有一个工作组到北湾检查,要乘艇去南湾。连长十分着急,因为除了杨发斌,别人都不会开艇。杨发斌知道这个消息后,一瘸一拐地走进连部,对连长说:"我去开吧,没关系。"连长见他走路都一摇一晃,不忍心让他去。但他一再表示,脚坏了对开艇没多大影响。连长只好派人把他送到汽艇上。

杨发斌用脚后跟踩着油门,启动了汽艇,汽艇缓缓向南岸驶去。开到河中心,他的脚发出一阵钻心的疼,紧接着,他的右腿也颤抖起来。油门因为他的腿颤抖而断油,汽艇开始摇晃起来。艇上的人没有觉察出汽艇的变化,仍在观赏着额尔齐斯河美丽的风景。但这对于一个艇长来说,自惭与不安却是不可避免的。杨发斌咬咬牙,用劲踩住了油门板,汽艇停止了摇晃,而他的脚则发出一阵撕心裂肺的疼痛。

从南湾返回后,他没有了力气,坐在那儿一动不动。别人问他为什么不走,他说:"你们先走吧,我要检查机器。"

杨发斌在边界上开艇,自然少不了要接触一些敏感的东西。

额尔齐斯河流到南湾的下游,便进入哈萨克斯坦,河水仍在无声地流淌,而一种无形的边关意识却使它在一种意念中悄然断裂。

这是中国唯一的一条流向别国的内陆河,从此一去不复返。

1995 年 6 月,阿勒泰军分区参谋长韩连庆带工作组到南湾 34 号哨楼去观察情况。杨发斌把他们送到南湾,便开艇返回。

汽艇划开河水,快速向前驶去。接近界河时,水变浅了,艇无法开过去。杨发斌知道,这个地方水缓,属于积沙地带,汽艇不好过。但他想,如果不从这里走,就得绕到河中心去,那样的话,很容易被哈方哨兵看见。于是,他对自己说:“过吧,过到什么地方算什么地方。”

杨发斌开着汽艇又往前走。汽艇行驶到离分界处还有十米时,突然冒起几缕黑烟,熄火了。原来螺旋桨被沙子堵死了。汽艇一熄火,便失去重心,被河水冲着,向哈方慢慢漂去。

杨发斌有些急了。他开艇十年了,还从来没有越过界。他一直为自己能驾驶新疆边防少有的汽艇而自豪,可如果今天越界,不但给参谋长一行的工作造成影响,而且会使自己十年来好不容易保持的无越界事件的纪录毁于一旦。

汽艇离分界处越来越近。

“怎么办,艇要越界了。”杨发斌有些焦躁不安。但就眼下的情况而言,除了下锚,再没有别的办法。他站在艇上冷静地观察了一下四周一会儿,将锚投入河中,汽艇停住了。两三米远的地方,就是界河分界线。

第五章
北湾的蚊子

杨发斌打开后舱盖，钻到舱内，再打开螺旋桨盖，一把一把地把里面的沙子掏掉。这艘汽艇已经老化，螺叶的间隙比较大，沙子和卵石都钻到了里面。掏完之后，他钻出来，发动汽艇，很快离开了分界处。

杨发斌开着汽艇靠岸之后，忍不住回头看了一眼界河的分界处，河水仍在平静地流淌着。他不由得发出一声感叹，这看似平静的界河，包含着多少不平静啊！

下午，杨发斌刚准备开艇去接韩参谋长一行，突然发现从额尔齐斯河的上游漂下来一大堆东西，等漂到近处，他才看清那是几个废纸箱。但那上面的字让他不由得敏感起来——那纸箱上有“中国·新疆制造”字样。他想，不管这些纸箱是否已被哈方军人发现，但作为中方军人，为维护本国的声誉，为不使这些纸箱引起某种不愉快的事情，必须把它们打捞上来。

他发动汽艇向那些纸箱开过去。开到纸箱跟前，却苦于无法腾出手去打捞。此时艇上只有他一个人，为了使汽艇保持平衡，作为驾驶员，无论如何不能离开驾驶舱半步。

那些纸箱快速向下游漂去，纸箱上的黑体字时隐时现，搅得杨发斌心急如焚。

很快，他想出了一个办法。他把汽艇开到纸箱前面，把它们拦在艇板上，然后，挂上倒挡，逆流而上，慢慢斜行，向岸边靠去。靠到岸边，他跳进水里，把那几个纸箱子扔上了岸。

额尔齐斯河重新变得宁静而又温馨起来。

5. 两个“小兵”

北湾的干部和志愿兵每年只有一次探亲假。因为春夏秋三季工作较忙，他们探亲便大多被安排在冬季。于是，他们的家属每年都要带着孩子来北湾看望丈夫一次。家属们到了北湾，自然没有多少事情，而孩子们只要一到连队，就忙乎开了。他们对战士们训练、执勤以及平时的生活制度都很感兴趣，争相模仿，时间长了，举手投足都颇有军人味。

于是，北湾就有了两个“小兵”。他们是杨发斌的儿子杨肖和指导员温友军的儿子温顺利。

杨肖是个小认真，第一天到北湾时，他妈妈给他换上一身新衣服。他照了照镜子，从妈妈的梳妆盒里拿出梳子，把头发梳得整整齐齐，才去和温顺利玩。

战士们在院子里走队列，口号声喊得震天动地。两个小家伙在一旁看了一会儿，不由自主地跟在后面学了起来。到了下午，他们学会了齐步走。

第二天，温顺利跟妈妈上街去了，杨肖便一个人跟在战士们后面练习。这天，他学会了跑步。

第三天，杨肖学会了踢正步。

几天下来，杨肖已样样精通，在伙伴们跟前能够正规地表演了。

战士们见杨肖认真可爱，便在闲暇时间有意识地训练他。

第五章
北湾的蚊子

杨肖不但聪明好学，而且能吃苦，并且养成了吃苦耐劳的好习惯。战士们给他下“立正”的口令，他就站在原地不动了，不管站多长时间。

一天，杨发斌和妻子做好晚饭，却到处找不到杨肖。后来，温顺利告诉他，杨肖在训练场上站军姿呢。杨发斌到训练场上一看，杨肖正双手紧贴裤缝，双眼目视前方，收腹挺胸，像一块立着的石板。

杨发斌内心一阵激动：儿子这么认真，要是长大了，穿一身军装，无疑是一名合格的战士。

他走到杨肖跟前，杨肖像没有看见他一样，目不斜视，一声不吭。他对杨肖说：“肖肖，回家去吃饭。”

杨肖啪地向杨发斌敬了一个礼：“报告杨班长，我正在练军姿，不能回去。”

原来，下午杨肖缠着一个老兵让他教自己练射击，老兵觉得孩子不能玩枪，就找了一个推辞的理由，对他说：“你要想打枪，就必须先站好军姿。只有军姿站好了，我才能教你打枪。”说完，老兵就走了。老兵想，杨肖站累了，肯定会自行回家。没料到，他却一直在这儿站了一个多小时，他的肚子早已饿了，却仍不回家。他把老兵的话当真了，并且相信，自己把军姿站好了，老兵就会教自己打枪。

杨发斌被儿子的认真劲感动了。他想夸奖杨肖几句，但又想到对于一个孩子来说，他自己认定的东西往往要比大人的夸奖更重要，于是就把话咽了回去。考虑到天已黑了，杨发斌还是把杨肖劝回去了。

没想到吃过饭后，又找不到杨肖了。杨发斌夫妇找来找去，最后才在训练场上找到了他，他又在那儿站军姿呢。

杨发斌的妻子上去拉杨肖回家，杨肖说："妈妈，那位老兵叔叔交给我的任务我还没有完成。我刚才离开了训练场，现在要补上。"

杨发斌夫妇望着他，一句话也说不出来。

第二天，那位老兵如实告诉他，部队的枪是不能让小孩动的，杨肖才打消了那个念头。

杨肖后来喜欢上了连队的战备锹。因为摸不上枪，他就把铁锹当枪，在院子里练刺杀。时间长了，他把一把战备锹舞得虎虎生风，挥洒自如。

战士们见他如此喜欢战备锹，就送给他一把报废的，让他拿着玩。从此，杨肖像是拥有了真枪似的，不管干啥，都是锹不离手。

一天，战士们用锹翻地，杨肖看见了，便忙不迭地拿出自己的"武器"加入到劳动的队伍中。他人小力气单薄，每铲一下，都要使很大的劲儿。大家都劝他停下，他却很不服气，低着头翻得更起劲了。

下午，那块地没有翻完，战士们都收工回去了。

吃完晚饭，杨发斌发现杨肖又不见了。他和妻子又是一阵好找，才在菜地里找到了杨肖。

杨肖还在挥锹翻地。

他用力把战备锹踩入地里，又稍蹲下身子，用两只手向下压锹柄，这样一锹土便被翻了起来。他用这样的动作不停地翻着，不一会儿，就翻了一大片地。

杨发斌夫妇站在一旁愣愣地看着,他们不敢相信,那一块地就是身高不到一米的儿子翻出来的。更重要的是,他翻得那么认真,几乎与大人没什么两样。杨发斌夫妇不明白,杨肖在家时是很调皮的,有时候甚至不听话,一到连队,是什么东西使他变得这么认真,竟在短短的时间里与原来判若两人?

杨肖没有发现父母正站在一旁默默看着他。他翻得完全入了神,连抬头喘气都不顾了。又过了一会儿,他的身上出汗了,前胸和后背的衣服湿成一片,贴到了身上。

直到把地翻完,杨肖才停住了。杨发斌的妻子哭着跑过去,把他身上的衣服脱下,用手绢擦着他身上的汗水。杨发斌用手抚摸着杨肖的肩说:“咱这儿子呀,天生一副男子汉的身子骨。”

杨发斌的妻子听了这话,破涕为笑。

另一个小兵温顺利长得虎头虎脑,尤其是一对耳朵,又大又厚,而且向外凸出很多,显得很扎眼。大多数情况下,温顺利显得有些内向,做事却很有主意。他一看到战士们训练,便召集另外几个小伙伴,赶快集合,在一旁照他们的架势比画。

温顺利身上最明显的特点是作风严谨,做事讲究规则。有时候,他到连部去玩,进门时先打报告,被允许之后,才进门。后来,温友军叫他,他答“到”;给他吩咐完事情之后,他答“是”。吃饭的时候,他自觉排到战士们的后面。

温顺利第一次来队时,正值蚊子的猖狂期。温友军把他们娘俩安顿在连队的土房子里,在门窗上钉上纱窗,让他们在里面待着。那一段时间,娘俩一直在房子里待着,很少出门。后来,温顺利憋不住了,天天趴在窗户上看战士们训练。实在受不了,他就朝温友军喊:"爸爸,我要出去。"但温友军对他"约法三章",不许他出门。为防止温顺利偷跑出去,温友军每次出门时,都把门反锁上。后来,温顺利知道了门反锁的原理,就趁母亲午睡的机会,偷偷把门打开,跑到院子里去玩。他在操场和房子前后乱跑,玩得十分高兴。然而当他回到房子里时,却已被蚊子咬得鼻青脸肿。

第二天,战士们在操场上训练,他一听到口号声,又要出去。温友军给他讲蚊子如何厉害,想把儿子唬住,他却说:"只要让我出去跟他们训练,蚊子再咬,我也不怕。"温友军没再说什么。他心想,要把这小家伙放在北湾当兵,还真是一个好兵。

温顺利被蚊子叮咬后,皮肤过敏。尤其是小咬,只要被它咬上一口,就会起一个水泡。温友军想起老家治水泡的办法,他找来干黄豆,破开,按在水泡上。干黄豆吸水,很快,就把里面的脓水吸了出来。后来,温顺利脸上的水泡越来越多,温友军只好领他去兵团185团医院看病,吃了吗啉胍药,才稍微有了好转。

尽管这样,温顺利还是喜欢往战士中间钻。战士们搞战术训练,他只要一听到口令,就和战士们一起往前爬。战士们被分到北湾后,在训练中有意识地安排了忍受蚊子叮咬的项目,目的是要让他们尽快适应环境。所以,有时候他们在搞匍匐前进训练时,故意要爬过一些草丛,因为草丛是蚊子的栖身地,一旦惊动它们,就会遭到残酷的叮咬。战士们都明白这一关迟早要过,所以都默默地忍受着。温顺利也像战士们一样,一声不吭,来回在草丛里爬着。

到了下午,温友军强硬地把他拉回房子。尽管他已经面目全非,但他叫嚷着,仍要出去。

过了几天,温友军带队到南线巡逻。临走时,他告诉温顺利,好好和妈妈待在房子里,不要再出去,明天就送他们回老家秦皇岛。

晚上,温友军带队返回,远远地就看见温顺利站在三角地等着他。下午,温顺利想着自己明天就要离开北湾了,决定在三角地迎接一次爸爸。有了这个想法,吃过晚饭,他偷偷地跑了出来。傍晚,三角地是蚊子的天地,不一会儿,他就被蚊子咬得无可招架,只好跑回连队。一进连队的院子,他觉得不妥,又转身跑了回来。回到三角地,蚊子又开始咬他,但他这次有了耐心,在河沿上来回走动,等着父亲归来。

一个孩子,能有这样的行为,对于长年在孤寂的边防上生活的温友军来说,确实是一个惊喜,他也得到一种从未有过的安慰。

第二年,温顺利又和母亲来队。

连队的狗生下了一只小狗,温顺利很快就和那只小狗成了朋友。温顺利一口一口地给小狗喂食。他那一双灵活的眼睛,似乎能洞察小狗的一切心事。小狗顽皮,走路与众不同,不知怎么了,老像是在跳着走。温顺利发现,小狗之所以这样,是怕别的狗欺负它。这时候,温顺利就把它叫到自己身边来,逗它玩,当它玩得高兴的时候,又把它放回狗中间去。温顺利经常领它外出觅食,吃完之后,就带它奔跑,玩要,爬树。他和小狗一起玩得很快乐。

后来,小狗病了。

时值酷暑,蚊子又多,温顺利把小狗抱回房子里,安置在床上并放下蚊帐,给小狗喂药,扇扇子。病重的小狗把温顺利的床铺和地上弄得到处都是腥臭味,但他只顾着照料它,好像闻不到似的。

温顺利陪伴了小狗六天六夜。

小狗的病慢慢好了。

温顺利带小狗到河边去玩。他见小狗很高兴,就把它放在河边,往它身上撩水。小狗玩得兴起,在石头上蹦跳起来。正应了那句老话,乐极生悲,小狗正在高兴地蹦跳,不料一个跟头从石头上栽入河中,转眼被河水冲走了。温顺利连忙去寻,河滩、树丛、沼泽地、水池等地方一一找遍了,却没有小狗的影子。他不死心,继续顺着河流向下找去。

温友军接到哨兵的报告后,立即带人赶到河边,大家沿河沿散开,找狗,也找人。

直到天黑,人和狗还没有找到。

温友军坐在河边,望着缓缓流淌的额尔齐斯河,顿时觉得它是那么陌生,那么揪心。找到现在,仍没有温顺利的影子,他已心力交瘁。

夜慢慢地深了,温友军打起精神,带大家再次在河沿上寻找。找到大河沿拐弯的地方,就见前面有一个影子向这边移动过来。温友军迫不及待地喊了一声:“顺利——”

“爸爸,是我。小狗找到了。”那个影子就是温顺利,他应了一声。

大家一拥而上,把他拥抱起来。他浑身湿湿的,怀里抱着那只小狗。原来,小狗被河水冲走之后,被困在一块石头上。他找到那块石头跟前时,小狗在上面发抖。他一着急,就下了水。水尽管不深,但因他个子小,还是淹到了他的胸部。他把狗举过头顶,回到了岸上。上岸之后,他才发现天已经黑了,于是就抱着狗急忙返回。

温顺利很快就要随妈妈回秦皇岛了。走的那天,全连把他们送出了营区。那只小狗跟在车后,一直送出很远。

6. 150 封家信

北湾入冬之后,蚊子就彻底消亡了。然而,蚊子刚散,大风又像是早已排好了队似的,如约而至。

北湾的风叫“老毛子风”,与别的风不一样,只要一刮起来,顷刻间便暗无天日,天地之间一片浑浊,五米外看不见东西。风把地上的草卷起,到处飞舞。营区地势较低,便成了风的舞台,人在营区行走,特别困难。大风使北湾的东西越来越少。去年,一场大风把连队后面的那棵两人合抱的大树连根拔起,吹到了额尔齐斯河中。但这还不算,北湾的风速最大可以达到每秒 30 多米。

连队接到克孜乌雍克边防营电话的那天,正刮着一场大风。那个电话给大家带来了惊喜：营部有北湾连队的150封信。大家都高兴不已，这150封信平均下来，每个人至少有三四封。但是呜呜狂叫的大风又让大家犯愁，这样的天气，用什么办法才能把信取回来呢？

下午，营长刘云柱要返回克孜乌雍克，排长卞小珂带战士韩鹏、乔新伟乘他的240卡车去取信，战士们把他们送到门外，满心欢喜地叮嘱他们早点回来。

大风把树叶吹得落了厚厚一层，240卡车像犁地一样，划开树叶，吃力地向前开去。走到比利时大桥时，240卡车在一个大坑中一颠，缸盖垫子被冲掉了，没办法前行，驾驶员只好把水箱里的水放掉，以防被冻坏。

风仍在不停地刮着。风中的沙子打在人脸上，一阵灼疼。大家都背着风蹲在地上，防止沙子钻到眼睛里。刘云柱在北湾一带当兵时间长，知道5公里外有一户牧民，便决定去那里求援。他让其他人挤在驾驶室里等候，他带卞小珂去找那户牧民。

两个人一上路，发现是顺风，于是，他俩便跑步向前，这样，不但省力，而且节约时间。

两个人跑了三四十分钟，到了那户牧民家。牧民出去放牧了，家中只有他的妻子。刘云柱说借她家的马用用，她点头同意，把他们领到了马圈里。但她家的那匹马因为在外放惯了，牵了半天，也没有牵住。卞小珂一着急，从腰上抽出皮带，套住马头，才把它牵住。牧民的妻子找来一根绳子，在马头上三绕两绕，就把马头缚住了。她把绳子递给卞小珂,用生硬的汉语说:“骑走吧!”

卞小珂一看马光着背,就对她说:“能不能找个鞍子?”

她双手一摊,表示无可奈何。后来她想了想,从屋子里拿出一个麻袋,垫在马背上。刘云柱对卞小珂说:“你骑马去185团找供销科的刘明英科长,他是我的好朋友。请他无论如何派一辆大车来拖我们的车。”

卞小珂翻身上马,向185团疾驰而去。刘云柱向牧民的妻子道一声谢,转身向抛锚的车走去。

刘云柱回到比利时大桥时,一场更大的风刮了起来。远处有大团乌黑的东西正向这边滚过来,像是大漠所有的沙子都被风刮了起来。

留守的几个人躲在驾驶室里冷得发抖。大风使气温骤然下降,就是坐在驾驶室里,也无法御寒。

刘云柱让驾驶员把汽油抽出,倒在罐头盒里,点燃,让大家取暖。因为怕爆炸,每次只能倒进少量的汽油,点着之后,大家赶紧围上来,烤手也烤脸。烤了一会儿,他们都瞅着别人的脸笑了起来。原来,汽油的黑烟把大家的脸都熏黑了,看上去像古戏中的包公。

卞小珂很快就叫来了大车。那辆240像病倒的汉子一样被拖出大坑,接着,又被拖着向克孜乌雍克方向行驶。

风仍在呼啸着,像贪婪而又凶恶的大手,用力扇在车身上,车身发出噼噼啪啪的声响。整个戈壁似乎都在风中战栗。

第二天,天转晴了,戈壁上没有一丝风。明亮的阳光照射着戈壁,使它明净了许多。

卞小珂留下乔新伟修车，自己和韩鹏背起那150封信和一摞报纸，向北湾走去。

刚走到比利时大桥，卞小珂看见前面的山顶上突然飘过一大团乌云。他觉得奇怪，这团乌云怎么这么低，几乎贴到了地面上。他正在纳闷，就见那团乌云像是被什么扭了一把，突然散开，一部分铺在地上，滚滚而来；另一部分直上云霄，顷刻间便把天空遮掩得严严实实，无一丝光亮。

卞小珂和韩鹏大吃一惊。他们知道，这就是北湾出名的老毛子风。今天遇上它，可麻烦了。

老毛子风越来越近，越来越快，刮到他俩跟前时，呼的一声穿掠而过。两个人赶紧闭上眼睛，以防眼睛被风刮坏。他们只觉得脚下的沙子全都飞了起来，整个大地在哗哗作响，似乎马上要被这场大风掀翻。

卞小珂抓住韩鹏的手，大声对他说："咱们找个地方躲起来。"说完，便拽着韩鹏向一个山包跑去。但他们没有想到，在老毛子风中行走十分困难，两人刚迈动脚步，就感到身体被一股很大的力量推拥着，差点摔倒在地。卞小珂急中生智，对韩鹏说："猫腰前进。"两个人猫着腰，这才感到稍微轻松了一些。他们一鼓作气，跑到了那个小山包背风的一面。

两人背靠背坐在地上，大口地喘着粗气。遇上老毛子风，谁也不敢轻举妄动，他们决定等待。

第五章
北湾的蚊子

一个多小时后，风慢慢地停了。

卞小珂和韩鹏拍掉身上的沙土，转身向北湾走去。戈壁滩被刚才的大风吹刮一番，表面的沙子已消失殆尽，显示出一种让人触目惊心的光滑。

没走多远，两人觉得身后有异，回头一看，不由得大吃一惊：一团乌黑的东西从后面又刮了过来。这是老毛子风在施展倒回的淫威。它在一般情况下，刮到一定的程度，旋转一圈，又会回到原来的地方。

两人赶紧找了一个小山包，躲在背风的一面。像刚才一样，倒回的老毛子风依然不减凶猛之势，从他们身边刮过时，像一张恶兽的大嘴，一下子就把天地吞没了。

两个人只好又躲在山包后面等待老毛子风过去。

两个多小时过去了，老毛子风没有丝毫要收住的意思。卞小珂想，是不是老毛子风就是从这个地方开始刮的，如果是这样的话，等到天黑，它也不可能停。于是，他对韩鹏说："咱们得走，这地方弄不好是老毛子风的窝。"韩鹏觉得他说得有道理，于是说："那咱们就往前走吧。"

两个人手拉手，站起，向前走去。没料到，在顺风中行走却异常轻松。卞小珂对韩鹏说："咱们干脆跑吧。顺风跑，省力得很。"两人于是松开手，向前跑去。

风仍在狂吼般地呼啸着，而这时候，卞小珂和韩鹏却觉得老毛子风太好了，吹动着他们，轻轻松松向前跑去。

也不知跑了多久，当他们发现脚步有些跟不上大风的时候，才意识到,老毛子风不知在什么时候已变得更大了。他们想停住,但刚一收住脚步,人便一个趔趄,摔倒在地。从地上爬起,两人只好又顺着风向前跑去。

风越来越大,地上的沙子被吹起,光线慢慢暗了下来。过了一会儿,卞小珂和韩鹏只觉得脚下的土地也变得恍惚起来,稍远的地方,一切似乎都在飘浮。卞小珂和韩鹏有意识地拉紧手,毫不迟疑地向前跑去。正跑着,跑在前面的韩鹏突然撞在一块硬邦邦的东西上。他只觉得胸部一阵疼痛,接着就什么也不知道了。卞小珂一看韩鹏撞在一块石头上,身子一歪,倒了下去,赶紧把左右腿一前一后错开,收住身子,趴在了大地上。大风呜的一声从头顶穿掠而过。

卞小珂抱起韩鹏,见他嘴里冒着血。韩鹏的胸脯刚才撞在石头上,伤得不轻。卞小珂把韩鹏抱到石头后面,让他休息。然而,他刚把韩鹏安顿好,一股更大的风又刮了过来。他背上的书包被高高刮起,扯着他,在风中噼啪作响。书包里装着连队的150封信,可不敢出什么差错。卞小珂一着急,赶紧伸手去抓书包,刚把书包抓住,大风刮过一团骆驼刺砰的一声打在了他身上。他的手和脸立刻被刺破了。他用手拨开骆驼刺,躲到了石头后面。那团骆驼刺又呼的一声被风刮走了。

韩鹏见卞小珂的手和脸上都在流血,不无担忧地对他说:“排长,你也受伤了。”

卞小珂说:“没事的。这次领教了老毛子风的厉害,下次就知道了。”

卞小珂和韩鹏不敢再走了,背靠着石头,闭上眼睛,任凭大风震天撼地地吹。他们想,就是你刮到明天,我们也不再冒险了。况且他们也不相信,一场风能刮两天。

两个多小时后,老毛子风终于停了。

天地之间重获光明,四周一片寂静。

卞小珂搀扶着韩鹏向前走去。没走多远,他们就看见了额尔齐斯河边的那片胡杨林,胡杨林的后面,就是连队的哨楼。

两个人感到整个身心一阵轻松,随即都忍不住哭了。

这在老毛子风中蕴藏到最后的泪水,终于落在戈壁上。

7. 雪之刃

北湾的大风好不容易停住,天空中就纷纷扬扬地下起了雪,一年中最难度过的冬天来了。由于气温太低,雪花落下后,一片片如同利刃,划在人的脸上,钻心地疼。北湾最冷的时候,可以达到零下 40 摄氏度,哨楼上由于风大,则达到零下 45 摄氏度。

1996 年冬天,北湾下了一场几十年罕见的大雪,最浅的地方都快一米左右。连队的饲料不够,全连去大草滩把雪挖开一道槽,让羊先吃,然后再把牛赶进去。因为羊只吃草叶,而牛可以吃草根。牛吃完之后,再把马赶进去,马用蹄子把更深处的雪刨开,去吃里面的草。

卫生员李兴旺是在那场大雪之前上站的。由于刚上站,对北湾的气候不大了解,所以他觉得一场雪很快就会融化,天气也会慢慢变暖。

第二天出操的时候,他虽然戴上了皮帽,但没有放帽耳朵。跑到中途,他觉得耳朵有些麻木,就用手搓了搓,坚持跑完了操。回到房中,耳朵又有些麻木,他就凑到暖气包跟前烤了烤,这时候,他觉得耳朵有些发烫。等他洗完脸,耳朵已经肿了起来,顷刻间变得像两只蘑菇。他用手一摸,耳朵已经完全麻木了。他很后悔,觉得自己是一名卫生员,在这方面应该有所防范,但因为自己粗心,出现了不该出现的现象,无法和战友说清。他悄悄地抹上药,用帽耳朵护着,不好意思让耳朵露在外面。过了一个月,他的耳朵才消肿。

这之后,在天冷的日子,他经常提醒大家防寒,不要让在自己身上出现过的现象再度出现。然而没过多久,另一名新卫生员张清山上站后,寒冷又在他身上演了一出闹剧。张清山上站的第二天晚上,与杜峰一起站哨。天气很冷,张清山边跺脚边说:“这天,冻死人哩!”

杜峰对他说:“这还不算最冷的天,要是到元月份,那才叫冷呢!”

“会冷到什么程度?”

“打个比方,就拿眼前的这个记分牌来说,到那时候人都不敢摸,一摸,肉粘到上面就拿不下来了。”

“有那么厉害吗?”

张清山看看记分牌,见它跟往常一样,既没有结冰,也没有结霜。于是,他就伸出舌头去舔,没料到,这一舔,舌头果然粘在上面了。他使劲往下扯,舌根一阵疼痛,舌头仍然牢牢地被粘在记分牌上。因为舌头被粘住,他无法说话,只能发出噢噢的声音。

杜峰见张清山的舌头被粘在记分牌上了,大吃一惊:“妈的,今年冷得比去年还早。”

张清山的舌尖上已开始流血,因天气太冷,加上舌头被粘在铁片上,很快就裂开了口子。

杜峰连忙从口袋里掏出一个打火机,蹲下身子,用火苗烤记分牌的底部。烤了一会儿,记分牌没有吸热,而打火机却被烧坏了。杜峰拿起记分牌,让张清山低着头跟着,一起向炊事班走去。两人迈着一致的步伐,小心翼翼地进了炊事班。

杜峰把记分牌放到暖气包跟前,张清山低着头,等待着记分牌升温。过了一会儿,记分牌有了温度,张清山的舌头才被揭下来。他动了动舌头,感觉到一种从未有过的酸痛。

两个人走出炊事班,向哨位上走去,扑面而来的寒风又像刀子一样割着他们的脸。

第六章　吉木乃国门

1. 国门下的仪仗队

1992年7月，随着中国和哈萨克斯坦开放吉木乃口岸协定的签署，出入国门的国内外游客日渐增多。为了充分展示国门形象，壮我军威国威，吉木乃边防连成立了国门仪仗队。

这个国门仪仗队由16名战士、2名干部、3名护旗手共21名官兵组成。他们仪表端庄，军事素质过硬，身高都在1.70米以上。成为仪仗队员是不容易的，他们要比连队其他战士多吃许多苦，多流许多汗。为练出威武的军姿和过硬的军事技能，三九冒着风雪，三伏顶着烈日，夜晚披着星月，苦练不止。

一天中午，饶永建路过班排门口，见战士王挺海的铺空着，便觉得很奇怪，按规定，中午所有的人都应该休息，他会跑到哪儿去呢？

饶永建沿着院子走了一圈，走到通往训练场的那个侧门门口时，看见王挺海躺在一块水泥板上，双手紧贴裤缝，一动不动。饶永建明白他这是在练背功。王挺海刚进仪仗队时，背有点驼。后来经过认真的校正，虽有所长进，但驼的痕迹仍不时地暴露出来。他能吃苦，在训练中往往比别人下更大的功夫，有时候甚至加班加点地给自己“开小灶”。今天，他又把中午休息的时间利用起来了。

天气很热，不一会儿，王挺海的脸上就冒出了汗。又过了一会儿，他的衣服上也一团一团地湿了。但他仍坚持平躺着，一动不动。

饶永建知道，王挺海要的就是这种效果。

其实，王挺海采取的这种方法只是他纠正驼背的一种，在平时，他每天都要坚持练两个小时的军姿。有一次，他正在练军姿，突然感到眼前一黑，一头栽倒在地，醒过来后，他拍掉身上的土，继续练了起来。后来，他的驼背稍微校正了一些，他为了更上一层楼，晚上睡觉时，悄悄把褥子抽掉，把枕头挪开，平躺在床板上。这样过了半年，他的脊背有了明显的改变。

一个多小时过去了，王挺海仍躺在水泥板上纹丝不动，他的全身已被汗水浸湿。可想而知，他流出了多少汗水。

饶永建站在一边默默地看着。他知道，王挺海意念集中的脊背内部，热量已经像大火一样燃烧了起来，同时燃烧的，还有他的意志。这些东西燃烧的最终结果，就是把一个战士锻造成国门下全面合格的仪仗兵，去接受所有人的检阅，去映衬国门的威严与永恒。

下午操课的哨声响了，王挺海从水泥板上站起来，向班里走去。水泥板上留下一个湿湿的人印。这个人印如果不是被饶永建看见，将永远不会被别人知道。

吉木乃国门仪仗队队员的身后，留下了多少这样的人印啊！

在仪仗队中与王挺海一样能够吃苦耐劳的还有一名战士，他叫高军。

炎热的盛夏，谁都对火辣辣的太阳避而远之。然而，高军却专拣太阳毒辣的时候去练军姿。高军每次去练军姿时少不了这几种东西：战备锹、大头针和塑料笔记本。

到了训练场，高军先在腰间系上战备锹，防止腰板弯曲；接着，在两腿之间夹一个笔记本，防止两腿夹不紧；最后，在领口两边别上大头针，防止脖颈左右摇动。

这样的"装备"自然要求他一动也不能动。

高军每次训练的标准是两个小时。这两个小时内不能动不说，还要时刻保持面带笑容，因为练军姿的最终目的就是接受检阅，其神情是至关重要的，不管多么难受，脸上都不能流露出丝毫痛苦状。高军在每次训练时，如果哪个部位动了或感觉到自己脸部的神情不那么自然，他都要从头再来。

高军正在"全副武装"地站军姿，突然一条蛇爬到了他的脚边。吉木乃虽然属干旱地带，但有很多种毒蛇，常常在草地、树枝和路面上爬行。起先，他以为它发现自己之后，就会走开。但过了好一会儿，那条蛇不但没有走开，还绕着他爬来爬去，似乎在寻找噬咬的地方。高军有些紧张，他已经用眼的余光认出这是一条毒蛇；如果它真咬自己一口，那可就麻烦了。高军想解下身上的“装备”，把毒蛇赶走。但转念又一想，假如此时自己正在接受检阅，首长或外宾已经迎面走过来，自己能这样做吗？一想到这里，一种责任感使他顿时觉得就是毒蛇也不可怕，可怕的是自己的意志被突然摧毁，使仪仗兵的风采受损。

那条毒蛇仍在绕着高军爬来爬去，没有要走开的意思，而高军已经平静下来了。他觉得此时自己就是在接受着检阅，必须目不斜视，拿出该拿出的架势来。那条毒蛇见高军纹丝不动，过了一会儿，自己爬走了。

高军松了一口气。此时的他虽然仍一动不动，脸上保持着迎接首长时的那种神情，但内心却充满一种被肯定、被赞赏的感觉。

对于国门仪仗队的战士来说，平时哪怕吃再多苦，目的只有一个，那就是在接受检阅的时候，不出任何差错。关于这一点，从小的方面来说，是责任和任务；从大的方面来说，是一个国家的声誉和一支军队的尊严的体现。所以，迎宾时间不管多长，仪仗队员必须做到头不歪，腰不弯，身不晃，腿不动。

1995 年 8 月，解放军总政治部一位首长来国门参观，仪仗队身着整齐的服装在国门下顶着 37 摄氏度的高温迎候他的检阅。不到一刻钟，汗水便浸透了战士们全身。

偏在这时，一只蜜蜂嗡嗡地飞到了蒋开九的面前。他听到蜜蜂的振翅声，用眼睛的余光看见那位首长正神情专注地向这边走来。他在心里说，蜜蜂啊，你可别在这时候蜇我。然而，那只蜜蜂像是故意要与他作对一样,直直地落在他脸上,真把他蜇了一下。他感到满脸火辣辣地疼,但是,他咬紧牙关,像塑像一样站在队列里纹丝不动。礼毕后,小蒋的脸红肿得像个熟透的桃子。

国门仪仗队自成立以来,先后完成迎宾任务近百次,曾接受过 32 位国家领导人、部队将军和中外人士的检阅。时任国务院总理朱镕基、中国人民解放军总参谋长傅全有、原兰州军区司令员刘精松都亲自检阅过这支仪仗队,均夸赞他们训练有素,作风严格。

2. 会晤者的风度

吉木乃会晤站与边防连只有一墙相隔。

与边防连不同的是,会晤站担负着边境事务会谈会晤的工作。

随着近些年中哈边界逐渐变得和平和友好,会晤者更多面临的是一些感情的沟通和友谊的维持。

会晤站站长是老会晤工作者了。他讲一口夹杂着湖南口音的普通话,听者稍不注意,就会把他说的“西安政治学院”听成“西安争举(经济)学院”。他热爱会晤工作,觉得在边防上面对面地与哈方的代表交谈,自己正代表着一个国家和民族的形象。

1994 年,中国亿万人民掀起一股学习《邓小平文选》第三卷的热潮。在一次会晤时,会晤站站长向哈方会谈代表介绍了这本书,并对他们说,三中全会以后中国的改革形势一片大好。哈方代表听了以后,也觉得中国搞经济改革已出现好的势头。哈方代表很想看一看《邓小平文选》第三卷，但苦于没有俄文版的，只好遗憾地耸耸肩膀。第二次会晤时，他将四本精装本的俄文《邓小平文选》第三卷捧到哈方代表面前，哈方代表高兴不已，连声向他道谢。

后来，他到哈萨克斯坦迈哈布其盖进行会谈。休息期间他参观哈方战士的宿舍和学习室，看到他们把《邓小平文选》第三卷和一些中国对外宣传刊物端端正正摆在书架上。哈方副代表说："您看，您送我们的书和画册，我们已作为必读的材料。我们的士兵读了这些书之后认识到，中国是注重友谊的。我们的士兵已经记住了这些。"

中方付出了真诚，很快就得到了哈方的回报。

1997 年，喀纳斯方向哈方的森林着火，斋桑边境会谈会晤站及时通知我方，我方做好了防火的措施，避免了大火烧向中方的森林。

今年 5 月，兵团 185 团出现大面积蝗灾，中方决定出动直升机灭蝗。因为直升机要在边界上飞翔，我方会晤站提前提出会晤，征求哈方的意见。哈方表示完全理解，并同意中方的意见。后来，为了进一步灭蝗，我方又向哈方提出：我方飞机可能在灭蝗过程中要越界，贵方意下如何？哈方很快回话，为了灭蝗灾，我们同意中方的方案。

这是和平时期两个国家关系友好的最有力的证明。

3. 同一种真诚

这是一个平静的夜晚。

这也是一个属于吉木乃边防连的夜晚。阿勒泰军分区军务科科长和吉木乃边防连连长韩阁同住一室。奇怪的是,两个人居然都失眠了。科长和韩阁实在无法入睡,便各自搬一个小凳,到院子里坐着聊天。

韩阁的妻子今天带着孩子到了连队。她早上从哈巴河县坐公交车出发,到布尔津县转车。由于所乘的两辆车在路上都抛锚一次,耽误了三个多小时。

母女俩赶到连队时,韩阁正在给一个工作组介绍吉木乃方向中哈边界的情况。女儿走进院子立刻挣脱母亲的手,冲到门口,高声喊:“爸爸,爸爸!”韩阁的脸上露出一丝急切的神情,但他并没有中断话语。女儿跑进来,抓住他的手,他把手转了一下,紧紧握住了女儿的小手。工作组的人有些于心不忍,劝他去照看妻子和女儿,但他还是非常细致地把整个防区的情况讲解了一遍。

韩阁的妻子今天带来两个不好的消息:一是家里的电话被别人盗用;二是这次团里安排干部家属就业,可能没有她。

团干部股股长马晓江就坐在韩阁旁边,于是,大家让他就韩阁的家属就业这件事表个态。

马晓江一脸的为难之色。他向大家透露,韩阁的家属在他来吉木乃之前,已经正式报上去了,但没有批下来。这次需要就业的干部家属很多,竞争很激烈,目前他无法估计。

韩阁苦笑了一下说:"算了,这事不提了。"

说是不提,其实大家知道这件事在韩阁心中的分量。他本来想利用这次就业的机会报答一下妻子。妻子为了他,从天府之国四川来到新疆,多少年了,一个人操持家务,一个人带孩子。韩阁渴望能给妻子找个工作,以改变一下生活,减轻一下她的心理压力。

就是这样,边防军人,几乎谁都欠着妻子一笔重重的感情债,而且谁也没有把握在什么时候能把这笔债还上。因为这些女人嫁给边防军人的时候,正是风华正茂、最具青春活力的时候,而她们在这个时候做出的牺牲,实际上是一种永远不可能从头再来的生命磨损。你将来也许能偿还给她们金钱,偿还给她们财富,但你能偿还给她们过早逝去的作为女人的黄金时代吗?

正因为如此,韩阁为妻子的这次到来感到忧心忡忡。他知道,妻子在吉木乃逗留期间,他没有办法消除压在她心头的阴影。与其说她这次是上来看望自己的,倒不如说是来诉苦的。因此,韩阁不敢想象,当妻子知道自己再一次就业无望时,她将会多么失望和悲伤。但面对残酷的现实,他又有什么办法呢?

说起电话被盗用,韩阁终于感到可以发泄发泄胸中的郁闷了。他之所以在家里安装电话,就是因为边防连有部程控电话,这样他便能经常与妻子和女儿通话。女儿已经5岁多了,知道思念爸爸了,她每天晚上都要给韩阁打个电话，听他说说话，最后听他劝解一番，才能安然入睡。妻子的思念也只能通过电话向韩阁倾诉。自从有了电话，韩阁和妻子、女儿彼此间都觉得离得更近了。相互的安慰和体贴，使平静和孤寂的生活变得充实和快乐起来。

一次，韩阁外出巡逻，其时正值深冬，而且天下着大雪。他想，如果把这情况告诉妻子，她一定会为自己担忧。于是，便决定回来后再和她通话。韩阁走后的第二天，他妻子便有一种心神不宁的感觉。她立即打电话到吉木乃，得知韩阁带队冒着大雪去巡逻了，她的心就悬了起来。后来，她的预感得到了验证。韩阁在第二天的巡逻中，迷失了方向。他带着战士们到处找路，有好多次在雪里遇到险情。经过一天一夜的苦苦跋涉，终于艰难地返回吉木乃。回到连队，韩阁听说妻子已打过无数次电话，顾不上脱下已经结冰的衣服，冲到电话机前，当即拨通家中的电话。妻子听到他的声音，立刻泣不成声。

电话在韩阁与妻子和女儿之间，成了互相支撑的感情线和生命线。

这次电话被盗用，电话费计 500 多元钱。这种事情莫名其妙地落到已经承受了太多磨难的韩阁头上，确实让他难以忍受。

马晓江刚好在吉木乃，大家请求马晓江回到团里之后，向保卫股通报一声，争取尽快查出盗打电话的人。

韩阁对马晓江很郑重地说："拜托。"

军务科长兵龄长，应该算老兵。老兵自然有老兵的苦衷。说起在部队的经历，善开玩笑的李德鸿发出一声感叹，语气一下子变得沉缓和伤感起来。

他的父亲第一次报病危时，他在红山嘴边防连蹲点。当时阿勒泰下过一场大雪，所有的道路都被封死，无法下山。他打电话与团里联系，团里派一名战士送他的妻子和孩子从富蕴赶到乌苏去看望父亲。作为儿媳，照顾大小便失禁的公公，有诸多不便。但她很是孝顺，加之考虑到他被大雪阻隔在红山嘴，不能亲自来照顾，便不顾一切地把该做的和不该做的事都做了。

他下山，她扑进他的怀里大哭一场。作为一个女人，她为作为军人的丈夫承担了格外多的沉重与艰辛。他陪着她哭。妻子的眼泪，是经历了苦痛之后的一种发泄；他的眼泪，却是复杂的，有愧疚，有伤痛，也有无奈。

父亲从那次病倒后，再也没有起来。他每次回去，只能照看父亲十多天。每次当他从父亲的病床前转身离去时，眼里都盈满泪水。他多么想留下来好好照顾父亲。对于一个病人，如果能经常看到亲人在身边，他的心里会好受一些，这对他身体的恢复也能起到一定的支持作用。但他不能不回部队。父亲这边他可以忍痛做出选择，而部队那边的事，少了他，却是不行的。

1997 年底，他觉得父亲可能不行了。他去问医生，医生告诉他，还可以再坚持一段时间。这时候，他接到了去陕西参加军务科(股)长集训的通知。临走时，他叮嘱家里人，一定要和医生商量，想办法让父亲挺过这段时间。他知道父亲的生命已近尾声,再无回天之力,因而他想给父亲送终。母亲去世时,他就不在她身边,多少年了,兄弟姐妹都不能理解他。

他到乌鲁木齐报到的第二天,就收到传呼:父去世。

他找到阿勒泰军分区副司令,副司令向新疆军区请示,新疆军区又向兰州军区请示,最后得到的答复是:"如果科长不能去,副科长也可以参加集训。但每个单位必须有一位军务科(股)长参加,不得缺少。"

然而,阿勒泰军分区在编制上没有军务科副科长。

副司令问他:"你看咋办?"

"我去。"他艰难地说出了这两个字。

集训完毕,他赶到父亲的坟上去烧纸,请求老人家的在天之灵原谅自己没有尽孝。他跪在坟前,哭了个天昏地暗。

今年女儿参加完期末考试,她用自己平时积攒的钱给他买了一双功夫鞋,一双白袜子,利用探亲的机会送到了边防。当女儿把鞋和袜子塞到他手里,两人不由得抱头痛哭起来。女儿说:"爸爸,你老是穿黑色袜子。"他回答:"爸爸没时间,白袜子容易脏,穿黑袜子看不出来。"

其实,他洗袜子的时间还是有的。后来他仔细思索了一下,便明白了自己选择黑袜子的心理缘故了:在边防上待的时间长了,在朴素意识的驱使下,就连穿衣也不知不觉地变得简单又简单了。

他现在和大多数与他同年龄、同职务的人一样,在考虑着去与留的问题。如果转业,究竟回什么地方,他至今心里没数。他在桂林长到11

岁时，到了新疆乌苏。现在如果离开部队，桂林是进不去的，也不可能回乌苏，因为父母均已去世；妻子所在单位也不可能接收，乌鲁木齐更不可能找到立足之地，因为没立过二等功。三等功倒有几个，但不起作用。

第二天一早，大家劝韩阁给自己放一天假，陪陪妻子和女儿。然而不到中午，韩阁突然接到新的任务：前几天邻国界碑上的国徽被风刮掉了，很有可能被刮到吉木乃防区内，上级命令吉木乃边防连和武警、公安两家联合起来紧急寻找。

韩阁的脸色一下子就庄重起来了，他一边和指导员商量寻找方法，一边让通讯员去告诉妻子一声，自己马上要出去了。

大家在一旁静静地看着韩阁，此时的他，就像一只即将要扑出去的老虎，浑身充满力量。不用说，他早已把昨晚谈到的那些忧伤置之脑后了。边防军人就是这样啊，一旦边防上有情况，他们会立刻把一切事情都放下，全身心地去履行自己的职责。

过了一会儿，韩阁带着几个人急匆匆地走出了连队的院子。马匹已在院外备好，他们翻身上马，疾驰而去。

吉木乃一带虽然干旱，但昨天的一场雨使道路变得泥泞难走。在这种情况下，韩阁他们出去寻找邻国被风刮掉的国徽，其难度是可想而知的。

中午，韩阁他们回来了。从他们的神情上看，东西没找到。

韩阁的脸上少了些早上出发时的冲动,从他努力保持着平静的神情中,可以看出几许不安与焦虑。他女儿喊了几声爸爸,向他扑了过去。他看着女儿天真活泼的眼睛,心情却一下子变得沉重起来。

吃完午饭,他们又急急忙忙地走了。

大家像上午那样待在连里等待他们归来的消息。整个下午的等待变得非常沉重。中午吃饭时,韩阁说,下午寻找的难度可能要加大了,要去山谷和河水中寻找。

晚上,韩阁他们仍空手而归。韩阁决定明天请老护边员斯兰木出山,带领大家去寻找。

第二天一大早,韩阁带着大家赶到斯兰木家。斯兰木躺在炕上,瘦小的身子裹着一条绿毯子。他已是69岁的人了,但从神情上看,也就50来岁的样子。韩阁给他点上一支烟,他挣扎着欠了欠身子,双手接住。

斯兰木的女儿知道大家的来意,在一旁介绍说:“我爸爸一辈子没离开过马背,天天都是出去上马出门,回来下马进门。60多岁的人了,硬是让马给摔了。你看现在落个半身不遂……但他把巡边的事儿看得很重呢！每天大哥回来之后都得给他汇报一下,如果有什么情况,他分析一下,就让大哥去连里报告。遇到农闲的时候,他就让我们骑马去补补铁丝网,埋一埋界桩,去争议地区看看有没有快越界的牛羊。如果有,就把它们赶回来。”

望着躺在床上的斯兰木,大家都不忍心提出让他出去找国徽。但是，目前的任务是刻不容缓的，而且，除了他，确实没有别的办法可想。韩阁面挂着笑容，对他说："大叔，有件事得您给我们帮忙。前几天邻国界碑上的国徽被风刮掉，估计刮到我们这边来了，我们已经找了一天，都没有找到，现在只好请您帮个忙。"

韩阁刚把话说完，斯兰木朝大儿子一挥手，意思是，走。

大儿子爬上炕，给斯兰木穿好衣服，然后把他背了起来。

一出门，趴在大儿子身上的老人详细询问起边界上的事情，韩阁像个学生似的一一作答。看见第一个界桩时，老人让儿子停下，盯着那个界桩看了足有五分钟。这时候，大家从他的眼睛里发现了一种留恋和迷醉。他伸出手，慢慢地摸着界桩。气氛一下子庄严起来。大家默默地看着他，心里对一个老守边员肃然起敬。过了一会儿，老人平静了下来，用手示意大家向无名山头前进。

无名山头爬起来颇为吃力。大家有好几次提出要和斯兰木的大儿子换着背斯兰木老人，但都被他们父子拒绝了。爬到半山腰，大家发现他的大儿子像一头牦牛一样一言不发地往上攀登着，似乎这座山在他眼里根本不算啥。他们在山顶发现了国徽。

大家欢呼着向他们跑去。

这时候，一件意外的事情发生了。

从斯兰木家借来的那匹马正在奔走时，突然失了前蹄，栽倒在地上。骑在马上的战士被摔落在一丛骆驼刺上，被骆驼刺扎得叫起来。大家赶过去一看，发现马腹已被石头尖利的棱角刺破，鲜红的血喷涌而出。马嘶叫一声,想挣扎着站起,但再一次扑倒了,整个身子倒在了乱石中。

斯兰木惋惜地说:"马的前腿断了。"

大家立即拥上去,想把马拉起来,但它却怎么也起不来了。马的眼珠子向上翻着,鼻孔里发出粗重的喘息。大家仔细一看,大吃一惊,马的两条前腿全部折断了。小腿从折断的地方反折过来,让人触目惊心。

斯兰木让大儿子把他背到马跟前,伸出手摸了摸马腿,发出一声叹息:"是粉碎性骨折。可惜了,一匹好马啊!"

马望着斯兰木老人,发出几声哀鸣。

"把它杀了吧。"斯兰木向大家摆摆手,难过地转过身去。

大家都有些于心不忍,迟迟不肯动手。让斯兰木出山本来就够难为他了,现在又让他赔上一匹马,大家都感到很难过。

有人建议,把它送到阿勒泰去,请最好的兽医给它疗伤。

斯兰木摇摇头,说:"不用了,马的腿已经是粉碎性骨折,治不好的。还是让它少受些罪,赶快把它杀了吧。"

马是通人性的,当它几次挣扎着想站起来终未站起来时,眼睛里溢出一股酸楚。

斯兰木又催了一次。

韩阁拿着刀,慢慢走到马跟前,站住不动,他的眼里已盈满泪水。他用嘶哑的声音说:"马啊,我们只能这样做了,今天寻找国徽的功劳也有你的一半。"说完,他把刀刺进了马的喉部。

大家都难过地转过了身子。

斯兰木静静地看着这一切,他的眼睛深邃得像天空。但大家觉得,他的心一定在颤抖。

大家把马埋在山脚,看着荒芜的山野里突然出现的这座坟茔,大家想,今天在场的人,都会永远记住这匹马。

第二天,在吉木乃会晤站,韩阁亲手将那个国徽郑重地交还给邻国的代表。邻国代表非常激动,连声向韩阁道谢。韩阁显然不适应这样的场合,一句话也没说,默默地转身走出了人群。

这就是责任啊!一旦边防上有个什么风吹草动,他们就会全力以赴地去履行自己的使命。

在一个半身不遂的老人身上,这精神也同样体现得淋漓尽致。

4. 夜归别尔克吾

别尔克吾是吉木乃边防连的一个冬季执勤点,每年 11 月份进点,翌年 5 月底撤点。别尔克吾是冬季大畜(马、牛、骆驼)放牧点,有相当丰厚的草场可供它们啃食。该地按 1883 年中俄科塔界约划定,有 28 公里的争议地区。争议地区的纵深处,仍有大片草场。

执勤点离边境线 2 公里。通常情况下,一个排长带三个战士在这里执勤,一间房子,宿舍和厨房兼用。

每年执勤的时候,都是别尔克吾的雪下得最大的时候。为了防止牲畜临界越界，执勤人员每天出去巡逻，都要涉过茫茫雪地。他们遭受着怎样的寒冷折磨，经历了多少艰难困苦，令人难以想象。

今年2月底，一场大雪使别尔克吾陷入寂静与阴冷之中。

副连长高永科受命带队在这里执勤。28日上午，与以往一样，他派出一组巡逻人员去48号界碑观察。巡逻人员在下午5点匆忙返回，向高永科报告，48号界碑旁发现两串马蹄印由哈方进入我方，在我方行进了大约5公里，又返回去了。高永科立即用电台向吉木乃边防连汇报了这一情况。连长要求执勤点尽快把这一情况查清楚。

7点，高永科和赵大超带上一部对讲机，背上枪，骑马向48号界碑走去。离开执勤点不远，路上的雪就厚了起来。高永科低头一看，马的小腿踏进雪地之后，很快就被淹了。他的心里暗暗掠过一丝阴影，看来，这次出去要吃些苦头了。赵大超是第一年兵，巡逻次数不多，所以他显得很兴奋，放开缰绳，快速向前跑去。马的四蹄把雪花溅起，在身后飘起一层好看的雪浪。

高永科看着他跑远，欣慰地笑了。他今天之所以带赵大超出来，就是因为这个战士遇事机灵，而且特别能吃苦。一个战士能有这样的品格，在边防上巡逻和执勤，无疑能出色地完成任务。想到这里，他双腿夹了一下马腹，胯下的那匹马便猛地一抖，加快了速度。高永科边往前走边想，这已经是自己第三次到别尔克吾执勤了。每次上来，只要一踏进雪地，就似乎别无选择地陷进种种磨难之中，不管大小，总要发生一些突发性事件。人来到边关，就是选择了艰辛与苦难，但它们却是那么从容不迫,一点一点降临到人的身上。而人要承担或忍受这些东西,除了在缄默中把自己也化为雪野中孤独的一部分外,其他别无选择。前两次上来,一次为抢救牧民病危的妻子,高永科带着三个战士在雪地里艰难跋涉了一天一夜;第二次,帮牧民寻找羊群,遭遇一场大风雪,回到执勤点后,衣服上结了一层像铠甲一样的冰,脱都脱不下来。而今天,从风向和地上积雪的厚度来看,又不是一个好天气,不知道前面会有什么在等着自己和赵大超。

没过一会儿,风刮了起来。

高永科的心一下子沉重起来。毫无疑问,风是一场苦难的开始。

地上的细雪被风刮起,地面上马上就飘起了一层雪雾;而飘起的雪花,直接打在人和马的身上,人和马很快就变白了。马似乎不适应这样的天气,边走边跳,极为烦躁。高永科看着马痛苦的样子,不忍心打它,放开缰绳,任它慢慢向前挪动。

赵大超的马也慢了下来,等高永科赶上之后,便与他一起向前走去。

天已经黑下来了,远处的雪山和荒野在黛色光线里变得模糊和沉重起来。

因为风大,高永科和赵大超无法加快速度,所以,已经到了本来应该赶到 48 号界碑的时间,但他们还在路上。

9 点多时,高永科和赵大超才赶到 48 号界碑跟前。四周--片漆黑,什么也看不见,高永科拿出打火机,打着,用手护着火苗,在界碑跟前细看。两串马蹄印仍留在地上,沿马蹄印延伸的方向看,确实是从哈方进入我方的。高永科立即用对讲机与执勤点联系,让值班的排长张养鹏与吉木乃边防连联系,向连里请示。过了一会儿,张养鹏回话,连里让他们返回,明天再查。

高永科和赵大超搬来几块石头,放在那两串马蹄印的旁边作标记。他们怕今天晚上落一场大雪,明天找不到这些马蹄印。

两个人开始往回走。

天上没有月亮,只有地上的雪发出一片白茫茫的光。雪地高低不平,雪的反光照不到的地方,黑乎乎的一片,什么也看不清。风还是那么大,冷冷地吹在脸上,再加上黑夜的凄凉,使高永科和赵大超感到格外地孤独。

走了七八公里,赵大超的马突然发出一声嘶鸣,卧倒在地上。赵大超从马背上跳下,只见马痛苦地半闭着眼睛,喘着粗气,一副不堪苦痛的样子。其实,这匹马自从踏上返回的路途,就越走越慢,只是由于风大,赵大超没有发现它的喘息有所变化。赵大超摸摸它的两只前蹄,发现它在不停地颤抖。他在心里惊叹一声:“坏了,马虚脱了。”这种情况下,无论如何是不能再骑它了。

高永科只好让赵大超骑到自己的马上,牵着那匹马,又往前走。一匹马骑两个人,明显有些不堪重负;但马从来都是有顽强精神的,所以,它仍然昂着头向前走去。

高永科和赵大超都有些心疼马,然而,在这样的环境里,靠步行实在不行，一则风大，二则雪厚，人走不了几步，就会迈不开步子。

走了没多远，两人只觉得胯下一软，马卧在了地上。毫无疑问，这匹马也不行了。高永科和赵大超只好下马，牵着马步行向前。

一段艰难的行程开始了。

地上的雪忽厚忽薄，因为是黑夜，两个人无法看清路面，只好深一脚浅一脚地向前走去。走了不到半小时，两人都冒了一身热汗。高永科动员赵大超像自己一样把大衣脱掉，这样，走起来就轻松多了。

慢慢地，高永科和赵大超走进了一个大草滩。草滩的雪很少，走起来很轻松。但是，走了一个多小时后，两个人突然觉得这个草滩出奇地大，似乎远无尽头。他们马上停下，观看四周的地形，这才发现走错路了，因为平时巡逻从来没有走过这么大的草滩。

两人推测，可能方向偏北了。这种情况下，一种可能是已经走到我方纵深地带了，这样，就离执勤点更远了；另一种可能就是已经越界了，因为一直沿着边界线在走。一想到越界，两个人马上紧张起来。他们赶紧向四周观察一番，断定目前没有越界。因为哈方自边界向内延伸，全是山梁，如果越界的话，可能会一直走上坡路，而不是平滩。再说，哈方在边界线上分布着很密的哨楼，如果越界，应该可以看见，但目前根本没有哨楼的影子。有了这样的判断，两个人静下了心，又往前走去。

这时候，高永科腰间的对讲机响了。他打开一听，是排长张养鹏打来的。原来，执勤点一直等到 11 点 30 分，还不见高永科和赵大超回来，估计他们在路上遇到了麻烦，就站在哨楼上用另一部对讲机同他们联系。

高永科拿着对讲机对张养鹏说:“你们抱一些马草到哨楼上点着。如果我离你们不远的话,就可以看到火光。”

过了一会儿,对讲机中传来张养鹏的声音:“副连长,火已经点着了,你们能不能看见火光?”

高永科和赵大超环顾四周,一片黑暗,没有光亮。高永科对着对讲机说:“可能太远,看不到火光。”

“那怎么办?”

“不要着急,随时保持联系。我们这边再想办法。”

但是,有什么办法可想呢?四周一片漆黑,这个大草滩就是退回去,也得一个多小时。

两个人一时难住了。呜呜的风仍在无休止地刮着,夜似乎变成了一张硕大无比的黑网。

赵大超有些紧张起来:“怎么办,副连长?这个地方是草滩,是平时放牧的地方。牛和羊来得多了,狼自然也多。如果现在出来一只狼,咱们怎么办?跑吗?骑马的话,马跑不起来!人跑无论如何跑不过狼。如果出现一群狼,咱们只有50多发子弹,根本打不了它们!”

经赵大超这么一说,高永科也紧张起来。赵大超说得不无道理,在牧区与狼遭遇的事情在牧民当中已屡见不鲜。狼经常闻着牛羊留下的味道出没,咬死牛和羊的群狼也曾出现过。在这样的夜晚,很有可能遇上它们。

第六章
吉木乃国门

两个人从马背上把枪拿下,背在身上,这样,心里就踏实多了。

停了一会儿,两个人又往前走去,他们觉得死等不是办法,只有边走边看情况,再下定论。走到一块石头跟前,两个人坐在上面休息。高永科突然说:“我有办法了,用手提灯。”说着,他打开对讲机,对一直在执勤点等候的张养鹏说:“你现在把那盏六伏的手提灯提到哨楼上,沿着哨楼转一圈。我让你停,你停住的方向就是我们现在待的地方。”

过了十几分钟,高永科看见左前方的山头有一束亮光向这边移动过来。他非常激动,拿着对讲机屏声敛气地等待着。当灯光终于移动到面前的山顶上时,他大声对着对讲机喊:“停。”对讲机中随即传来张养鹏的声音:“灯光怎么样?”

“非常亮!”

“那好。我现在把灯固定住,你们朝着灯光这边走。灯光的最远照程有 1 公里多,按说,你们离执勤点不远。”

“不远不远。”高永科激动得有些不能自已了。

两个人立即牵着马,向着灯光的方向走去。

灯光提起了他们的精神,脚下的路似乎变得好走起来了。

爬上一座小山,高永科和赵大超终于看清灯光发出的地方了。由于地形开阔,他们看见了哨楼的轮廓。下了小山,哨楼就更加清楚了。再往前走,出现了一些小沙丘,两人牵着马上丘下丘,犹如在风浪中颠簸的船,而那束灯光在此时此刻无疑是指引他们的航标。

12 点半,高永科和赵大超顺利回到了别尔克吾执勤点。

第二天,高永科又带三名战士骑马到48号界碑旁进行实地勘察,最后断定,48号界碑方向在1997年中哈联合勘界小组划定之前,属哈方习惯性巡逻地段。现在虽已划为中方所属,但要等到两国首脑在整个中哈边界勘界完毕,在2002年签约后才生效。所以,哈方按照习惯过来巡逻过一次,但这并不算越界。

“没事就好!”高永科喃喃自语了这么一句,顿时觉得昨天晚上遭受的磨难也随之化为乌有了。

5. 爱的守护

这个故事发生在离吉木乃2000多公里外的河北邯郸的一个医院里。故事中的主人公李成一和甘平都在吉木乃当过兵。前者是70年代的兵,后者是90年代的兵,两个人的年龄和兵龄都相差二十多个年头。

那天,到处都沉浸在春节的气氛中,甘平一个人走到了那所医院的门口,把一封信递给了门卫,说他要去看望住院已久的父亲。甘平生着圆脸孔,面色洁白,眼中好像在沉思着什么,厚厚的两唇间露出雪白的牙。甘平从吉木乃边防连复员回来才一个多月,仍穿着一身绿军装,只是上面没有领花和肩章。

门卫把信大略瞥了一眼。信的大致内容是:身患绝症的李成一住在本院，他深感自己不久将离世，给亲人们写了一封信，希望能在最后的时刻见到失散多年的儿子。

“这不是他的遗书吗？”门卫问甘平。

“是的，我就是他要找的儿子。”甘平认真地给门卫解释道。

门卫叫来一位护士，让她带甘平到李成一的病房去。这位护士也知道李成一多年前与儿子失散的情况，边走边问甘平：“你是他的儿子，你这些年是怎么过来的？”

“与父亲失散后，我被别人收养长大，后来就去了新疆的一个叫吉木乃的地方当兵，前不久刚复员回来。”

进了病房，甘平见所有的病人都脸色发青，神情呆滞。有的闭着眼，有的向上凝视着天花板，有的像小孩似的在那里哭泣。护士站立在病床前面，扯开床幕说：“就是这里。”说完就转身走了。

甘平的目光有些恍惚。少顷，他把包放下，将脸靠近李成一的肩头，握住李成一露在被子外的手。李成一望着他，一动不动。

甘平在愣愣地看着李成一。李成一已经很瘦，看上去脸上几乎没有肉了。他头发已经白了，眼睛缩小，整个脸肿胀成青黑色，皮肤像是要破裂似的。

甘平和李成一注视对方的目光都很陌生。

过了一会儿，李成一注意到甘平身上的军装，脸上露出了笑容。他想说什么，嘴张了张，却发不出声音。他已经不能说话。

甘平抓住李成一的手，想让他缓过劲来。

护士走过来拍了一下甘平的肩膀，甘平松开了李成一的手。护士说："你最好不要再摸他，他的病会传染的。"

医生查房的时间到了。医生是个高个子而背有点驼的诚恳的人。甘平不等他询问，就主动走到了他跟前。

"这就是李成一失散多年的儿子，今天刚来的。"护士向医生介绍。

医生一手搭在甘平的肩上，对他说："你来真是太好了。你父亲的病最近没有什么特别的变化，如果能从心理上得到一些安慰的话，可能会有所好转。"

甘平有话想对医生说，却一时语塞。

自此，甘平就一心服侍起李成一来。大家都知道他是李成一失散多年的儿子。甘平在病房里别的做不了，只能替李成一整整衣被，给他喂水喂饭，在李成一痛苦时观察他的脸色。

李成一时时睁开眼看着甘平，目光里流露出许多狐疑。他想对甘平说些什么，却苦于无法开口。后来，李成一听到甘平与别人说话时多次提到"吉木乃"三个字，眼睛里有了兴奋的光束，每次注视甘平的时间也长了些，有时候，他盯着甘平的绿军装出神。

甘平对李成一说种种安慰的话，李成一眼中逐渐流露出感谢的神情。有一次，他的嘴唇微动，差点说出什么来。有时候李成一暂时昏睡了，又突然睁开眼来寻找甘平。医生来过几次，说李成一有所好转。傍晚，甘平把茶杯送到李成一的嘴边，那唇间已露出微微的笑影。甘平自己也高兴了些，把自己在吉木乃当兵三年的事都讲给他听，李成一高兴地听着。

过了几天,李成一的病又重了起来。甘平坐在他床边彻夜不眠。无论李成一是轻微的呻吟,还是眼色略有变化,甘平都会心悸起来。他有时觉得李成一有希望恢复,就安心下来;有时又难免失望,如冷水浇心,并陷入烦闷之中。

又过了几天,李成一的病情又加重了。甘平去问医生,医生摇着头,表示难望有救,甘平倒在椅上啜泣起来。但让甘平宽心的是李成一虽然病情转重,但神志似乎清醒了很多。他看着甘平,露出欢悦的神色,不论药物还是饮食,除了甘平,别人喂他都不肯吃。他有时嘴唇也会动,似乎想说什么。见病人这样,甘平就不顾护士小姐的劝阻,握住他的手,对他说:“你放心,就快痊愈了,再过几天就可以回到家里去了!快了!”

李成一用手指着床头柜的抽屉,示意甘平拿东西。甘平打开抽屉,见里面有一沓照片,全是李成一在吉木乃照的,上面有国门和界碑。甘平一张一张地慢慢欣赏着,李成一在一旁显得很高兴。

一天,医生动情地对李成一说:“你的儿子真孝顺,尽管失散多年,但对你依然很好,真是难得啊!”

李成一听了这话,愣愣地看了甘平很久,继而沉思起来。甘平紧握住他的手,用另一只手把自己在吉木乃拍的照片拿给他看,渐渐地,李成一脸上有了一丝激动和欣悦。这之后,甘平总是不停地给他讲吉木乃的事,他听得非常高兴,神情也好起来了。只是有时候他注视着甘平,从眼睛里溢出丝丝愧疚。

又过了几天,李成一病情突然加重。医生给他用了最好的药,仍不见效果。

傍晚,医生说恐怕难过今夜。甘平越加注意,眼睛不离李成一,李成一也只看着甘平,时时动着嘴唇,像要说什么话。他的眼神变得非常和善,只是瞳孔渐渐缩小并变得昏暗起来。

半夜,李成一看着甘平,慢慢闭上了眼睛,甘平这时觉得李成一的手在紧握着他的手。

甘平泣不成声。

"小伙子,回去吧,你的事完了。你真是一个好小伙子,谢谢你给我们的配合。"医生说。

护士把窗台上养着的木槿花取下来交给甘平:"没有什么送你的东西,请把这盆花当作纪念吧。"

甘平接过花,又放回窗台。病房里因为这木槿花,温馨多了。

大家把甘平送到门口。医生问他:"其实我们都知道你并不是李成一的儿子,你为什么要这样做呢?"

甘平犹豫了一下说:"他在吉木乃时,是卫生员,救过许多得病的牧民。"说完,慢慢地走了出去。

这时,天已经亮了。

第七章　达尔汗冰山

1. 水水水

两千多年前，茫茫万里的塔克拉玛干大沙漠的边缘，沿孔雀河往东罗布泊的绿洲上，有一座美丽的城堡——楼兰。城内街巷纵横，商贾云集。叮咚的驼铃声中，长安的商人带来了精美的织帛，大宛人驮来了璀璨的琉璃，还有安息的香料、中亚的玉石，中西文化在这里相聚。

茂密的胡杨林挡住了扑向楼兰的黄沙，孔雀河是楼兰的生命之源，低洼的罗布泊给了楼兰人得天独厚的绿色。但是沙漠逼近了，注入罗布泊的七条河川渐渐枯竭，土壤的盐碱化程度加剧，大片大片胡杨林因此而死亡，林地变成了荒漠。因为没有水不能播种，人们的粮食供应日渐减少，最后的时刻终于到来。楼兰最后的史书用佉卢文记载：兹于伟大国王、上天之子夷都伽·伐色摩那陛下在位之第十一年 7 月，诸民远离国境。时值公元 332 年。这是一次多么悲壮而又无奈的民族大迁徙。漫漫大漠中，只留下了荒凉的古城废墟。一千六百多年后，进入 20 世纪 70 年代，罗布泊已经完全干涸，沙漠还在迅速东移。许多居住在中国西北的人们不得不步楼兰先人的后尘,举家迁徙,举村迁徙。

古尔班通古特大沙漠自然也是这一灾难创造出的杰作。与塔克拉玛干一样,这里也是到处一片黄沙,地表上铺满沙石,寸草不生。要是大风刮起,天地间顷刻飞沙走石,暗淡无光。

这一切都是因为缺水——那么水在哪里?

达尔汗边防连在古尔班通古特沙漠的边缘。千里大旱延伸到这里,似乎再也没有了力气,所以,达尔汗四周的山坡便长着些许绿草,它们每年的生长期很短,5 月份才发芽,8 月份就变黄。所谓的草叶,其实只长了一个大概的轮廓。

达尔汗自然也缺水。

连队有一口井,而且连队前面还有一条河,但里面的水都不能喝。这里的水含有大量的硫酸盐和有机汞,饮下之后,前者直接导致拉肚子,后者使人体蛋白质变性。

前些年连队吃井里的水,不管谁,只要喝一杯水,不超过五分钟,有害的矿物质就使肚子发胀,咕咕叫,感到肚子里有什么东西在往下坠,随即就得赶快上厕所。在连队的院子里,经常可以看到战士们像百米短跑的运动员。

有一年新兵上站,刚吃了一顿饭,就开始拉肚子。他们还不知道达尔汗的水的厉害,发生情况后,有些人甚至连厕所在什么地方也没有弄清,就遇到了麻烦。

这里的水即使用来洗澡也仍然不改其恶性。每次洗完澡后,身上都有厚厚的一层白色的东西,搓也搓不掉。夏天训练或劳动时,战士们都不敢多喝水。连队好不容易从吉木乃拉一次水,只能用来做饭,洗脸、洗衣服仍得用达尔汗的水。

连队为了改善饮水,只好到界河拉斯特河去拉水。那是一条长流水,是从木斯套雪山流下来的。

战士们用木棒抬着水桶去拉斯特河抬水,往返一趟10公里,得用三个小时。因此每天抬水的战士就以此为专业了。抬水在夏天并不是难事,而到了冬天就不太容易了。达尔汗的冬天也刮大风,当他们抬着水桶往回走时,被吹得左右摇晃,水桶里的水总要外溢,浇到他们的衣服上。等到把水抬回达尔汗,往往只剩半桶水,而战士的衣服上却早已结上了冰。

后来,战士们改为背水。到了冬天,为了加大水的容量,他们只好又去背冰。一场大雪下起,路很快就消失了。而紧跟着大雪的往往是大风,一场大风刮起,路就更难走了,战士们背着冰,绕着山沟走,一个来回得五个小时。经常背冰,战士们肩上都磨出了茧块。后来战士们自己做了一个木头架子,把冰块架在上面,往回抬。地上的雪很厚,为了顺利前行,一个人在前面踩路,其他人在后面跟着。

已经复员离开达尔汗的杨军大概永远不会忘记那年冬天的一次背冰经历。

早上,一场大雪使达尔汗彻底改变了模样。地上的积雪很厚,把院中心的花园都埋没了。积雪很容易使人产生倦怠心理,只想关起门待在屋子里,哪儿也不去。但是,冰还是要去背的,要不然下午的饭就吃不成了。

杨军和另外两名战士默默地拿起那个木架子,出了门。他们艰难地在雪地里走着,谁也不说一句话。吃饭是最根本的,别无选择地去解决,因而,他们毫无怨言。

走到界河边,杨军发现河上的冰结得很厚,连流水声也听不见了。他找来一块石头,开始敲冰,敲了半天,冰面只裂开一些细细密密的花纹,没有一点要破开的意思,杨军只好和另外两个战士抬来大石头,合力抬起,往下砸。冰面发出一声脆响,裂出了一个洞,他们一下一下地砸起来,半小时后,那个木架子上已经码起了一堆高高的冰块。三个人抬着它往回走。

抬冰的路上有一座小石山,是来回的必经之地。小石山上有许多碎石,平时走在这里可以躲开它们,而下了雪,就只有试探着往前挪动了。尽管这样,难免还是要踩到碎石上。一踩上去,脚底便被刺得生疼。刚到半山腰,杨军突然脚下一滑,跌倒在雪地上。雪很滑,他跌倒之后,无法收住身体,向山下滚去。雪很快蒙住了他的眼睛,他一着急,在翻滚之中用手抹了一把眼睛,就在他刚把雪抹去时,瞥见在下面不远处有一块大石头,自己马上就要撞上去了。杨军赶紧用手撑了一下身体,由于惯性太大,他翻了一个跟头,脚刚好蹬在了那块大石头上,这才停住。那两个战士跑下来把他扶起,他的手上和脸上都被尖利的山石划破了,血淋淋的。

这是一次很平常的背冰，却要用血来记录。过了一会儿，杨军能活动了，他们才小心翼翼地把冰抬下山。雪还是那么厚，茫茫的雪野里，三个人像小黑点一样慢慢向前挪动。

回到连队，炊事班的战士把冰放进锅里，点起了火。三个小时后，才把冰化完。

晚上9点，连队的干部战士才吃了一顿雪水饭。三个人好不容易背回的水，已经没有多少了，明天，还得去背冰。

因为达尔汗的战士是到界河里去背水背冰的，时间长了，难免要碰上一些敏感的事情。

吉木乃边防营营长刘申龙一入伍就到了达尔汗，两年下来对达尔汗四周的地形了如指掌。很快，他就被任命为班长。班长在班排起着龙头的作用，所以，他经常带战士们去背水。

1985年夏天，连里的战士都到拉斯特河边去打马草，当时中苏边境关系紧张，每个人身上都背着枪。

下午要返回时，连长安排刘申龙去背一桶水，以备明天做早饭用。刘申龙背起水桶向边界走去，其他战士呈一字形队伍，返回达尔汗。

傍晚的拉斯特河面泛开一层夕阳的反光，河两岸的草地因而也变得温馨多了。远远的，刘申龙就感到拉斯特河有一种亲切感。自从连队选择了在这条河中背水之后，无形之中，每个人都似乎与这条河贴得更近了。

刘申龙边走边想着自己的事。前不久,阿勒泰军分区司令员到达尔汗视察工作,到了冰山前哨班,要了解冰山的情况。前面说过,刘申龙自从到了边防后,就喜欢上了这里的一切,所以,他对防区情况了如指掌。他把防区情况非常准确流利地给司令员介绍了一番。司令员听后很高兴,这之后,他走到哪里就把刘申龙夸到哪里,不久给刘申龙记了一次二等功,并申报他参加了全军英模代表大会。分区让刘申龙留在部队继续干,等将来有机会提干。

一个战士对边防爱到深处,必然会得到相应的鼓励。

快走到河边了,刘申龙突然觉得河对岸的草丛里有什么东西在动,定睛一看,是三个苏联兵在草丛中潜伏,他们正用枪口对着自己。

"糟了!"刘申龙在心中惊叫一声,手中的水桶差点掉在地上。他想把背上的枪拿下,但又想,自己虽然临近界河,但仍然是在自己的国土上,犯不着与苏联军人发生冲突。

那三个苏联军人一动不动地盯着他。

刘申龙站在那儿,不再挪动脚步,但脑子里在急剧、紧张地思考着:是退回去吗?这就显得有点腰杆子不硬,有失国威;是对着苏联军人的枪口走上去吗?万一他们突然开枪,自己连躲避的机会也没有。怎么办?如何才能既不失国威,又不与苏联军人发生冲突呢?

那三个军人仍在盯着他。

刘申龙从一个大胡子苏联兵的眼睛里看到了一种比较柔和的神情。这时候,他觉得应该动之以情,想办法与苏联军人沟通一下才行。

于是，他举起手向他们敬了一个礼，然后，举起水桶向他们示意，我是来提水的。

苏联军人没做出任何反应。

刘申龙知道，他们在观察自己的动向；如果自己有开枪的意思，他们就会马上出击；如果自己对他们视而不见，只管干自己的事，他们会默不作声的。于是，他提着水桶走到河边，蹲下身子，往水桶里舀水。他始终没有抬头去看一眼那几个苏联军人。他知道，在这种情况下，自己表现得越是自如，就越不会引起苏联军人的猜疑，自然也就不会引起事端。舀满水，他拎起水桶往回走。河对岸的草丛里发出一阵窸窸窣窣的声音。他知道，苏联军人撤回去了。

走到一个安全地带，刘申龙回过头，只见三个苏联军人中有一个在向自己敬礼，另一个好像在给后方打电话，还有一个正拿着望远镜在观察。

2. 会唱歌的狗

黑子是达尔汗的一条狗。

1990年的一天，一位战士从吉木乃县城返回时，见一只小黑狗趴在一块石头上，冻得浑身发抖，就把它抱回了连队。从此，战士们给它起名为“黑子”。黑子慢慢长大，大家都对它非常关心，经常把自己的馒头省下来给它吃。

黑子通人性。

战士们出去巡逻时，它跟在后面，恍若连队的一员。战士们坐车去巡逻，它跟在车后面奔跑，边跑边叫，逗得大家非常开心。有时候车速快，但人到点位不长时间，它就到了。

边境线一侧经常有牧民的牲畜临近，战士们对黑子说："黑子，上。"它就跑上去，叫着，把牲畜赶回，直到进入我方国界线一侧。

达尔汗还有几条狗，但黑子在它们中间，俨然是首领，别的狗都对它挺尊重的。黑子走到哪里，别的狗跟到哪里，像是一支训练有素、纪律严明的队伍。晚上，黑子卧在院子里，其他狗像分工了一样，分别卧在油库、马厩和车库等地方，只要一有动静，黑子就发出一声吠叫，其他狗像是听到命令似的，迅速向它靠拢。然后，黑子就带着它们向发出声响的地方跑过去。

战士们见黑子机灵，便经常训练它。他们说："黑子，坐。"黑子就坐在地上。让它卧，它马上就卧在地上。后来，黑子学会了冲、跑、扑、抓、拉、撕、扯等动作，并将这些技能传授给其他狗。很快，达尔汗的狗成了一群身怀绝技的"特殊士兵"。

连里开饭时，战士们集合起来在饭堂前唱歌。这时候，黑子昂起头，也随声附和着在唱。

去年，黑子得了一种病，身上的毛一把一把地掉在院子里，被风吹着，到处飞扬。战士们看着心疼，把它抱到一个小库房里，给它敷药。过了十多天，它才好了。它走出那个小库房，在连队的院子里走了一圈,对着战士们叫个不停。

与黑子一起长大的一条公狗,与它相处得十分友好。后来黑子到了发情期,它们就形影不离了。大家都觉得它们应该成为一对夫妻,就有意识地把它们俩往一块儿撮合;外出巡逻时,把它们俩一起带上,让它们在山野和丛林里玩耍,调情。后来,黑子的肚子一天天大了起来,大家都深为自己做了一个成功的月下老人而高兴不已。

黑子很快产下了一窝小狗,它每天外出给它们觅食。一天,它的一条后腿被牧民下在山林里夹狐狸的套子夹断,它硬是把那个夹子拖回了连里。战士们把夹子取下,在它的腿上敷上药,打上石膏。它瘸着腿过了一年多,才慢慢长好。长好之后,黑子每天晚上仍履行着特殊哨兵的职责。

后来,与黑子相爱的那只公狗突然得病,不停地叫,到处乱咬。它不光把院子里的树皮啃去不少,见了人也往上扑。军医断定,它得了狂犬病,连队决定把它杀了。于是有一天,当它疯狂地啃咬大树时,副指导员杨国文开枪将它打死了。黑子听到枪响后,飞速扑到它跟前,用舌头舔着它伤口上的血。过了一会儿,黑子发现它已经断气,蹲在一边呜呜呜哭了起来。

从此,黑子变了。

黑子经常不声不响地独自外出。回到连队,也不再与战士们亲昵,性格原来特别温柔的它变得凶恶起来。

还没等大家弄明白黑子经常独自外出干什么,牧民就找来边防连了。原来，黑子每天跑到外面，躲在山坡上隐蔽的地方，等到牧民的羊群过来时，趁牧民不注意，咬住一只羊的脖子，拖着就往远处跑。羊被连咬带拖，不一会儿就咽气了。黑子饱餐一顿后，把羊腿叼回来给其他狗吃。要是发现连队有人，它就在山坡上躲着，等到人走了，才回来。

连长和指导员跟牧民道歉，表示一定要把黑子管教好，不让它再“犯罪”。

黑子也许发现了大家的情绪，从此再也不回来了。

牧民接二连三地到连队来告状。

这段时间，黑子最多只走到连队后面的山坡上，从不进连队的院子。战士们发现它用非常复杂的神情在望着连队的院子，就叫它的名字。但它转身就跑，唯恐大家要害它。有时候，黑子趴在山坡上睡觉，别的狗只要发现连队的人企图接近，就大叫起来。黑子听见它们的叫声，掉头就向山顶上跑去。

黑子吃羊的毛病越来越大，牧民再也容忍不了它了，就找到连队，强烈要求把它除去。

连队考虑到要搞好军民关系，决定趁黑子不备，把它打死。这个任务交给了副指导员杨国文。但自从连队有了这个想法后，黑子变得更精了，只要与杨国文一打照面，还没等杨国文把藏在身后的枪拿出来，它撒腿就跑。杨国文对着它的背影说：“黑子，你难道就不能变好，好好做狗吗？”过了几天，杨国文看见黑子趴在墙头上朝连队张望。它一抬头，与杨国文的目光碰在了一起。这次，杨国文没有拿枪，黑子也没有跑。黑子盯着杨国文看了很久，它眼里既有惶恐，又有无奈，还有戒备。杨国文看着它这副样子，心里也挺难受的。

后来，大家对黑子没有了原来的那种仇视，只要它一出现，都亲切地喊它的名字。黑子听到后，本来要转身离去，但又猛然停下，扭过头看着大家。但它还是怕连里的人，没等大家走近它，就赶快跑远了。

不久，黑子戒掉了叼羊的恶习。

大家对黑子越来越喜爱，经常对着它喊它的名字。慢慢地，黑子不再怕人了，每次听到大家叫它，都亲热地摇摇头，用一种非常卑微的目光望着喊它的人。再后来，黑子慢慢地向战士们接近，每天早晚，有意识地在院子里走走，一次次地把向连部和班排去的距离缩短。黑子的变化，杨国文看在眼里，他动员大家要对黑子报以热情，吸引它向连队靠近。

有一天下大雪，天寒地冻。下午开饭时，大家坐在饭桌前刚准备吃饭，突然听见外面有呜呜的叫声。大家向外一看，是黑子蹲在以前每天唱歌的地方，昂着头，正高声唱歌呢！它唱得神情专注，与原先一模一样。

大家的心里都有了一种很热的东西，望着卧在大雪中的黑子，顷刻间觉得这个奇冷的冬天也变得特别可爱起来。

等黑子唱完，大家都跑到门口，对它说：“黑子，回来吧，我们欢迎你。只要你改好，你仍是达尔汗的一员。”

第二天早上，大家起床后，见黑子站在连部门口，昂着头，望着大家。大家走过去,它没有跑。杨国文伸手去抚摸它,它惭愧似的低下了头。

黑子在外漂泊了一段时间,明显瘦了,身上的许多骨头都凸了起来,炊事班破例给黑子做了一顿丰盛的晚宴。谁都为黑子变好而高兴。

黑子又担负起了巡逻和唱歌的责任,每天晚上主动和哨兵一起站哨。它的一帮儿女也已经长大,都变成了小黑子。

去年,抱黑子回来的那个战士复员了,黑子追着拉老兵的车跑到了吉木乃县城。晚上,黑子趴在院子里哭了一夜。那位老兵被它哭得难受,出来抚摸着它的头说:“黑子,回去吧,我有空再来看你。”黑子听了这话才止住哭声,转身跑回连队。

从此,守望成了黑子的一个习惯,它每天有事没事,总要跑到连队后面的山坡上,朝县城的方向张望。

冬天很快就来了,雪花飘飘扬扬地落下来,达尔汗很快就变白了。黑子蹲在山坡上,仍一动不动地凝望着县城的方向。

落雪使它变得像一块白色石头。

3. 风雪阿克赛

前哨班阿克赛的那场大雪是在大年三十那天晚上下起的。

晚上 11 点,侯正峰和岳晓庆在前哨楼外站第二班哨。因为有了过年的心情,他们觉得此时的夜晚多多少少有些温馨。前哨班就在这座哨楼的山脚下。此时,前哨班已将两盏大红灯笼通上了电,它们散发出淡红的色彩,使前哨班的院落里有了一股特别浓烈的节日气氛。

因为过节期间普遍要执行战备任务,所以,他们俩所在的班驻进了前哨班。虽然此时是大年三十,他们心中早已按捺不住那种节日带来的喜悦,但他们知道,之所以在节假日期间强调战备和执勤,就是因为在此期间往往更容易出事;有了边防军人对边防每时每刻的守卫,大家的节日才能过得更安宁,更欢乐。这虽是老话题,但边防军人却必须要以实际行动把它落到实处。

他们两人不停地观看着四周,山峰已被黑暗完全罩住了,就连平日里陡峭的峰谷,此时也完全隐进了黑暗。四周一片寂静,似乎一切都已睡熟了。

今夜一切平安。

前哨班点燃几挂鞭炮,噼噼啪啪的声音,打破了夜晚的寂静。战士们在院子里高声欢呼,迎接新年的到来。一股节日的气氛,终于从暗中游动过来,碰撞着侯正峰和岳晓庆的心。

侯正峰和岳晓庆互相给对方拜了个年,这是一种只有在边防上才可以见到的拜年方式:他们俩先是盯着对方看很久,心里总觉得应该说些什么,但最后只说了两句:“过年了,祝你新年快乐,祝你们全家人新年快乐。”

“祝你新年快乐,也祝你们全家人新年快乐。”

边防会使每一个边防军人变得平静而真实。

1点多的时候,刮起了风。他们是先听到风声的,那种声音像低鸣的火车,从远处向这边逼来,声音越来越大。他们俩知道,一场大风将要来临。但是,他们俩没有预料到那场风居然会有那么大——风刮到前哨班时,像扇过来的一只手掌,啪的一声击在了他们身上。两个人趔趄了几步,站稳了身子,不由得在心中惊叫:“老海风”来了。

老海风是风魔之王,它发作时,往往像厚实的铁板,无比凶狠地扇打过来,一般的轻微物体很难抵挡住它的击打,要么破裂粉碎,要么飞离原地。老海风每年都要发作几次,它一发作,牧民们便大惊失色,跪在地上祈祷,求胡大保佑他们和羊群能度过风灾。老海风过后,大地上的东西都失去了原来的模样。面对这些,人们只能默默地忍耐着。

边防连战士对老海风几乎是一如既往的忍耐。有了护卫边界的意识,便有了能够容纳一切的胸怀。

侯正峰和岳晓庆在风中坚持了几分钟,就没办法再坚持了。与老海风一并而来的,是大雪,那些雪花被风吹着,飞快地掠过来,像小刀片似的割在脸上。他们俩只好躲到哨楼的背风处,裹紧大衣,继续观察。

老海风与边防军人的职责碰撞着。

睡在哨楼里的另外几个人被冻醒了。他们睁开眼一看,被子上落了足足有两厘米厚的雪。班长王荣把大家喊了起来,在这样的风雪之夜,尤其是在孤零零的山头小哨楼里,还是不要睡觉为好。王荣吩咐大家把被子上的雪抖掉,然后每人穿上潜伏大衣,坐着等待天亮。

3点钟,连里打电话上来,连长询问上面情况怎么样。王荣将人员全部安全和执勤正常等情况一一向他报告过去。刚报告完毕，就听得轰的一声，门板被刮掉了。门板斜倒在门口，随即被一股旋风刮下山去。雪花和冷风立即窜了进来，雪花击在墙上，很快便积了厚厚一层。杨永进抓了一把雪，笑着说："这雪要是落在夏天的被子上，那可就舒服了。"

他的这句玩笑让大家有些高兴，但玩笑归玩笑，无可避免的事实是现在置身在冬天，而且在老海风中。眼下最重要的事就是想办法把门板找回来，把门堵上，阻止风雪再进来。杨永进自告奋勇去找门板，岳晓庆愿意与他一同去战斗。两人摸到半山腰找到门板，扛起门板准备往上爬，没走几步，便被风刮倒了。他们只好把门板平放在雪坡上，一个人在上面拉，另一个人在下面推，把它弄上去。然而，那块门板却再也无法发挥它的作用了，它在刚才被大风吹掉时，边沿有好几处严重裂损，再也不能与门框合缝，只要一安上去，就被大风吹倒。王荣想起哨楼旁的铁栏杆，便让大家拿出背包带，绑住门板，然后把两个绳头系在铁栏杆上，这样，门板便不再倒了。

4 点多的时候，风更大了，那呜呜的叫声，犹如无数头猛兽奔突而来，要把这个小山掀翻。王荣只好让站哨的战士撤入哨楼内。

冷风在哨楼内乱窜，大家开始发抖。这样的天气，人的抵御能力几乎是微不足道的。王荣让六个人挤在一起，然后把被子重叠着盖在身上，这样，稍微暖和了一些。

坚持到 5 点钟的时候，他们共同遇到了一个亟待解决的问题——

大家都憋不住尿了。要是在平时,这是一个举手之间便可以解决的问题,而此时此刻面对凶狠的老海风,大家不由得犹豫起来。就如何解决这个,他们开了一个小会,经过研究,大家一致认为最好的办法是,先让一名同志走到门外,然后后面的同志抱住他的腰,待他解决完问题,把他拉回。另外的同志照此办法依次进行。这个办法果然可行,六个人一一安全地解决了问题。回到原来位置坐好后,他们开始聊天。杨永进说:"咱们六个人这辈子绝对是谁都忘不了谁,因为在今天这种时刻我们六个人经历了在平常的生活中几乎不可能经历的事情。"大家在想:在这样的时刻——大年初一,也许只有边防军人才这样过年,这么大的风雪陪伴着咱们,要说吃苦吧,只有这种时刻吃这种苦才算值得,因为这时候别人都沉浸在幸福中,相对而言,我们接受了一种特殊的考验。

早晨6点,连长再次打电话上来:"你们能不能坚持住?"

王荣在话筒跟前大声叫道:"能!"

"那你们就坚持到早上八九点钟下前哨班。"

"是!"

天慢慢亮了,而风雪丝毫没有减弱,它呼啸着,似乎已经开始了对新的一天的摧残。

六个人穿好大衣,背上枪,准备下山。一出门,他们大吃一惊,雪被大风吹着,只觉得眼前有无数白点点在飞舞,两三米以外的地方,能见度很低。他们只好向连长报告了这里的情况。连长决定,在营区打几枚信号弹，让他们对着升起信号弹的地方跑步返回。

第一枚信号弹升起时，六个人发出一声壮喝，齐心向山下跑去。第二枚、第三枚紧接着打出，他们一字排开，侧着身子，顺着山坡往山下走。

十分钟之后，他们终于走进了前哨班的院子，然而就在这短短的十分钟里，他们感觉到寒流变得像个铁壳一样，固定在了脸上。他们加紧步子，跑进了房子里。

排长王志远问他们："有没有冻伤？"

六个人的嘴唇都已被冻僵，半天没说出一句话。

接着，排长王志远带着战士高宁住进了哨楼。一场风雪已经将前哨班通往哨楼的这条路彻底淹没，而天气仍是阴沉沉的一片，为防止换哨时被大雪袭击，他们准备住在哨楼里，不再出来。

两个人先把门板修结实，以防昨天晚上的事情重演。

晚上，王志远突然发起了高烧。哨楼和前哨班都没有药，而通往达尔汗的电话线已被风刮断，无法向他们汇报这一情况。无奈之下，高宁把暖瓶里的开水倒出，把毛巾烫热，敷在王志远的额头上。

王志远烧得很厉害，嘴唇干裂，脸色苍白，迷迷糊糊地说着胡话。

高宁不停地给王志远换着毛巾，他边换边在心里暗暗祈求王志远能赶紧好起来，哨楼上就他们两个人，他已经没有办法了。

整整一夜，高宁守在王志远的身边。

第二天，王志远的高烧不但没有减退，反而更厉害了。而这时，一场大雪又不合时宜地下了起来。高宁再也想不出什么办法,只好让王志远躺着,挨着时间,企望他能抵抗过去。

第三天,王志远爬不起来了。

高宁帮王志远把被子盖好,对他说:“排长,你躺着,我去哈不都拉家要药。”

王志远用微弱的声音说:“外面风雪大,还是算了。”

“那怎么行,你这病现在看来不吃药确实是不行了。再说,今天的天气好多了,没刮风也没下雪,我一会儿就回来。”

“那好吧,你快去快回。”

其实,高宁是在有意地骗王志远,外面的风雪这两天依然很大,只是王志远一直躺在哨楼里,而且由于发着高烧,不知道外面的情况。

高宁冒着大风雪向前哨班走去,那几十个台阶早已在雪中没了踪迹。为了防止被滑倒,他干脆坐下,双手撑地,向下滑去。积雪被他冲开,山坡上出现了一道深深的雪槽。滑到坡底,他拍打掉大衣上的雪,向前哨班走去。远远地,就看见墙上的那两句二十世纪五六十年代留下的话:

人在阿克赛
心向天安门

在平时,看惯了这两句话,并没有什么特殊的感觉,而今天,高宁却感慨万千。他不由得想,要是自己和排长在天安门站哨的话,此时此刻,说不定他的病早好了,因为在北京那个地方什么药买不上啊!他想象不出来,此时在天安门的人是什么样的心情。

前哨班的战士们见高拧下来了,忙问他:排长的病怎么样了?高宁叮咛他们及时给排长把饭送上去,自己马上就返回来。

那几个战士想细问他要去干什么,没等他们开口,高宁已经踏着厚厚的雪走出很远了。天上还在落着雪,他如同一叶孤独的小舟,很快就被雪雾淹没了。

哈不都拉和君孜别克家离阿克赛有 2 公里多。这是两户仍然保持着哈萨克族游牧生活方式的牧民。每年夏天,他们把牛羊赶往大山深处放牧,到了冬天,就全部赶到这个叫“冬窝子”的地方,不再走动了。哈不都拉和君孜别克一个患有心脏病,另一个患有偏头疼病,经常吃药。高宁想,他们俩可能存有去痛药,找他们讨要一些,以解王志远的燃眉之急。

两个多小时后,高宁跌跌撞撞地走到了哈不都拉家门口,他敲开门,说明了来意。哈不都拉一听他的话就皱起了眉头,他是一个心地善良的牧人,王志远生病了,他很着急,却苦于家中没有一片可以治病的药。高宁只好又向君孜别克家走去。这次比较幸运,君孜别克在家中存有索米痛片和镇脑宁之类的药。高宁抓起一把,向君孜别克道一声谢,转身飞快地向前哨班跑去。

回到哨楼,他让王志远服下了两片索米痛片和三粒镇脑宁。王志远吃下药后,很快就睡着了。

这一夜,高宁没有睡着。他希望王志远在吃下这些药之后,能有所好转。

但是,第二天起来一看,王志远的病仍是那个样子。高宁坐在他床前愁肠百结,想了半天,他下定决心,去达尔汗叫军医,否则,再这样拖下去,排长的身体弄不好会被烧坏。

高宁简单地吃了一点东西,穿上大头皮鞋和皮大衣,出了门。走到门口,他又返回,拿起一把手电揣在口袋里。他之所以要带上手电,是怕自己晚上被困在雪地里迷路。阿克赛离达尔汗有十多公里路,在这样的天气里,他不敢肯定自己得走多长时间。

高宁深一脚浅一脚地下了阿克赛,迈进了平时被称为"开阔地"的大平滩。在平时,不论上站下站,每个人走到这里时,都会为它的宽广发出惊叹。在山上待的时间长了,难得一见宽阔的大平滩,走在里面,感觉特别好。而今天就不一样了,厚厚的积雪使路早已消失,高宁只好朝着大致的方向慢慢往前走。

风仍然不痛不痒地刮着,高宁迎着风往前走着,除了感觉到因雪太厚步子有些沉重外,倒感觉不出有多冷。在雪地里,行走本身就是一种对寒冷的抵御。

走到中午,高宁十分惊讶地发现,自己尽管已经累得筋疲力尽,却只走了开阔地的一半。照这样下去,天黑都不可能走到达尔汗。

这时候,高宁感到肚子饿了。离开阿克赛时,他估计中午能赶到达尔汗，所以，就没有带干粮。眼下，茫茫的雪地里哪里有吃的东西啊。有了这样的心情，高宁的脚步不由得变得沉重起来，惶恐和饥饿使他觉得身体已经开始发软，有些力不从心了。

他抬头看看天，天上的那轮太阳变得浊黄起来，似乎马上要被隐没。

风仍在呼啸。风在冬天像一个恶魔，不知道它在什么时候才能在雪地里施完淫威。

突然，高宁觉得脚下踩到了软绵绵的东西，抬起脚一看，是一窝雪鸡。他不由得欣喜起来，他知道，哈萨克族牧民是经常喝雪鸡血的，它们的血不但可以滋补身体，而且还可以充饥。高宁伸出双手，抓了两只雪鸡。另外几只扑棱着翅膀，跑到远处去了。高宁突然有些不忍心，他觉得雪鸡在冰天雪地里生存和繁殖都是非常困难的，作为军人，理应保护才对。高宁正这么想着，抓在左手里的那只雪鸡挣脱开，飞快地跑了。高宁马上意识到，剩下的一只雪鸡如果把它放掉，自己将陷入困境。一想到正在发着高烧的王志远，高宁还是心动了。他对雪鸡说："雪鸡啊，对不起了。王志远他还急等着药呢！我今天喝了你的血，才有力气走到连里去叫军医，你就当是给我们边防军人帮了个忙吧。"

……

喝了雪鸡血，高宁顿觉浑身增添了很多力量，赶快向前走去。

快走出开阔地时，高宁听见一阵马的嘶叫声，他向发出声音的地方一看，是几位牧民下山了。他突然看到一丝希望，他向那几位牧民招招手,他们骑马跑了过来。哈萨克族是一个讲友情的民族,他们一看高宁孤身一人,就招呼他上马,向达尔汗走去。

第二天,天突然转晴。高宁和军医王徐洲骑马匆匆赶往阿克赛。天不刮风,路自然就好走多了,两人用了两个多小时,就到了阿克赛。

刚走到哈不都拉家门口,就见他神色慌张地跑了过来:“解放军,帮我一个忙行吗?我的那头疯牛又跑了,弄不好还要越界。”

高宁和王徐洲商量:由王徐洲上哨楼给王志远看病,高宁留下,和哈不都拉去找牛。

高宁和哈不都拉跟着那串牛蹄印,找到了界河边。在路上,高宁简单地询问了病牛的情况。原来,哈不都拉的这头牛老是在雪天转晴的时候犯病,到处乱跑。今天,它挣断绳子,跑到界河边去了。高宁和哈不都拉跟着它的蹄印走到一片树林前,因为地上的蹄印杂乱,一时无法判断它的去向。两个人正在思忖,突然树林里发出一声牛的吼叫,紧接着,病牛昂着头,弓着腰一蹦一跳地冲了出来。横在它面前的几根树枝被它撞断,掉在雪地上。哈不都拉等它跑到自己跟前时,伸手去抓它脖子上的那截绳子。没想到它把头一扭,用那对尖利的角向他刺来。哈不都拉吓了一跳,赶紧闪身躲开。高宁见此情景,也吃惊不小,他知道一头牛发起疯来,确实不好对付。疯牛没撞上哈不都拉,转身又向高宁冲来。高宁没有躲开。他绕过它那对尖利的角,一把抓住了那截绳子。疯牛极不情愿受到控制,仍乱跳乱蹦,企图挣脱高宁的手。高宁紧紧地抓着绳子不放;他知道牛是不喜欢挣扎的,很快它就会精疲力竭,老实下来。但是,他却忽略了这是一头疯牛,它的习性已完全改变,而且蛮力也很大,确实不好对付。疯牛被高宁扯着脖子在地上转了几圈,突然大叫一声,一甩头,就把高宁撞倒了。高宁倒在地上时,头撞在一块石头上,昏了过去。

高宁醒过来的时候,发现自己躺在哈不都拉家的炕上。他感到脑袋很沉,用手一摸,发现自己头上缠着绷带。

哈不都拉见他醒了过来,说:“解放军同志,对不住了!让你受伤了。那头疯牛已经被缚住,再也跑不走了。”

高宁一听他这话,闭上眼睛松了一口气。窗外又刮起了风。听风的声音,他知道天马上又要变了。过了一会儿,他又昏睡过去,恍惚之际,他想,王志远的病肯定有所好转了。

4. 走向冰山

上午10点,杨国文带着杨竹军和孙仲德骑马从执勤点出发了。

今天的巡逻非同一般,他们将第一次去乌勒昆乌拉斯巡逻。这是他们在中哈对该地区勘界立桩后的第一次巡逻,也就是说,这块土地归属中国后,他们是第一批出现在这块土地上面的中国军人。在阿尔泰,人们习惯把乌勒昆乌拉斯称作“冰山”。它常年积雪,即使在酷夏,仍白茫茫一片,散射着寒光。原先,哈方将该山东河缘称为界河,而我方则把西河缘称为界河。这样,中间的一座约15平方公里的小山就成了争议地区。1997 年,中哈重新勘界后,确定以我方坚持的西河缘为正式边界,整个争议地区划归我方。以前,每年的 7 月 15 日至 8 月 1 日为牧民进入牧区的日子,执勤人员随之进驻东河缘,进行巡逻执勤,防止我方牲畜进入争议地区。现在随着争议地区的划定,我方牧民随时都可以进入,这样,就加大了巡逻执勤任务量。因此,今天的巡逻从历史意义上来说,是我方军人第一次走向冰山。

三个人都很激动。尽管这次巡逻与以往比较起来,从形式到内容,都不会出现什么奇迹,也不会被载入史册。但随着他们的进入,这块土地就被证明从此归属中国。从更高意义上说,他们是这块土地归属中国的最初见证人。

走到第一个观察点时,突然起风了。三个人只好下马,牵着马步行向前。

这时候,迎面走来两个牧民,每人肩上扛着一袋面粉。看见穿军装的军人,他们赶紧停下,喊了起来:“解放军,停下,前面的路危险得很。”

杨国文赶紧让杨竹军和孙仲德停下。这两个牧民是从原争议区那边过来的,如果没有遇到危险,他们不会这么紧张地叫喊。

等两个牧民走近,杨国文向他们询问详情。原来,这两个牧民是去给在冰山牧场放牧的人送面粉的,走到东河缘时,听见前面发出像马叫一样的声音。两人怀疑是哈方军人来了,就把面粉放下,趴在地上观察。看了半天,也没发现什么。就在这一会儿,那些声音消失了。他们于是又扛起面粉,向前走去,正走着,走在前面的肯杰突然“哎呀”一声惊呼,双脚扑的一声陷进了草地里。他马上意识到,自己踩进了令牧民谈虎色变的沼泽地。他扔掉面粉,抓住旁边的一块石头,爬了出来。

两个人不敢再往前走了,面前的这块草地,看上去绿油油的,很宽阔也很平坦,但刚才出现的险情使他们感觉到,它到处都布满看不见的沼泽,只要一脚踩进去,立刻就会被淹没。两人犹豫了一会儿,只好返回。

杨国文的心情也不由得沉重起来。以后,冰山方向是巡逻的固定点位,有沼泽地挡道,无疑就增大了巡逻困难。他转念又想,今天是第一次走向冰山,不管出现什么情况,都应该摸清,这样就会给以后的巡逻减少一些困难。他朝杨竹军和孙仲德说:"走,去看看是什么情况。"

两位牧民见他们明知山有虎,却偏向虎山行,忙伸手拦阻:"解放军同志,去不得,阿尔泰的有些地方杀人呢。"

杨国文不但没有听他们的劝阻,反而劝他们:"一块儿去看看吧。找到路,对你们以后放牧也有好处。"两位牧民不再说什么,跟在了他们身后。

走到那块草地跟前,杨国文不由得感慨万分。这么美丽的一块草地,就是在整个阿尔泰,也不多见。要不是这两个牧民不经意间闯入,谁会想到,它居然是一块暗藏杀机的沼泽地!

肯杰用手指着前面盛开着几株小花的地方,对杨国文说:"就是那个地方,刚才差一点把我吞下去了。"

杨国文把马交给杨竹军,慢慢地向前试探着走去。这时候,草地上又响起了那种类似马叫的声音。他侧耳一听,发现这声音就是从开着几株小花的地方发出的。他明白了,一受到风的影响,有沼泽的地方就会发出响声。他把背上的冲锋枪取下,把刺刀拉上,边戳地面边往前走去。此时,他反而没有了恐惧,有的只是一种责任,为了给以后的巡逻提供方便,他一定要探出一条穿越沼泽地的道路。他就那么边戳边往前走着,听到那种马叫般的声音时,就朝着发出声响的地方戳下去,那些地方果然是沼泽地。慢慢地,他有经验了,凡是听到响声,就绕道而行,如此这般,把许多有沼泽的地方绕了过去。最后,他很顺利地走出了草地。

草地这边的四个人都松了一口气。

杨国文顺着自己的足迹返回,他让大家捡起地上的石头,顺着自己刚才探出的路线,摆了一条石头线。这样,一条标志着能够准确无误穿越沼泽地的路出现在了草地上。

过了草地,杨国文与两位牧民告别,带着杨竹军和孙仲德向东河缘走去。过了东河缘,就开始爬山。由于山石风化,到处都是小石块,人和马踩在上面,发出很大的碰撞声。孙仲德一不小心滑倒了,立刻,就有一大堆山石向山下滚去。听着山石在山谷里发出的声响,几个人的腿开始打战,马也变得犹豫起来。

半个小时后,三个人下到了山底。前面就是西河缘,西河缘的旁边,就是冰山。此时此刻,这块让他们魂牵梦绕的新归属于中国的土地,终于出现在了他们面前。

第七章
达尔汗冰山

冰山几乎具备了所有雪山的特点，晶莹，透彻，既像一位妩媚婀娜的女性，又像一位阅尽沧桑的肃穆老者。与周围的大山相比，它无疑是群山之王，一缕缕白光炫目刺眼，条条沟壑仿佛深藏着宇宙的奥秘，陈述着岁月的艰辛。牧民们把这座冰山视为神山，以一种仰望的姿态敬重它。

杨国文他们三人此刻也感到被一种非常浓烈的历史色彩笼罩。走到这里，他们感到自己实现了重要的使命价值。

三个人把马拴在西河缘的石头上，开始向冰山跋涉。他们的攀登心怀虔诚，如同正行进在一个无悔的光辉征途上。

山坡上全是石头，石缝里向外渗着水，因为气温很低，那些水渗出后不久，就结成了冰。大家攀石而上，石头不大，但必须一个一个地往上攀。

不一会儿，天下起了雪。

三个人坐在石头上，稍作休息，向连队的方向眺望。想着自己是连队最先爬上冰山的人，自豪感油然而生。雪越来越大，他们穿上皮大衣，又向上爬。爬到半山腰，冰越来越厚。

此时，他们才真正体会到爬冰山的痛苦：由于冰太滑，他们不得不手脚并用，先用脚蹬住凸出的冰块，然后用手指抠住另外的冰块，慢慢往上挪动身体。爬到冰雪点位时，由于冰上落了雪，他们只好打消攀到顶部的计划。回头一看，他们都大吃一惊，出现在眼中的情景连他们自己都不敢相信，雪山几近于直立，而且那么光滑；然而，就是如此陡峭的雪山,他们居然一点一点地爬上来了。这对于一般人来说,只能是一声惊叹,而就是这几个军人,硬是用自己的身体把这声惊叹从山脚一直画到了山上。那是一种对坚韧灵魂和精神的惊叹!

远处的一切都变得渺小了。

他们站在点位上开始观察。杨国文边观察边念,杨竹军在一旁做记录:

时间:1998 年 7 月 21 日

地点:冰山,初次观察。

情况:边境一线一切正常。我方牲畜在东河缘以西 5 公里内吃草,无越界动向。哈方境内无任何东西。

观察人员:杨国文、孙仲德。

记录:杨竹军

观察完毕,三个人返回。

这是这块土地归属中国后,中国军人初次的巡逻和观察,除了人的执着和边境的平静外,没有别的什么。

这就是和平。

5. 界河边的一天

排长刘喜军一大早就带着五个战士到牧场执勤去了。

乌拉斯特河从冰山流到4号沟牧区时，仍为中哈边界河。水向下越流越小，最窄的地方只有一米多宽。

今年，排长刘喜军带着五个战士在这里执勤。

界河边的草一般都因为水分充足，长得十分旺盛。有时候，牧民的羊不自觉地就吃到了河边，如果没人管，羊把中国这边的草吃完，就会越过界河，去吃哈萨克斯坦国的草。刘喜军带队在这里执勤的主要任务就是防牲畜越界。

牧民7月份进场，9月份撤场，这中间的三个月时间为黄金放牧期。

每天早上，牧民把牛、羊、马和骆驼赶到山坡上，让它们自由吃草。空旷的山野顿时被这些牲畜点缀得焕发出牧场的活力与美来。牧民们或骑在马上引吭高歌，或端坐于山头的石头上，用甩鞭（将石头卷在鞭子中甩出）赶羊，指挥它们到草多的地方去啃食。

而此时的战士忙得不亦乐乎。他们骑着马跑前跑后，观察着那些临近界河的牲畜，一旦发现它们有越界的动向，就赶快通知牧民，或者马上将它们赶回。

因为接近界河，那些没有任何意识的牲畜，随时都有可能引发一些敏感的事情。因此作为边防连派出的执勤人员，既要保证牧民正常放牧,又要做好预防牲畜越界的工作。

刘喜军让五个战士一字形撒开,在界河我方一侧把守。这五个战士实际上顺着界河排开了一条有形的边界线。

刘喜军骑着马又往前走去,他想去看看水库方向的草。明天,牧民的羊群就吃到那个地方了,但他不知道那个草场能容纳多少羊群。如果明天羊群去得多,就有可能出现混乱的场面,甚至牧民之间有可能产生纠纷。

到了水库跟前,刘喜军发现草场并不大,只能容纳300只羊,而且就草的长势而言,300只羊有可能吃不到一天。他骑着马沿草场转了一圈,又发现这个草场离界河太近,而且由于界河里的水流到这里时变小,界河只有两米多宽,稍不注意,羊就会越界。他心里暗下决心,明天一定要在这里把好关,防止越界的事发生。在上站之前,团长李文德到达尔汗检查工作,他说,今年咱们团的形势好,截至目前没有发生一起人畜越界事件。他希望大家再接再厉,争取全年保持这个纪录。

刘喜军刚准备返回,突然听见对面的山坡上有人在大声喊叫。他仔细一看,对面的山头上一个哈方的士兵正在朝自己招手。哈方士兵见刘喜军已经听见他的喊叫,并且注意到了他,就用手指着前面的界河,然后做了一个把什么赶回去的动作。刘喜军骑马向界河的下游跑去,转过一个小山包,发现有四峰骆驼已接近界河,从它们吃草的姿势看,有可能马上要越界。他环顾了一下四周,没有一个牧民。于是,他赶紧打马向那几峰骆驼赶去。跑到跟前,已经有一峰骆驼踏进了界河。

他跳下马，顾不上脱鞋，踩着河水把它赶了上来。另外几峰骆驼见有人拦住了去路，便转身向后走去。刘喜军跨上马背，把它们赶了回来。这时候，他才想到向自己打手势的那个哈方士兵。他回头一看，对面的山头上已空空如也，早已没有了对方的身影。刘喜军边走边想着对方刚才给自己打手势的情景，他是这次上来执勤碰到的第一个哈方军人，虽然没有看清他长什么样子，但他打手势的那种态度，还是让刘喜军感到边防军人之间的兄弟般的情谊。近年来，中哈边界关系越来越好，从这个打手势的哈方军人身上就体现了这一点。

中午，刘宏亮对刘喜军讲："排长，断菜了，现在只有辣子面了，你看做什么饭？"

刘喜军也难住了，眼下只有面粉和辣子面，还能做什么呢？就辣子面拌揪面片。

饭做好后，每人刚吃了一碗，就见牧民桑特那特牵着一匹马走了过来。他的那匹马不怎么老实，边走边尥蹶子，极不情愿被他牵制。桑特那特走到刘喜军跟前，说："排长，我今天回不去了，我的家跟太阳一样远。我想在这里住下，你看行不行？"

刘喜军爽快地说："行。我们欢迎你。"说着，把桑特那特迎到屋里。

吃完饭，两个人开始闲聊。聊着聊着，桑特那特对刘喜军说："排长，你对我这么好，有一件事，我不得不给你讲一哈(下)子。"

"什么事？请讲。"刘喜军觉得他可能要讲一件有关边境的事。

"这两天嘛，乔拉斯和别尔里克商量着哩，要偷偷地把羊赶到哈方去放。他们选好的地方就是4号沟口,那个地方没草,平时没有人去放羊,你们也不会去,所以,他们想偷偷地从那个地方把羊赶出去。那个地方的前面,哈方有一块大草场,草好得很。"

刘喜军急不可耐地问:"他们什么时候赶羊出去?"

桑特那特沉思了一下说:"说不定,弄不好今天有可能赶过去。如果今天下午赶过去,晚上让羊吃草,明天早上再赶过来,太阳看不见,月亮看不见,谁也看不见!"

刘喜军当即决定,到4号沟口去潜伏,阻止他们越界。他吩咐其他几名战士下午继续维持草场的秩序,他和刘宏亮去4号沟口。

桑特那特对刘喜军说:"我请求一下,让我也去吧,我可以给你们当翻译。乔拉斯和别尔里克的脑子死得很,不懂汉语。"

刘喜军欣然同意。

三个人骑马向4号沟走去。4号沟离执勤点不远,三个人放开马缰绳,一阵疾驰,就到了沟口。这个地方确实不是放牧的理想之地,几块石头孤零零地散落在草滩上,没有鸟儿,也没有野草,像是被人故意废弃扔在了这个山沟里。此时正是中午,茫茫无际的大山被太阳炙烤着,似乎已昏睡了过去。一股股白色的轻烟从沙土中升起,发出热烘烘的、呛人的气息。目力所及的地方,连一株低矮的野草都没有,更别说是蹦跳的羊群或其他动物。乔拉斯和别尔里克却从这个荒凉至极的地方看出了门道——他们深知,阿尔泰凡是荒凉得出奇的地方,不远处肯定有丰茂的草场。他们想钻边境的空子,去哈方偷牧。

刘喜军选了一个山包,带刘宏亮和桑特那特潜伏起来。

空旷的4号沟一下子又变得寂静起来。风轻轻地吹着,几只乌鸦飞过山沟,发出几声半是嘶哑半是尖厉的叫声。远处的山道看上去很荒凉,似乎不可能有什么人畜出现。

三个人静静地趴在地上,一动不动。

5点多的时候,4号沟口先是发出几声羊的咩咩声,紧接着,就看见乔拉斯和别尔里克赶着200多只羊从山后出来了。

刘喜军看见他们出现,心里反而有些难受——牧民们祖祖辈辈以放牧为生,在他们的心目中,草场比什么都重要。为了让羊吃上好草,他们有时候会铤而走险。看来,以后在牧区执勤光讲"防"是不够的,还要注重教育才行。

乔拉斯和别尔里克赶着羊慢慢走到三个人潜伏的小山包前。刘喜军从地上站起来,气愤地大喊一声:"站住!"

乔拉斯和别尔里克被突然出现在面前的刘喜军吓了一跳。他们定睛一看,他身边还站着全副武装的刘宏亮和一脸鄙夷之色的桑特那特。他们马上意识到自己精心策划的行动已经破产,站在那儿,一句话也说不出来。刘喜军让他们把羊群赶回,在返回的路上,边走边对他们进行教育。等他把那些边防政策给他们详细地讲解了一遍后,乔拉斯和别尔里克脸上露出了惭愧之色。他们明白,这几个边防军人是为了自己好,为了国家的尊严,才这么做的,而相比之下,自己确实做得有些过分,差点闯了祸。

三个人一直看着乔拉斯和别尔里克把羊赶出 4 号沟口，才骑马向执勤点走去。吃完晚饭，刘喜军和杨竹军又骑马在牧场周围转了一圈。牧民都已把羊群全部赶回，牧场又恢复了平静。

回到执勤点，刘喜军让杨竹军把执勤点的军马赶出去放放。忙了一天，光顾着照看牧民的羊群和马，执勤点的马还一直饿着肚子。看到杨竹军要出去放马，桑特那特也把自己的那匹不老实的马牵出，一起去放。

几匹马慢慢地吃到了界河边。杨竹军想把它们赶回时，突然看见临近河岸的一个小土坡上有一大块很嫩的野草，他想，等军马把那片嫩草吃完，就把它们赶走。

桑特那特的那匹马这时候显示出了它不安分的本性，它一看土坡上有一片嫩草，便去抢吃。一匹军马正在低头吃草，见它突然来犯，显得很生气，对它嘶叫了一声。它似乎一下子恼了，扬起右前蹄踢了军马一下，然后嘶叫几声，跑进了界河。

杨竹军大吃一惊，赶紧跑过去拦它。它站在界河中回头望着杨竹军，一副很烦躁的样子。

桑特那特跑过来拦住杨竹军："不要再往前走了。你一接近它，它就跑，再跑就跑出国界了。"杨竹军只好停住，他不了解这匹马的习性，一时不知道该怎么办。

桑特那特也很着急，但也苦于没有办法将它唤回。

那匹马站在界河里向哈方的山坡上张望着。杨竹军和桑特那特不由得更加紧张起来,哈方的山坡上有大片嫩绿的野草,如果它看见了,很可能跑过去。

气氛一下子变得紧张起来。

杨竹军突然想起了一个办法。他把大檐帽脱下,从地上抓起一把石子,放在里面,边摇边向那匹马嘘嘘嘘地吹起了口哨。杨竹军以前养过马,他知道石子在帽子里发出的声音与饲料在马槽里发出的声音很相似,再加上口哨声很有可能会让马觉得自己要给它喂饲料,这样,它就会走回来。

那匹马听到杨竹军发出的口哨声和石子在帽子里的声音,果然转过了头。杨竹军继续摇着帽子里的石子,把口哨打得更加响亮了。它一步一步地向杨竹军走来,眸子里流露出一股温顺和亲密的神情。等它走到跟前时,桑特那特趁它不备,一把抓住了它脖子上的那根绳子。两人都松了一口气。

天已经黑了,杨竹军和桑特那特把马收拢到一起,向执勤点走去。

界河里的水仍在悄无声息地流淌着,在界河边发生的所有事情,都将随着它的流淌而悄然消逝,而这条界河却一如既往地存在着。

后　记

虽然我从军十二年,但涉及军旅的作品,算起来也就一部半。

此书为其中的一部,写了阿勒泰的七个边防连。

那时候就对阿勒泰产生了兴趣,因为身为军人,自然就将目光投向边防连,笔下所写,自然也是边防连的人和事。

踏入边防,人的内心自然会肃穆起来,尤其是清晰地看见由铁丝网、边防公路、界山、界林、界墙、界河、界碑、国门等标示的边界线后,便觉得国家的概念更加深刻。那些守卫边界的人,身份特殊、表情肃然,心中念头非常人所想,所作所为亦非常人所及。于是,便发生了诸多让人惊叹的事情,有的因为发生在眼前,可亲眼看见;有的发生在偏僻一隅,便只能聆听,而聆听在很多时候更能让人感受到世道人心。

记得当时是夏天,我从白哈巴边防连开始,沿边界采访了七个边防连。这些边防连分别处于阿尔泰山、额尔齐斯河边、古尔班通古特沙漠边缘、巴尔鲁克山等处,所处环境决定了边防军人的日常生活,甚至他们的命运也因此被改变。这些在和平时期坚守边关的人,其隐忍和执着虽算不上轰轰烈烈,但在使命促使下,他们的性格刚毅,在行为和意志的高度统一下,体现着他们在这个时代的意义和价值。但他们对此并不在意,每每与他们谈及这些,他们便一脸茫然,甚至羞于提及自己的经历,似乎他们曾经肩负过的沉重和艰难,只适合在荒漠雪山间悄然发生,亦悄然终结,如果要呈现给世人,则让他们感到羞涩和惶恐。

于是我决定,就写他们在遥远偏僻之地的事情——巡逻、潜伏、训练、驻守,甚至与牧民的交往,以及他们被环境改变,变得与牧民别无二致的相貌和生活习惯。这是一种极为罕见的自我约束,亦可感受到他们内心有极为难得的自我满足。

采访一结束,我在位于哈巴河县城的边防团招待所里,写完了这部书稿。动笔时是酷夏,写完时天已寒凉,听说山上的边防战士已经穿上了大衣。他们给我讲述的那些人和事,都已成为书稿内容,我从头再读,内心充满欣慰。

这个世界的丰富和宽大,永远超出人的想象。尤其是在写纪实一类的作品时,这方面的体会则更深,也许这一类作品的优势和意义,正在于此。

作为曾经的军人,在再次改写这部书稿时,时时回忆起自己十二年的军旅经历,内心便弥漫着一股温热。但我所写均为他者之事,也许在将来,才能写下那十二年中的自己。

这是一本在当时匆忙完成的书,此时出版,做了删减和修改,希望是一部能让自己喜欢的书。

是为后记。

王族

2019.5.14 乌鲁木齐